여름비 지나간 후

여름비 지나간 후

한지선 장편소설

개미

연못은 자정능력을 갖고 있다.

내 마당 열두 개의 연못은 쉼없이 수련을 피우고 또 진화한다.

푸른꼬리긴새가 나 없는 동안 날아와 연못을 향유한다. 언젠가 열다섯 마리 정도의 푸른꼬리긴새가 마당 위를 날고, 연못물을 마시며 놀고 있는 걸 보았다.

내가 현관문을 살짝 열기 전 사람이 없는 뜰은 파라다이스였다. 푸른꼬리긴새들이 날고 노닐며 마치 영화의 한 장면 같은 순간이 흘렀다.

내가 그들 곁에 가고 싶어 살짝 문을 여는 순간 파라다이스는 끝나버렸다. 그들은 미세한 문소리에 모두 하늘로 날아가 버렸다.

그후로는 그들이 바람을 타고 마당에 내려오거나 마당의 감나무 위에 앉거나 마당 위를 날거나 하는 것을 그저 거실창으로 바라보기만 한다. 인기척이 없는 때만 내려오니까.

시간이 참 많이 흘렀고, 나는 연못물처럼 고여 있다가 풀을 뽑으며, 어느 순간 깨닫는다. 자세히 보면 연못 속에 잠긴 하늘의 구름이 움직여가듯 조용히 움직이고 있다고.

그렇게 오래 감춰놨던 이야기를 꺼내놓았다. 원래 하나의 장편으로 책을 엮을 생각이었으나 좀 짧아서 짧은 장편 하나를 보탰다.

내가 만든 작은 연못처럼 스스로 자정할 수 있는 시간 속에 있다는 것에 감사한다.

2012년 가을
J에서 한지선

차례

여름비 지나간 후

기차가 지나가면

기차 지나가는 소리가 들린다. 잠이 덜 깬 머릿속으로 어렴풋한 기차소리가 음악처럼 스며들었다. 기차소리는 남아 있는 나른한 잠의 덜미를 잡아채 슬슬 달아나 버렸다. 나는 아련하게 멀어지는 기차 바퀴 소리를 들으면서 느릿느릿 몸을 일으켰다.

늦잠을 잤다. 성호는 이미 나간 뒤였다. 시계를 흘끔 보니 아홉 시가 훨씬 넘었다. 두 시에 대학원 간다는 성호의 메모가 식탁 위에 놓여 있었다.

뒤늦게 사회복지학 공부를 시작한 성호는 시골에 있는 큰형의 맏인데 대학을 졸업하고 몇 년 취업이 안 돼 놀다가 내 가게에 합류했다.

다리가 뻣뻣하다. 성호가 가끔 쓰다듬어보곤 하는 어딘지 모르게 불균형한 한쪽 다리를 나는 한참 문지른다. 다리는 가끔씩 마사지가 필요하다고 졸라대는 듯하다. 때때로 나는 그것을 무시하지만 아침엔 스트레칭을 하듯 다리를 문지르는 버릇이 있었다.

다리에 미세한 통증이 올 때마다 가슴의 통증이 가세하는 것 또한 오랜 버릇이었다. 이제는 그 통증마저도 닳아 없어지는 듯하지만 크기가 작아진 대신 오히려 송곳처럼 뾰쪽해져 버린 것을 느낀다. 그러나 일부러 들추어내지 않는다면 그 송곳이 나를 찌르지는 못하리라.

나는 무디어지고 싶다. 더 이상 무디어질 수 없을 때까지 모든 것들로부터 무디어지고 싶은 게 내 소망이다.

나는 벌떡 일어나 샤워를 하고 성호가 만들어 놓은 커피와 토스트를 먹었다. 오렌지 두 쪽이 예쁘게 접시에 담겨 있다. 나는 성호가 조카지만 괜찮은 녀석이라고 생각하며 오렌지를 먹고 늦은 아침을 끝냈다.

스물여덟이나 돼서 큰형과 형수의 걱정을 사고 있기는 하지만 괜찮은 녀석이었다. 좀 못생겨서 애인이 없는지 모르겠지만 곧 애인도 생길 것처럼 보인다. 대학원 공부를 같이 하는 여학생이 가끔 가게에 같이 오곤 했다. 성호보다 한 살 아래라고 했는데 화장기도 없고 생머리에 수수하게 생긴 여자였다. 둘에게선 사회복지학을 전공하는 학생들 냄새가 풍겼다.

성호는 그녀가 이미 학부 학생일 때부터 시작한 전화상담 자원봉사에도 합류했다. 아마도 그녀의 권유 때문일 테지만, 늦게 시작한 공부에 열심인 걸 보면 아마도 그동안 몰랐던 자질이 이제야 티를 내는 모양이라고 나는 생각했다.

체육관에 들러 사십 분쯤 수영을 한 뒤 나는 곧바로 가게로 차를 몰았다. 가게는 열다섯 평짜리 원룸과 마찬가지로 시내에서 약간 떨어진 변두리에 있다.

가게와 아파트는 걸어서 삼십 분 정도로 성호는 내 자전거를 타고 다닌다. 원래는 자동차 사고가 난 뒤 도저히 자동차를 탈 수 없었던 내가 쓰던 거였다. 그러다 이내 자동차를 다시 탈 수 있게 되었을 때 성호가 타기 전까지 먼지를 쓰고 복도에 묶여 있던 것이다.

나는 이제 작고 푸른 경차를 끌고 다닌다. 사고가 난 뒤로 방치해놨던 낡은 엑센트를 팔고 한참이나 차를 타지 못하다가 샀다.

성호가 손을 번쩍 든다. 손님은 하나도 없고, 성호가 좋아하는 컬렉티브 소울의 탄력 있는 음성만 꽉 차 있는 게 경쾌하다. 성호가 볼륨을 내리려 하는 걸 제지하고 나는 커피 한 잔을 가득 머그잔에 받아들고 앉아 신문을 읽었다.

가게에서도 기차소리는 들린다. 그러나 집보다는 철로가 멀어서 좀 더 아련하게 들리고 먼 곳에서 부르는 노랫소리처럼 들릴 때도 있다. 그래서 이 가게를 샀는지도 모르겠다.

내가 이 가게를 인수한 건 삼 년 전이었다. 그때까지 나는 대형 병원의 홍보실에 있었다. 내가 사랑하던 여자와 드라이브를 하다가 미루나무를 마당 앞에 심어놓은 넉넉한 찻집 '기차가 지나가면'을 발견하곤 가끔 드나들었다.

그녀는 내가 사고를 당하기 일주일 전에 중국으로 떠나버렸다. 그때 나는 서른셋이었고, 그녀는 서른다섯의 이혼녀였다.

나는 대학 때부터 그녀를 사랑했는데, 그녀가 일찍 결혼을 해버렸고, 나는 통 다른 여자에게 관심을 가질 수가 없었다. 그녀가 이혼 후 나를 찾아왔을 때도 나는 변함없이 그녀를 사랑했다. 그러나 서른셋의 나이까지 결혼도 하지 않고 홀로 지내는 내 모습이 초라해 보였을까. 그녀는 다시 중국의 오빠에게 가버렸다. 그리고 나는 한동안 박제된 것 같은 시간을 보냈다.

신문을 다 읽을 때까지도 손님은 한 명도 없다. 컬렉티브 소울은 여전히 힘차게 넘쳐난다. 성호는 슬며시 데이드림의 곡을 올려놓고 나갈 준비를 한다. 시계는 그새 한 시를 넘기고 있었다.

나는 바에 앉아서 폴 오스터의 우연의 음악을 읽다가 배가 고파서 햇반을 데워 냉장고에 있는 김치와 형수가 성호에게 들려 보낸 장조림과 어리굴젓무침을 먹었다. 성호는 다섯 시가 지나야 올 것이다.

오렌지 한 조각을 막 떼어먹으려 할 때 자갈돌 위에 자동차 멈추는 소리가 났고, 이윽고 한 여자가 들어왔다. 여자는 부수수한 퍼머머리를 하고, 늘어진 붉은 니트 풀오버에 면바지를 입고 손에 검은 가방을 들고, 내 쪽은 쳐다보지도 않은 채 창가 테이블에 앉았다. 사월의 따스한 해가 창을 비추고 있었다.

블라인드를 내려드릴까요?

여자는 힐끔 나를 보곤 고개를 내젓고 가방을 열면서 말했다.

커피 한 잔 주세요.

쉰 목소리. 바브라 스트라이샌드 같은 머리, 다소 헝클어진 모습. 그러나 자신만의 뭔가에 집중되어 있는 듯한, 접근하기 어려운 그런 묘한 분위기.

내가 뜨끈뜨끈한 커피를 머그잔에 가득 가져갔을 때 그녀는 담배를 피워 물고 노트북을 열고 있었다. 문득 나는 그녀를 안다고 생각했다.

그녀는 그녀다. 열여덟 살에 가슴 두근거리며 먼발치에서 바라보곤 했던 버스정류장의 그녀다. 도시로 가는 버스를 같이 기다리면서도 두 살 혹은 세 살이나 위인 그녀에게 말 한마디 붙여보지 못하고 가슴만 설렜던 그날들의 그녀다. 확실치는 않다. 그러나……

버스를 기다리고 있었다.

일요일 저녁때 이른 저녁을 먹고 나는 늘 그 버스를 기다렸다. k시로 떠나는 버스. u읍에서 떠나서 먼지 나는 시골길을 달려 도시로 가는 학생들을 태우고 버스는 느릿느릿 달렸다. k시에 도착하면 밤이었다. 유월의 어느 날 오후 나는 형들이 하는 이야기를 들었다.

버스가 시간이 지나도 오지 않아 막 우울해지기 시작할 무렵. 연주가 시화전을 연대. 그래? 걔 여고 때부터 시 쓰고 했잖아. 어디서 한대? 성당에서 한댄다. 가볼래? 가봐야지.

형들은 대학생이었다. 나는 고등학교를 도시에서 다니고 있었으므로 연주가 누군지 몰랐다. 나는 막연히 지난 삼월부터 눈에 띄던 어떤 여대생을 떠올렸다. 머리가 길고 키가 작고 늘 고개를 숙이고 있던. 다른 여학생은 본 기억이 없었다.

그날 늦게 온 버스에 오른 여학생은 없었다. 그 형들과 나, 그리고 어떤 아주머니뿐이었다. 아마도 시화전 때문에 집에 오지 않았는지도 모르지.

버스에 올라 k시까지 가는 내내 나는 형들에게 묻고 싶은 걸 참았다. 시화전 어디서 한대요? 그러나 나는 그 형들과 그저 아는 척만 할 뿐 잘 아는 사이는 아니었다. 모두 다른 마을에 살았으므로.

나는 빨리 대학생이 되고 싶었던 것 같다. 느릿느릿 달리는 차마저 복장이 터질 지경이었다. 그날부터 나는 집에 가는 토요일이면 괜히 가슴을 두근거렸다. 시를 쓰는 누나를 보고 싶어서.

가방에 한 권씩 넣어 가지고 다니던 책을 일부러 꺼내서 옆구리에 끼고 다녔다. 일요일 오후 도시로 가는 버스를 기다릴 때면 그 책을 만지작거리며 연주 누나가 오기를 기다렸다.

시화전은 잘 했을까? 지금은 어떤 시를 쓸까.

그러나 청바지에 흰 남방을 입고 커다란 검은 가방을 어깨에 메고 고개를 잔뜩 숙인 그녀가 오는 걸 보면 나는 매번 버스정류장 구멍가게에 놓인 과자들을 보는 척했다. 사실 형들도 연주와 얘기를 잘 나누는 것 같지는 않았다. 자기들끼리만 마치 잘 아는 것처럼 얘기할 뿐. 시화전에도 아마 가지 않았을 게 뻔했다.

연주에게는 뭔가 가까이 하기 힘든 구석이 있었다. 혼자만의 세계에 갇혀 다가오는 걸 두려워하거나 피하거나 하는 것 같은.

여하튼 나는 학교 도서관에서 빌린 도스토예프스키나 데미안 같은 것을 한 권씩 갖고 다니면서 연주의 눈에 띄기를 바랬을 것이다. 이미 그 책들은 다 읽은 것들이었다. 학교에는 더 이상 내가 읽을 만한 책은 이제 없었다.

나는 이미 고등학교 일 학년 때 학교에 있던 세계문학전집을 다 읽어버렸으니까. 그러나 나는 책이 필요했다. 연주가 시를 쓰므로.

그녀는 세 시간 동안 커피를 세 잔 마시고 담배를 두 개비 피웠다. 그리곤 계속 노트북을 두드리다가 노려보다가 한숨을 쉬곤 다시 두드리고. 그 사이 손님은 두 명뿐이었다.

주말에나 좀 손님이 있을 뿐 사실 내 가게엔 손님들은 많지 않다. 그러나 간혹 나처럼 미루나무 때문에 단골이 된 손님들도 꽤 있었다. 손님이 많지 않은 걸 낙담한 적은 없다. 사실 다리를 다치고 회사를 그만두게 되었을 땐 막막했지만, 이제 와서는 인생에 별 기대를 걸고 있지 않다는 것을 나 스스로 깨닫곤 한다. 인생은 살거나 죽거나 일뿐이다. 나는 죽을 뻔했지만 살고 있는 것이다. 여자도 일도 잃었지만 나는 대신 생을 바라보는 눈을 새로 건졌다.

여자 손님 둘과 남자 하나가 들어와 좀 시끄러워진다.

오후 다섯 시. 그녀는 일을 세 시간 하고 멍하니 앉아서 내가 따라준 커피잔을 응시하고 있다. 손님들은 좀 떨어져 앉았지만 조용한 실내에 그들의 이야기들이 퍼진다. 그녀는 눈을 찡그리고 있다.

나는 생과일주스를 만들면서 괜히 가슴을 졸인다. 믹서 소리에 짜증이 날 텐데. 나는 피아졸라의 탱고로 음악을 바꾸고 힐끗 그녀를 본다. 아무래도 믹서 소리 때문에 조용한 음악은 안 되겠다 싶어서. 그녀가 내 쪽을 힐끔 보는 것 같더니 노트북을 닫는다.

나는 한숨을 쉰다. 탱고 소리에 묻혀 이제 손님들 이야기는 들리지 않는다. 그녀는 일어설 생각을 하지 않는다. 다섯 시가 넘어가는데. 마침내 손님들도 나가고 가끔 조용히 혼자 왔다가 가곤 하는 사십 대 여자가 들어섰을 때, 누군가 뒤따라 들어온다. 모르는 남자였다.

나는 다시 클래식으로 음악을 바꾸었다. 사십 대 여자는 클래식을 좋아한다. 어떨 땐 구체적으로 라흐마니노프의 피아노협주곡을 틀어 달라고 주문할 때도 있다. 그녀는 늘 다섯 시와 여섯 시 사이에 온다.

그녀다. 그 남자는 그녀 앞에 가서 털석 앉는다. 그렇군. 그를 기다리고 있었다. 누굴까. 남편? 아니다. 남편이라는 느낌은. 어쩐지 젊다. 오후의 미루나무가 막 올라오는 연둣빛 잎들로 살랑대는 게 보인다. 해가 금빛으로 창을 비스듬히 비추고 있었다. 그녀는 금빛 칼라 속에 갇혀 있다.

어? 아름답군.

남자가 말하는 소리.

뭐가?

누나. 햇살이 누나 뒤로 지고 있어.

그래?

나는 그 남자에게 홍차를 갖다 주다가 그 소리들을 듣는다. 그는 누나라고 말했다. 하지만 동생 같아 보이진 않는다.

좀 썼어요?

음. 조금. 머리가 아파.

담배 피우지마. 커피도 조금만 마시고.

그러려고 해. 지금 일 끝난 거야?

응.

그럼 나 차 놓고 가야겠어.

여기다?

응. 내일 또 올 거니까.

나는 괜히 그 옆에 있는 화분을 손보는 척하면서 그 이야기를 다 듣는다. 내일 또 올 거니까, 라고 그녀는 말한다.

나는 빠르게 바 안으로 들어온다. 차를 놓고 간다는 게 나하고 무슨 상관일까. 나는 가슴을 두근거린다. 그들은 남자가 홍차를 마시자마자 일어선다. 남자가 노트북을 대신 들고, 찻값을 치루고 여자는 빈손으로 나간다.

문 밖으로 나갔던 여자가 다시 되돌아와 저, 차를 좀 놓고 갈래요. 내일 다시 올 거거든요, 라고 말했다. 나는 잠시만요, 저, 저를 모르시겠습니까? 라고 물을 뻔한다. 여자가 빤히 나를 쳐다보는 걸 느끼고서야 나는 대답한다. 아, 네. 그렇게 하세요.

다소 어수선한 퍼머머리를 끄덕이고 그녀는 곧바로 문을 열고 나간다. 고마워요, 라는 말을 남기고.

체육관 앞에서 간단히 점심을 먹고, 나는 가게에 처박힌다. 며칠째 나는 머그잔을 붙들고 앉아 있다. 내일은 화단을 손보자고 성호가 며칠 전부터 야단이었는데 여전히 나는 귀머거리처럼 꼼짝도 할 수 없다.

가게를 사고 보니 바의 뒤쪽에 널찍한 공간이 있었다. 원래는 소파와 작은 책상 같은 것이 있었다. 나는 다 치워버리고 넓은 책상과 벽쪽에 머그잔을 가득 사다 진열해 놓았다. 간편한 의자 두 개와 집에 있던 길다란 의자를 갖다 놓고 때때로 나는 머그잔에 그림을 그렸다. 인터넷에 올라와 있는 그림들을 보면서 머그잔에 모작을 하는 게 재미있었다. 간단한 세라믹 물감과 물만 있으면 된다.

벽의 뒤쪽을 헐고 나는 홀처럼 너른 통유리를 넣고, 안쪽으로 만든 벽에도 창을 만들어 두었다. 테이블 반대쪽에 앉으면 홀을 바라볼 수 있다. 여태 일부러 그런 적은 없었다. 그러나 나는 지난 주 그녀가 다녀간 후론 의자의 자리를 아예 바꿔버렸다. 그리고 안 쓰던 안경을 갖다 놓았고.

홀이 그다지 먼 거리는 아니다. 그녀는 늘 홀에 들어와서 창쪽에 자리를 잡고, 햇살이 비껴가는 것을 즐기는 것 같았다. 그녀는 늘 바 쪽을 향해서 앉는다. 나는 그것을 행운이라고 여기며 햇살 속에 곱슬거리는 부수수한 퍼머머리를 숙이고 노트북을 치거나, 고개를 들고 한숨을 쉬듯 담배 연기를 내뿜는 그녀를 몰래 바라보았다.

그녀는 나를 볼 수 없다. 안에서만 볼 수 있게 선팅을 한 창문이었다. 성호가 밀실이라고 부르는. 그러나 나는 단지 머그잔에 그림을 그리기 위해서 그 방을 사용할 뿐이다. 어쩌다 성호가 잠깐 들어가 의자에서 졸다가 나올 때도 있다.

삼촌. 나와 봐요.

성호가 유리문을 두드리며 낮은 목소리로 소리친다. 손님이 몇 명 왔다는 뜻이다. 나는 머그잔을 내려놓고 작업실을 나섰다. 성호가 엄지를 들어 보인다. 뜻밖에 손님이 열 명 정도 들어와 있었다. 성호는 메뉴판을 한 손에 들고, 앞치마에 메모지를 집어넣고 빠른 걸음으로 그들에게 간다.

그녀는 오늘 오지 않았다. 오후 네 시. 이 시간이면 오지 않을 확률이 높다. 집에 무슨 일이 있거나 다른 볼 일을 보거나 하고 있겠지. 그녀는 지난 주에 세 번 연속해서 나왔다. 그녀의 남자는 한 번.

화요일의 오후 네 시. 그리고 사월의 중순.

연둣빛 미루나무 잎들이 연한 몸을 뒤집으며 쉴새없이 파닥인다. 애초에 여기 심어져 있었던 걸까. 아니면 어디서 갖다 심은 걸까. 중요한 건 아니지만 전 주인에게 물어본다는 걸 깜박 잊고 말았다. 제법 높은 공중까지 가지를 뻗었고 잭의 콩나무처럼 날마다 쑥쑥 올라가는 것 같았다.

참 잘 자라는 다섯 그루의 나무들. 그 아래는 흰 철쭉들이 눈부시게 피어 있다. 나는 다홍빛 철쭉들을 솎아내 버리고 대신 흰 철쭉만 남겨놓았다. 아주 깔끔한 이미지다. 일부러 맞춰놓은 바윗돌들 사이에 그것들은 풍성하게 피어 있다. 사월 오후의 햇살에 검은 자갈돌들이 반짝 빛난다. 온통 흰빛 광채에 덮인 사위.

누군가 축하할 일이 있는 모양이다. 꽃다발이 테이블 위에 놓여 있고 박수 소리가 난다. 중년의 남자 세 명, 젊은 여자 두 명, 그리고 나머지는 비슷한 또래의 중년 여인들. 교회 아니면 그 비슷한 모임이다. 그들의 웃음소리와 박수 소리, 이야기 소리가 홀을 가득 채우지만 그리 요란하지 않은 걸로 봐 친지들은 아니다.

한참 동안 성호와 나는 소리 없이 손만 움직인다. 믹서를 작동시키고, 커피의 거품 위에 캐러멜을 뿌리고 대추차를 만든다.

난생 처음 서점에 가서 책을 샀다. 내가 고른 것은 루이제 린저의 니

나였다. 그러나 연주는 나를 전혀 알아보지 못했다. 내가 그녀의 눈에 띄기 위해 책을 옆구리에 끼고 버스가 오기 전 수도 없이 그녀 옆을 왔다 갔다 해도 그녀의 눈은 멀리 있거나 땅을 보고 있었다. 연주는 몇몇 형들과 인사를 나눴다. 나는 그들을 홀끔홀끔 보면서 부러움과 질투심이 온몸을 감싸는 걸 느꼈다.

나는 일부러 형들 옆에 가서 가만히 서 있곤 했다. 형들은 나보다 키가 크다거나 하지도 않았고, 잘생기지도 않았다는 게 그래도 위안이 되었다. 그들은 단지 나보다 나이가 한두 살 많아서 대학생이 일찍 되었을 뿐이다. 그러나 나는 겨우 고등학교 이 학년이었다. 나는 내가 무척 그들과 동떨어진 인물 같았고, 연주 누나 옆으로 가기에는 얼마나 역부족인지 깨닫곤 했다. 하릴없이 세월에 대해서 생각하며.

공부를 열심히 해야 대학에 빨리 들어갈 수 있다는 강박관념까지 생겼다. 마치 세월을 앞질러 갈 수 있는 유일한 방법이 공부인 양 나는 공부에 매달렸다.

어쩌다 연주 누나가 나를 보고 싱긋 웃을 때도 있었다. 그러나 어린 아이를 보는 눈이었다. 동생을 보는 눈. 그러다 여지없이 차가워지는 눈.

어떤 날은 가방을 한쪽에 메고 책을 손에 들고 서서 읽고 있었다. 그러면 나는 다가가서 그 까만 가방을 대신 들어주고 싶은 충동 때문에 괴로워했다. 그녀가 거절할까 봐 다가가지도 못하면서.

나는 다시 밀실로 들어왔다. 머그잔을 다시 들었지만 아까 그리던 그림이 다시 이어지지 않는다. 나는 담배를 하나 빼어 물고 그냥 앉아 있다. 담배를 피워본 지 꽤 오래되었다. 그녀의 담배 연기를 보면서 문득 담배 생각이 나서 한 갑 갖다놨을 뿐이었다. 담배는 무심히 입 안에 특유의 냄새를 퍼뜨린다.

그녀는 하나도 변하지 않았다. 부수수한 퍼머머리와 더 날카로워진 눈, 세월이 스쳐간 흔적이 눈가와 입가에 자욱을 남겨놓았을 뿐. 아직 나는 그녀에 대해 모른다. 그녀가 무언가를 쓰고 있는 것을 보았을 뿐. 그러나 나는 그저 확신하고 있는 나를 본다. 그녀는 작가다. 담배를 입에 물고 노트북을 두드리고 있는, 옆에 있는 다른 것들을 확연히 구분 지어 버리고 마는 그 오만한 분위기, 혹은 그것들을 전혀 의식하지 않거나 의식하지 못하고 자신만의 영역에 마치 잠기듯이 푹 빠져 있는, 그래서 건드리기 힘든 그런 어떤 존재. 그것이 그녀다.

담뱃갑을 호주머니에 집어넣고 홀로 나갔다.

너 예전에 흠모하던 어떤 사람이 눈앞에 나타났다면 어떡할래?

나는 문득 성호에게 묻는다. 묻고 나니 갈망이 현실적으로 드러나는 느낌을 받는다. 가슴이 두근거렸다.

예전에 흠모하던 사람? 두말할 것 뭐 있어요? 그냥 악수를 청하지.

그럴 수 있는 사람이 아니면? 예전에 한번도 인사를 나눈 적이 없고 단지 내 마음속에만 있었던 사람인데.

에이, 아직도 잊지 못하고 있단 말예요? 그때 그 감정이 그대로 있어?

그래.

그럼 그냥 아는 척하면 돼지. 그때 나는 당신을 흠모했었다, 당신은 몰랐었겠지만. 그렇게 말하고 얘기하면 되잖아요.

자신이 없다면?

외삼촌 나이가 몇인데…… 외삼촌이 그런 거야?

나? 나라고 생각해도 되고. 하지만 일반적인 의견을 물었을 뿐야.

아닌 것 같은데요? 누구야? 그 사람. 아니 여자.

그만 두자.

성호가 열을 띠기 시작하자 나는 그만 부담스러워진다. 그 여자 찾아서 결혼하라고 할 것 같은 자세다. 그렇잖아도 간혹 결혼 이야기를 꺼내곤 하는 녀석이다. 나보다 먼저 외삼촌이 가야 나도 결혼하죠. 내 결혼이 너하고 무슨 상관이냐? 무슨 말씀. 우리 집안일인데. 삼촌이 우리 집안 근심인 거 몰라요? 하면서.

나는 담뱃갑을 호주머니에서 꼭 쥔다. 그녀가 혹 담배있어요? 하고 물으면 얼른 달려가서 주리라. 그리고 그때야말로 말하리라.

나는 생의 한가운데를 찾아냈다. 사고가 난 후 많은 것을 버렸지만 내가 모은 책들은 하나도 버리지 않았다. 이제 색이 노랗게 바래고 글씨도 작고, 다시 읽으려면 한쪽으로 치워버리게 될 만큼 오래된 책이다.

내가 두 번째 산 책은 무엇이었을까. 나는 낡은 내 책장을 뒤적이며 기억해보려 했지만 도스토예프스키의 죄와 벌인지 헤르만 헤세의 지와 사랑인지 구분이 가지 않았다. 그후 나는 서점에 갈 시간이 없었다. 니나와 죄와 벌 혹은 지와 사랑 이후. 다른 책들은 언제 샀는지 기억조차 나지 않는다.

삼 학년이 되었을 때도 여전히 같은 버스를 탔지만 여전히 연주는 아는 척을 하지 않았다. 내가 눈에 보이지 않았거나 그냥 다른 사물들처럼 보였겠지. 아니면 어른의 눈으로 어린 아이를 보았을 뿐인 그런.

그때쯤 나도 이미 그런 무관심함에 익숙해져 있었다. 나는 영어단어장을 손에 쥐고 그 이방의 알파벳을 외느라고 정신이 없거나, 아무리 외어도 혀에 감돌지 않는 쓴맛 같은 화학기호를 외우느라 정신이 없었다. 나는 물리, 화학, 수학 같은 것엔 도저히 익숙해질 수가 없었다. 그래서 남들보다 두 배는 더 노력해야 대학에 갈 수 있었다.

나는 수학공식을 외우다가 문득 연주 누나를 발견하고 깜짝 놀라곤 했다. 연주 누나도 뭔가에 항상 열중해 있는 모습이었으므로 전혀 남을 보고 있지 않은 것 같은 그 모습을 볼 때면 왠지 가슴이 싸했다. 어쩌면 그 뭔가에 항상 감싸여 있거나 뭔가에 푹 빠져 있는 그 분위기에 매혹당했는지도 모르겠다.

이제 와서는 그런 생각이 든다. 뭔가 다가갈 수 없는 그런, 뭔가에 푹 빠져 있는 존재에 대한 경외감이었으리라고.

나는 성호가 들어온 다음에도 계속 잠을 못 이루고 뒤채다가 결국은 일어나서 밤새도록 먼지 묻은 책들을 닦았다. 그리고 니나를 종이봉투에 담았다. 나의 지적 재산 일 호였던 존재.

성호의 여자친구가 와 있다.

나는 마침내 성호와 뜰을 청소한다. 흰빛 광채에 쌓인 눈부신 꽃들 사이에도 홀 안에선 보이지 않던 풀들이 삐죽이 올라와 있다. 나는 꽃시장에서 사온 허브와 야생화들을 창문 밑에 심는다. 앞으로 야생화들을 더 많이 키울 생각이다. 해바라기도 심을 생각이다. 러시아 평원에 가득 피어 슬픔을 자아냈던 영화 해바라기를 생각하며 나는 한숨을 쉰다.

성호는 휘파람을 불며 풀을 뽑고 있다.

점심때까지 손님이 없어서 나는 성호의 여자친구가 시켜놓은 점심을 마당에서 먹기로 한다. 봄이 되면서 현관을 약간 비껴서 파라솔 두 개를 설치했고, 흰 테이블을 놓아두었다. 거기 앉으면 기차소리가 더욱 잘 들렸다.

미루나무 잎이 흔들리는 걸 보면서 기차소리를 들으며 셋이서 된장

비빔밥을 먹었다.

가게 옆 도로를 스쳐가는 차들과 길 건너편의 목장으로 올라가는 하얀 길, 그리고 공터의 풀들이 향기롭게 나부낀다. 오백 미터가량 떨어진 곳에 낡은 집들이 서너 채 흩어져 있고, 근처에 음식점도 몇 개 있다. 그리곤 후방으로 가까운 시야에 고층 아파트들이 잡힌다. 음식점 뒤쪽으로 러브호텔이 세 개나 들어설 예정이라고 가끔 들르는 사십 대 여자 손님이 언젠가 말했다. 그녀는 시야에 보이는 고층 아파트에 사는 주부였다.

나는 아직까지 옆에 빈 공터가 있고 가을이면 옥수숫대가 나부끼는 가게 근처의 빈 땅들을 사랑했다. 가까운 곳에 있는 허름한 가옥들도 사람이 사는 것 같지 않게 조용했으므로 나는 그 남루함마저 사랑스러웠다. 그러나 그들도 곧 사라지고 말 것이다.

사실 이곳은 택지개발지구에서 약간 떨어진 관계로 여태 남아 있는 땅이었다. 내 작은 집도 고층 아파트의 옆 공원지구에 있었다. 택지개발된 지 얼마 안 되는 지역에. 어쩌면 멀지 않는 곳에 기찻길이 있어서 남아 있을 수밖에 없는 그런 땅일 것이다. 도시는 불과 지척에 있는데 전혀 딴 세상인.

지나가는 차들이 멈춰서 찾는 음식점들도 그리 잘 되는 것 같지는 않다. 그러나 내가 가게를 인수하기 전부터 있던 것들이고 드물지만 간혹 손님들이 들고나는 모습이 보였다.

그녀는 성호가 잠시 여자친구와 나간 사이에 들어왔다. 어쩌다 흙을 만지고, 허리를 굽히고 일을 해선지 허리께가 뻐근한 걸 느끼던 참이었다.

나는 커피를 따르고 돌아서다가 멈춘다. 노트북을 펴고…… 갑자기 그녀가 가방의 앞 포켓을 몇 번이나 더듬더니 무척 당황해하고 있다.

나는 눈을 크게 뜨고 그런 그녀를 본다. 주머니의 담뱃갑을 만지작거리며. 기회가 왔다.

저, 혹시 담배 있어요? 담배 팔아요?

담배 팔아요? 란 말이 잠깐 귀에 거슬렸지만 고개를 끄덕인다. 나는 얼른 그녀 앞에 앉는다. 그리곤 바지주머니에서 담배를 꺼낸다. 여기…….

아, 고마워요. 그거, 파는 거? 아니면 사장님 담배?

아, 이거요? 그냥 피우세요. 우리 가게에선 담배 안 팔아요. 그리고 저는 안 피웁니다.

그래요? 실례를 했군요. 그럼 이건?

그냥 갖고 다닙니다. 저…….

네?

내가 일어날 생각도 없이 저…… 하는 동안에 그녀가 담배 연기를 훅 내뿜으며 미심쩍은 눈으로 나를 탐색한다. 눈빛이 더 날카로워진다.

저 모르시겠어요?

나는 콜록거릴 뻔한 목을 간신히 가라앉히며 더듬는다.

네? 저를 아세요?

나는 숨을 훅 들이킨다.

네. 아는 분이세요.

나는 전혀 모르겠는데…….

그녀가 미안하다는 듯 싱긋 웃어 보인다. 나는 그 웃음이 그녀의 평소 날카로운 인상을 확 바꿔놓는 걸 보았다. 웃으니까 전혀 다른 사람으로 보였다. 그녀는 산만하게 펼쳐진 머리를 손가락으로 훑으며 다시 한번 웃는다.

저는 b에 살았습니다. 고등학교 때 이곳으로 통학을 했었어요. 그리고……

아, b. 그때 나를 봤나요?

네. 이 년 동안이나요.

그래요? 근데 왜 전혀 기억에 없죠?

저는 고등학생이었고, 다, 당신은 여대생이었으니까요.

그럼 같은 고향 후배네요?

그런 셈이죠.

반갑군요. 기억을 못해서 미안해요. 전 워낙 다른 사람을 안 보고 다녀서. 그땐 하늘하고 땅만 쳐다보던 시절이었어요.

알아요.

알아요? 어떻게?

차마 옆에 갈 수 없게 무엇엔가 둘러싸여 있었으니까요.

내가요?

네.

그녀는 한참 담배를 빤다. 뭔가를 기억해내려는 것처럼 눈을 가느스름하게 뜨고 먼 곳을 응시하다가 나를 한번 보고 다시 싱긋 웃는다.

모르겠는데? 기억이 안 나요. 그런 고교생이 있었는지.

모르실 거예요. 전 워낙 소리 없이 다녀서.

나랑 똑같네?

그런가요?

암튼 반가워요. 이렇게 아는 척해줘서 고맙고. 그리고 여기 내 맘에 드는 찻집의 주인이라서 반갑고. 근데……

네?

다리 절던 남학생은 못 본 것 같은데……. 그때 버스에 오르고 내릴 때.

그녀가 내 저는 다리를 봤구나. 나는 얼굴을 붉히거나 하지는 않는다. 이미 그런 것은 초월한 지 오래였으므로. 아무렇지도 않게 사실을 얘기하는 게 오히려 편하다.

최근에 사고가 났어요. 죽을 뻔했거든요.

아, 미안해요. 난 소설을 쓰고 있어요. 책도 두어 권 냈고. 아직 유명하지 못해서 알지 못할 거예요. 지금 긴 거 하나 쓰기 시작했는데, 내 작업실 옆에 건물을 짓는 바람에 시끄러워서 마땅한 장소를 찾던 중이었는데 이곳을 생각해냈죠. 언젠가 한번 들러봤는데 조용하고 음악도 괜찮고 해서 글쓰기 괜찮겠다 싶어. 집도 가깝고. 가는 길에 철길 건너 호숫가도 한 바퀴 돌고.

알고 있었어요. 글 쓰신다는 거.

그래요?

제가 티를 내던가요?

아뇨. 시골 시절에…….

아, 우리 오랜 인연이네요. 그때는 시를 쓴다고 나불댔죠.

그래요. 그때 시화전하신다는 소리 들었어요.

놀랍네요. 그런 걸 다 기억하고. 나도 까마득한데. 그런 시절이 있었어요. 그죠?

그녀의 눈이 아련해진다. 담배는 이미 그녀의 손을 떠나서 재떨이에 연기로 피어난다.

그럼 글 쓰셔야죠.

아, 이따 우리 얘기해요. 너무 반가워요. 담배 고맙고.

그녀는 또 싱긋 웃는다. 그녀는 잘 웃는다. 나는 어설프게 따라 웃다가 얼굴을 붉힌다. 웃는 그녀의 얼굴은……. 나는 그녀 앞을 물러나오면서 웃는 그녀의 얼굴이 무얼 닮았을까 더듬는다. 그래. 맞아 소녀 같아. 전혀 일상의 냄새가 끼지 않는 순수함. 입을 열면 전혀 거침없이 나오는 말들. 풍부한 어휘.

성호가 혼자 들어온다.

갔니?

네.

오후에 부쩍 손님들이 드나든다.

어쩌면 기차소리가 아련하게 들리는, 흰빛 철쭉이 눈부시게 피어 있고 기다란 미루나무 다섯 그루가 사월의 하늘에 잎들을 보석처럼 나부끼고 서 있는 찻집 이야기가 은근히 퍼져가고 있는 중인지도 모르겠다. 그리 넓진 않지만 근처는 온통 아직 시골티가 남아 있는 공터가 있고, 길 건너 앞산을 휘돌면 작은 호수도 있고, 거기서 날아오는 새들이 나무 위에 앉아 쉬었다 간다는 그런 소문도 났을지도 모른다. 아니면 성호가 선곡하는 음악이 좋다거나, 커피 맛이 좋다는 소문.

나는 음식점 뒤쪽으로 모텔이 들어서면 우리 가게에 미치는 영향이 있을까 없을까 잠시 생각하다가 뭔 쓸데없는 생각이야, 하며 성호 옆에서 믹서를 돌린다.

성호는 이제 그녀가 오는 시간엔 죠지 윈스턴이나 스티브 레이멘, 앙드레 가뇽의 음악을 가만가만 틀어야 한다는 걸 알고 있다는 듯이 선곡에 신경 쓴다. 볼륨도 줄이고. 그녀는 우리 가게의 중요한 손님이 되어버렸다.

나는 아직 그녀와 일면식을 했다고 말하지 않았다. 그러나 성호도 그녀가 글 쓰는 여자라는 걸 알고 있고 헤밍웨이가 쿠바의 카페에 앉아 글을 썼듯 그녀도 우리 찻집에 나와 글을 쓰는 것이 자랑스러운 듯

보인다. 그녀 옆에 가서 커피를 따르며 뭔가 한마디씩 소곤대고 오는
걸 보면.

　그 남자가 왔다.
　그녀가 글 쓰러 오는 날은 그 남자도 온다는 걸 알게 되었다. 부득이
한 사정이 있지 않는 한 그는 그녀에게 달려오는 걸까. 나는 마치 예전
의 고등학생이 된 듯한 느낌을 갖는다. 그녀는 여대생이고, 저 남자는
같은 대학생. 그녀와 소통을 할 수 없는 나는 그를 시샘하지만 가까이
가서 시비를 걸진 못한다. 나는 그저 곁눈질로 그들이 웃고, 소곤거리
는 것을 바라볼 수 있을 뿐이다.
　그들이 석양 무렵 아련한 햇살 한 줌의 여운이 감도는 창가에 앉아
소곤거리는 것을 보면서 나는 담배를 만지작거린다.
　석양이었다. 혜수를 만난 그날.
　그때 나는 막연히 성당을 드나들기 시작했을 것이다. 성당이란 단어
속엔 막연한 그리움이 있었다. 고등학교 시절 시골의 먼지 나는 정거
장에서 버스를 기다리며 듣던 말, 연주가 성당에서 시화전을 한댄다,
라는 말을 들은 뒤부터였을까. 성당은 나의 그리움의 장소가 되었다.
막연한 향수 같은.
　대학에 들어간 뒤, 얼마 안 돼서 나는 시내 초입에 서 있는 로마네스
크 양식의 고색창연한 성당 건물을 발견했다. 그때 문득 나는 성당 건
물이라는 구체적인 실체를 눈앞에 두고 내 의식 속에 터를 잡은 그리
움의 실체를 보는 듯했다.
　그러나 성당은 성당일 뿐이었다. 그리움은 가슴 안에서 빠져나오지
못하고 신음했으며 성당은 고즈넉하기만 했다. 나는 천천히 문을 밀고
성당 안으로 들어서서 어둑한 성당 안을 바라보고 서 있었다.

사월의 중순 오후 네 시쯤이나 됐을까. 한쪽 벽의 스테인드글라스 창문의 성화들이 눈부신 광채를 쏟아내는 것을 발견했다. 나는 하마터면 무릎을 꿇을 뻔했고, 한없이 아름다운 그 빛들에 눈물이 날 지경이었다. 나는 무언가 모를 힘에 압도되어 한참이나 그대로 서 있었다.

그러나 내가 성당엘 드나들기 시작하리란 걸 그때는 알지 못했다. 그저 나는 오후의 빛을 받은 창문의 그림들이 경이로웠을 뿐이었다.

그때 왁자지껄 한 무리의 청년들이 무거운 나무문을 밀고 들어섰고, 그들은 순식간에 빛나는 광채 속에 쌓인 정적과 고요를 없애버렸다. 나는 문 쪽으로 뒷걸음질쳤다. 그들은 나를 발견하지 못했고, 기다란 의자들 사이를 지나 성당의 앞쪽으로 난 문으로 서둘러 들어가고 있었다.

조용히 무거운 나무문을 살짝 열고 나오려던 순간 나는 한 여자와 부딪고 말았다. 그녀가 들고 있던 커다란 바구니의 물건들이 바닥에 쏟아졌다. 나는 당황해서 바닥에 쏟아진 것들을 두 팔에 쓸어 담고 위를 쳐다보았다. 그녀가 바구니를 내려놓고 내 팔을 내려다보았다. 아니 어쩌면 내 팔 위에 얹힌 빵들을.

누구? 하는 듯한 표정이었다. 나는 투명봉지로 포장된 빵들을 바구니에 내려놓고 일어섰다.

미안합니다. 네. 근데 여기 성당 나오시는 분이세요? 처음 뵙는데?

나는 붉어진 얼굴을 쓸며 손을 털었고, 한참 지나서야 대답했다.

아뇨. 그냥 한번 들어와 봤다가…….

아, 그러세요? 난 이 성당 청년부에 있어요. 일요일 저녁에 성극 공연이 있는데 오늘 연습 날이거든요. 시간 있으면 다음 주에 보러 오세요.

그녀가 옆구리에 낀 누런 봉투에서 팸플릿 하나를 꺼냈다. 그리곤 빵 바구니를 들고 문을 밀다가, 아 잠깐, 하더니 내게 빵을 하나 던져 준 다음 황급히 문을 밀고 안으로 들어갔다.

성당 문 밖의 오래된 뜰 가득 노란 햇살이 가득 차 있었다. 나는 텅 빈 성당 뜰의 벤치에 앉아 성모상을 바라보며 그녀가 준 빵을 오래오래 먹었다. 오래된 나무의 나뭇잎들이 바스락거리며 석양을 맞고 있는 아름다운 정원에서.

나는 다음 주말의 일요일 저녁 일곱 시에 그 성당으로 갔다.

아직도 막연한 그리움이 성당이란 글자 앞에 안개처럼 띠를 두르고 있었다. 그 그리움은 연주, 시, 도스토예프스키 같은 단어들을 떠올리게 했다. 언제부턴가 고향의 정거장에서 볼 수 없게 된 연주가 열었을 시화전의 흔적까지도.

혜수를 그렇게 만났다.

우연히 들어간 성당에서. 혜수는 성당에서 활동을 하긴 했지만 연극에 더 열심이었다. 성당에 나간 것은 친구가 성극에 그녀를 끌여들였기 때문이다. 사실 혜수는 신을 믿지 않았다. 나처럼. 분방하고 매사가 확실한 성격이었다.

그때 성당에서 만난 이후로 나는 나보다 두 살이나 위인 혜수를 졸졸 따라다녔다. 그녀가 나를 데리고 다녔다고 해야 옳은 표현인지도 모르겠다. 그녀의 남자친구를 만나러 갈 때도, 그녀의 신발을 살 때도.

그리고 무엇보다도 일주일에 두 번씩 꼭꼭 나는 인문대 강당으로 그녀를 보러갔다. 거기서 혜수는 '고리'라는 동아리의 연극 연습에 한창이었다. 혜수가 연극 연습을 끝내고 동아리 친구들과 막걸리를 마시러 갈 때도 나는 가끔 합류했다.

그녀가 삼 학년이 되고 내가 이 학년이 되었을 때는 좀 더 구체적인 관계를 내가 원하고 있다는 걸 깨달았다. 그러나 여전히 혜수는 나에게 선배로서만 군림했다. 그녀의 남자친구가 군대에 가버렸을 때 나를 붙잡고 울면서도 나를 남자로 대한 것은 아니었다. 나는 차츰 혜수에게 집착하기 시작했다.

남자가 그녀의 노트북을 들고 나간다. 그녀는 손을 흔들어 보이고 남자 뒤를 따라 나간다. 그들은 어디로 가는 걸까. 근사한 레스토랑에 가서 저녁을 먹으며 와인을 마시고, 어둔 거리를 걷고 그리고……. 불온한 상상이 머리를 스친다.

삼촌 뭘 그렇게 생각해요?

성호가 어깨를 툭 친다. 그때서야 나는 내가 그 남자를 질투하고 있다는 걸 깨닫는다.

나 잠깐 나간다.

나는 오후 여섯 시를 넘기는 시계를 힐끔 보고 작업실을 통해 밖으로 나갔다. 오늘은 가게에 다시 나오지 않을 것이다. 성호도 알고 있다. 그녀가 타고 온 차가 그대로 주차장에 남아 있었다. 그녀는 그 남자의 차를 타고 나갔다. 그들은 어떤 관계일까. 계속 나는 그 생각을 하고 있다.

나는 차를 몰고 철길 아래 굴다리를 지나 겹벚꽃잎이 눈처럼 흩어져 있는 호숫가로 갔다. 능수버들이 축축 늘어져 지는 해 쪽으로 흔들리고 있다. 바람이 살랑이기 시작한다. 저녁이 미리 바람에게 내려와서 유혹하는 것인지. 호수에 미세한 파문이 인다. 나는 밤의 유혹에 흔들리고 싶은 충동을 느낀다. 누구와? 새삼 단순하기 짝이 없고, 재미없는 나의 삶이 진절머리 쳐졌다.

나는 집 근처로 돌아와 차를 놓고 아홉 시쯤 유리상자로 갔다. 가끔 들러서 잭 다니엘이나 흑맥주를 한 잔씩 하는 집이었다.

테이블이 유리벽 쪽으로 여섯 개밖에 없는 작은 술집이지만 타원형의 스탠드바에는 여덟 개의 의자가 있다. 그곳엔 가끔 나처럼 혼자 오는 손님이 있었다.

안녕하세요?

그 남자가 와 있다.

그는 미소를 살짝 지으며 옆자리를 가리킨다. 그리곤 술잔을 들어 보인다. 바텐더가 고개를 꾸벅하면서 묻는다. 그거 드릴까요? 대답하려는데 그 남자가 양주병을 들어 보이며 손을 흔든다. 같이 마시자는 의미일 것이다. 나는 그 남자 옆에 가서 앉는다. 전에도 그 남자의 술을 마신 적이 있다. 몬트리얼 예수의 예수 역을 맡았던 배우를 닮았다. 짙은 눈썹과 기다란 얼굴, 슬프게 보이는 눈 때문일까.

그 남자 이름은 하일이다. 저 정하일입니다. 처음 봤을 때 그가 손을 내밀며 말했었다. 나는 저 몬트리얼 예수입니다, 라고 말하는 것처럼 느꼈다. 그는 그림을 그리는 사람이었고, 검고 긴 머리를 목 뒤로 묶고 있었다.

바그다드카페의 선율이 막연하게 들렸다.

여기서 사라방드나 울게 하소서, 같은 연주를 듣는다면 이상할까요?

갑자기 그, 하일이 물었다.

글쎄요. 한번 듣고 싶은 충동도 생기네요. 그 말을 들으니.

어때요? 고래 씨?

별명이 고래인 바텐더에게 그가 묻자 바텐더가 홀을 둘러보았다. 테이블 두 개에 손님이 있었다. 그들은 얼굴을 맞대고 무언가 속삭이고 있는 두 쌍의 연인들이었다. 음악이 갑자기 술집 분위기에 안 맞게 튀어나온대도 별 신경을 쓸 것 같진 않았다.

헌데 그 곡이 없어요. 유감스럽게도. 하프 연주곡은 하나 있어요.

뭔데요?

그가 실망스럽다는 듯 묻는다.

글쎄. 모르겠는데. 어떤 손님이 맡겨놓은 건데.

한번 틀어 봐요. 그냥 들어봅시다.

갑자기 근사한 하프 소리가 울려 퍼졌다. 와우! 하일이 소리를 치며 팔을 내밀었다. 우리는 하이파이브를 하며 건배를 했다.

저 사람들은 음악에 관심이 없군.

그는 좀 취한 듯싶다.

연인들인걸요.

바텐더가 대꾸하며 엄지를 들어 보인다.

그거 줘 봐요.

뭐 말씀이세요?

시디 케이스.

하일이 어둔 조명 아래서 눈을 찡그리고 시디 케이스를 보더니 내게 내밀었다. 오냐 미노코로군요. 하프 소리 근사하네요.

아일랜드 연주자다. 그녀의 노래를 들어본 적이 있다.

아, 알아요. 들어본 적 있어요.

하프 소린 천상의 소리 같습니다. 브라보! 하늘로 갑시다.

서너 명의 남자들이 바에 와서 앉았다.

그 시디는 어떤 소설가가 맡겨놓은 겁니다. 여자 분인데…….

내 귀가 번쩍 뜨인다. 소설가? 여자?

아, 오늘쯤 오실 수도 있어요. 그분 여기 가끔 오시는데. 기자라는 후배하고. 그 후배 한 기자가 선물한 건데 여기에 놓고, 올 때마다 들려달라고 부탁했어요.

그래요? 나도 아는 분인데. 우리 가게에 와서 글을 쓰고 있어요. 요즘. 늘 그 기자가 와서 같이 나가곤 하더군요.

같은 분인 거 같네요.

하일이 생각에 잠겨 있는 듯하더니 슬쩍 묻는다.

내 방에 가서 음악 들을래요? 아니 내 작업실에 가서.

그를 언제 봤을까. 세 번쯤은 봤겠지 싶다. 그는 늘 나처럼 혼자였다.

작업실이라면 화실? 이 근처에 있습니까?

아뇨. 좀 멀지만 택시 타면 이십오 분. 어때요, 가서 바흐의 음악을 들읍시다.

잠깐. 하프 연주 좀 더 듣고 가죠.

하일이 고개를 끄덕인다. 그는 어떤 사람일까.

그녀는 오지 않는다. 밤 열 시가 넘었고, 양주를 마시는 남자들이 가득 차서 바텐더는 바빴다. 아르바이트를 하는 여학생이 왔지만 그녀는 술을 만들지 못한다. 나는 하프 연주를 네 곡이나 듣고서야 하일에게 고개를 끄덕였다.

하일의 작업실은 우리집과는 정반대 쪽에 있었다.

난 일주일의 반은 이 화실에서 지내요. 엉망이죠? 계집애가 와서 치워주기는 하는데 내가 싫어하니까 잘 오지 못해요. 나 없을 때 살짝 와서 치워놓고 가죠.

계집애?

그런 애가 있어요. 우리 학교 학생인데 나를 좋아하죠. 제자를 어떻게 할 수는 없고, 그렇다고 매몰차게 할 수도 없고. 전 여자 안 좋아해요.

하일의 그림들은 창백하다. 비구상의 색채들이 온통 푸른빛을 띠고 있었다. 누드화 몇 점이 그나마 생동감이 있다. 한쪽 벽에는 프리다 칼로의 초상화가 큼지막하게 걸려 있었다. 뭔가 운명적이고, 멕시코적인 열정 속에 숨은 슬픔이 가득 찬 비상한 눈빛. 처음 그녀의 사진을 봤을 땐 칼날을 느꼈었다. 운명에 들이민 칼날 같은 것.

아, 그녀를 아세요?

네. 조금.

건배합시다. 나는 가끔 그림에 대한 열정이 땅바닥으로 떨어진 듯한 느낌을 받을 때 그녀를 생각하죠. 그림 형태는 다르지만 그녀는 지독한 삶 그 자체예요. 나한테는 그런 게 필요하거든요. 독주 같은 것.

하일과 프리다 칼로를 번갈아 쳐다봤지만 그들 사이의 공통점은 보이지 않는다. 하일은 어떻게 보면 도시 부랑아처럼 보인다. 그림을 그린다는 명제가 없다면 아마도 그러하리라. 나는 하일과 새벽 한 시까지 술을 마셨다. 바흐의 칸타타를 들으며.

내가 술을 그렇게 많이 마신 건 오랜만이었다. 나는 그저 가끔 유리상자에 가서 잭 다니엘 두어 잔을 홀짝이다 오거나 작업실에 앉아서 캔 맥주를 홀짝일 뿐이었는데.

눈을 떠보니 아침이었다. 하일은 나가고 없었고, 팬티 차림으로 나는 하일의 침대에 누워 있었다. 시계를 보니 열 시가 넘어 있고, 침대 옆 테이블에 커다란 메모가 눈에 띄었다.

정윤조 씨. 아침 강의가 있어서 나갑니다. 커피 올려놨으니 마시고 나가세요. 또 뵙시다. 문은 꼭지 누르고 나가세요.

나는 내 맨몸을 내려다보며 쓴웃음을 진다. 언제 옷을 벗고 잤는지 기억이 안 났다. 내가 여자라면 그가 벗겼겠지만, 그가 날 탐했을 리는 없고. 나는 옷을 걸치고 세면대로 가서 세수를 한 다음 커피를 따라 마시며 성호에게 전화를 건다. 휴대폰에 성호의 번호가 몇 번이나 찍혀 있었다.

삼촌 어디예요? 전화도 없이. 나 강의 날이에요.

여기 그림쟁이 화실이야. 집에 들러서 옷 갈아입고 나가마.

알았어요.

나는 흐트러진 침대를 정리하고 쿠션 두 개를 머리맡에 놓은 다음, 커피메이커 전원을 빼고 화실문의 꼭지를 누른 후 어딘지 모를 거리로 나섰다. 화실은 계단이 건물 밖으로 나 있는 이층이었다.

한적한 교외였다. 교회 건물이 오백 미터쯤 옆에 있고, 괜찮은 이층 집들이 꽤 들어서 있었는데, 뒤쪽으로는 토박이 기와집들이 몇 채 보였다. 나는 슬슬 마을을 걸어내려 갔다.

여기가 어디쯤입니까?

여긴 예술촌이에요. 나는 총각이라 아래층에 사는 선배 집을 빌렸어요. 선배는 국악을 하는 사람이죠.

나는 여자 안 좋아해요. 그놈의 기집애, 왜 자꾸 오는지 몰라.

간밤에 나눴음직한 말들로 머릿속이 시끄러웠다. 여자 안 좋아하는 화가의 집을 다시 한번 올려다 본 다음 나는 마침내 큰 길을 만났다. 입구에 무슨 예술인촌이라는 팻말이 있는 게 그의 말이 맞는 성싶었다.

성호가 대학원 가는 날이라 어쩔 수 없이 가게로 나갔다. 간밤의 숙취로 몸이 아직 회복되지 않은 상태였다. 나는 가게에 나가 꾸벅꾸벅 졸았다. 다행인지 그녀는 나오지 않는다. 처음 낯선 손님 몇 명만 오후 세 시까지 들락거렸을 뿐이다. 나는 오냐 미노코의 연주를 틀어놓고 눈을 감았다 뜨며 자꾸 감기는 눈을 비빈다.

흰 철쭉들이 지기 시작했다. 몇 그루의 장미나무들이 꽃을 피우기 시작했고, 미루나무 잎들의 색이 진해진다. 오월이 온 것이다.

그녀도 어젯밤 혹 술을 마셨는지 모른다. 나는 밤새도록 술집에 앉아서 그녀를 기다리고 싶었다. 내가 나간 후 그녀가 왔을지도 모른다는 생각이 가슴 한쪽에 남아 있다.

커피를 넉 잔이나 마셔서 그런지 어느 순간부터는 졸음이 딱 가셨다. 나는 손님이 뜸한 틈을 타서 마당에 나가 자갈 위에 떨어진 흰 꽃잎들의 잔해를 치운다. 이제 봄은 지나갔다. 오월은, 오월이다. 봄이라는 절기에서 벗어난 독립된 계절이라는 생각이 드는 건 왜일까. 나는 오월을 봄이라고 말하지 않고 그냥 오월이라 부르고 싶다.

삼월의 변덕스러움과, 꽃을 시샘하는 바람, 사월의 굳은 땅에서 생명을 잉태하기 위한 잔인한 몸부림과 찬란한 꽃들의 자태, 그리고 건조한 땅에서 끊임없이 일어나는 투명한 먼지들이 봄비와 초록 순들에 의해 잠잠해지면 그때 우리는 오월을 느낀다. 순수한 록綠, 수채화 같은 나뭇잎들의 윤무, 살랑거리는 바람, 그리고 아름다운 햇빛.

성호가 오자마자 나는 작업실 의자에 누워 뻗어버렸다.

잠에서 깨어난 시간은 여섯 시. 성호에게 그녀가 왔느냐고 물으려다가 입을 다문다. 두 시간 정도 잤는데 그 사이 왔을 리가 없다. 나는 성호의 여자친구가 지은 밥과 김치찌개로 저녁을 먹고 가게를 나온다. 성호의 여자친구가 성호와 같이 있을 예정이었다. 나는 차창을 열고 달디 단 저녁 바람을 맞으며 호숫가를 한 바퀴 돈 다음 집으로 돌아간다. 집으로 돌아가서 하일에게 전화를 걸 생각을 했으나 전화번호를 알지 못 한다는 걸 깨달았다.

나는 욕조에 뜨거운 물을 받아 푹 잠겨 있다가 침대에 누워 꿈을 꾸었다. 혜수가 나를 강간하는 꿈. 나는 소스라치게 놀라 일어나 창문을 열고, 피워본 지 오래된 담배 한 개비를 빼 피워 문다. 떠난 지 오래인 혜수 꿈을 왜 꾼 걸까.

혜수

혜수가 졸라 시골집으로 가는 버스를 탄 적이 있었다. 그녀가 새로운 남자친구를 만나기 전이다.

그때 나는 이미 혜수를 갖고 싶었다. 정이 들대로 든 데다 내 마음 밖에서 노는 여자 혜수가 나의 속마음을 모르는지 어쩌는지 늘 처음처럼 행동에 스스러움이 없다는 게 견딜 수 없었다. 예컨대 나를 남자로 보지 않는다는 것에 대하여.

나는 부끄럽지만 아직 총각이었다. 과의 여자친구들이나 철학동아리 '매'의 여자친구들 중에도 개인적인 관계를 가진 여자는 한 명도 없었다. 그들은 나와 혜수를 연인처럼 생각했다. 내가 미처 몰랐던 것을 깨우쳐주기라도 하듯이 그들은 나를 혜수와 연관시켰다. 혜수는 문과에서는 꽤 유명한 여자였다.

이 학년 가을이었으니 혜수를 만난 지 거의 이 년이 가까웠다. 완행버스를 타고 토요일 시골길을 달리는 것이 내게는 새로울 것이 없었지만 혜수는 달라보였다. autumn leaves를 흥얼거리며 내 손을 만지작거리는 혜수 얼굴을 보면서 나는 혹 그녀가 속으로는 나를 남자로 생각하는지도 모른다고 생각했다.

어쨌든 둘만 있는 시간, 나란히 붙어 있는 좌석에 앉아서 내게 몸을 밀착시키거나 흔들림에 의해 내게로 몸이 기울 때 나는 흡족했다. 그러나 노란 벼들이 양쪽으로 펼쳐진 길을 따라 집으로 들어갔을 때 나는 갑자기 공중에서 툭 떨어진 매 같았다.

우리가 그 길을 걸으며 가을을 만끽하고 있을 때 요란한 응급 벨 소리를 내며 앰뷸런스 한 대가 지나갔다. 헌데 집으로 올라가는 동네 길을 오르며 나는 그 병원차가 우리집 대문 앞에 있는 것을 보았다. 우리집은 동네 맨 앞집이었다. 나는 누나, 여기 잠깐 있어봐, 아까 그 병원차가 우리집에 있어. 하고는 정신없이 집으로 뛰어 들어갔다.

그 뒤로 어떻게 됐는지 모른다. 나는 혜수에게 다시 말할 틈도 없이 앰뷸런스에 실리는 아버지를 따라 작은집 형과 함께 병원으로 달렸다. 어떻게 알고 왔냐? 니 아버지가 갑자기 쓰러지셨다. 어머니는 마루 기둥을 잡고 정신 나간 것처럼 내게 말했다. 니 형은 지금 오고 있단다. 병원으로 먼저 가라, 고 했다. 어머니에게 다가갈 틈도 없이 나는 고개를 주억거리며 앰뷸런스에 올랐다.

차가 동네 길을 내려갈 때 나는 멀뚱히 서 있는 혜수를 발견했지만 어쩔 줄 몰라서 얼른 고개를 숙여버렸다. 혜수 누나, 아버지가 쓰러지셨어. 나는 속으로만 그렇게 뇌었을 뿐이다.

그날 저녁까지 병원에 있다가 막차를 타고 나는 k시로 돌아왔다. 막차에서 내리는 순간 그때서야 혜수 생각이 났다. 버스를 타는 내내 아직 혼수상태에서 빠져나오지 못한 아버지를 생각하며 마루 기둥을 잡고 꾸부정히 서 계시던 어머니 생각에 목이 메어 있었다.

나는 기진해서 학교 앞 혜수의 집으로 천천히, 아주 천천히 걸어갔다. 그녀는 친구와 같이 방을 얻어 지내고 있었다. 나 역시 방을 얻어 지내고 있었지만 나는 혼자였다. 혜수의 방에 불이 켜져 있는 것을 보고 나는 안도의 숨을 쉬었다. 혼자 대책 없이 알지도 못하는 시골동네에다 방치해두고 돌아와서 그녀가 무척 화를 낼 것이 걱정되기 시작했지만, 나는 열린 대문으로 들어가 그녀의 방 창문을 두드렸다.

혜수가 나왔다.

누나, 미안해. 아버지가 쓰러지셔서 앰뷸런스에 타는 바람에…….

그래. 알아. 널 봤어. 아버지는 어떠시니?

아직 혼수상태야.

어떡하니. 너 막내지?

나는 고개를 끄덕였다.

형이 둘 있고 누나 한 명 있어.

갑자기 혜수가 나를 꼭 껴안았다.

니네 집에 가자. 내가 위로해 줄게.

내 자취방은 한 블록 거리에 있었다.

나는 혜수의 팔에 싸여 내 방까지 걸었다. 갑자기 나는 아버지를 잊었다. 혜수가 나를 껴안은 적은 한 번도 없었다. 그녀의 남자친구를 껴안고 장난하는 모습만 봐왔을 뿐이다. 나는 그저 그녀의 옵서버일 뿐이었는데 오늘밤은 왠지 달랐다.

이리 와. 안아줄게.

나는 너무 놀라서 숨이 멎을 지경이었다. 책상 옆 작은 꼬마 전구만 남겨두고 혜수는 천장에서 빛나는 푸른 형광등 스위치를 내려버렸다. 옆방에서 라디오 소리가 났다. 어느 방에선가는 늦은 밤 라면 끓이는 냄새가 났다. 성냥갑만 한 작은 방들이 이어진 초라한 자취집의 맨 끝 방이 내 방이었다.

혜수는 천천히 내 옷을 벗겼다. 그리고 스웨터 안의 두 가슴 사이로 내 얼굴을 끌어당겼다. 나는 어머니 냄새 같은 혜수의 젖 냄새를 맡았다. 나는 혜수의 젖을 먹고, 혜수의 따뜻한 수액과 따뜻한 체온을 흡수했다. 갑자기 나는 혜수 안에 들어가 있었다. 너무 흥분해서 금방 나는 젖어버렸고 무안해서 혜수의 가슴에 엎어져 있었다.

왜 눈물이 났을까. 그 순간 산소 호흡기를 끼고 있는 아버지가 생각났고, 마루기둥을 붙잡고 간신히 서 있던 어머니가 생각났다. 나는 더욱 혜수의 가슴을 파고들었다. 혜수는 그 순간 나의 어머니였다. 나의 자궁. 나의 본래 자리.

언제 잠들어버렸는지 모른다. 혜수의 가슴에 엎디어 나는 잠이 들었다.

눈을 떠보니 혜수는 없고 벗은 몸 위에 내 남루한 이불이 덮여 있었다. 새벽까지 나는 그대로 잠들지 못하고 아침을 맞았다.

아버지는 사흘 후 돌아가셨다.

깨어나셨다는 전화가 자취집으로 와 수업을 팽개치고 달려갔으나 나는 아버지의 임종을 보지 못했다. 더욱 슬펐던 건 이미 아버지 따라가기를 다 앗아버린 어머니의 힘없는 얼굴을 본 순간이었다. 누이의 품에 안겨 울지도 못하고 그저 힘없는 검불처럼 기진한 어머니 얼굴을 나는 바라볼 수 없었다.

그때 혜수가 내 철학 동아리 애들과 연극 동아리 '고리'의 선배들을 거느리고 왔었다. 나의 슬픈 시골집으로. 가을이 깊어가고 있었다. 들판으로 불어오는 소슬한 바람이 초록대문 옆 감나무 잎을 떨어뜨리고 노란 은행나무 잎들을 사정없이 떨궈 버렸다. 혜수와 그 측근들은 와서 사흘간 일을 도왔다.

그 사이 노랗고 빨갛게 물든 나뭇잎들은 다 져버릴 듯이 사방으로 흩날렸다. 그리고 마침내 아버지를 보내드리던 날은 아주 아름다운 시월의 마지막이었다. 잔잔한 햇살과 푸른 하늘, 그리고 가만히 서 있는 나뭇잎들의 숙연함.

그 사흘 동안 혜수는 내게 지금까지와는 다른 깊은 인상을 남겼다. 전혀 혜수답지 않은 조용한 모습에 간간이 나는 그녀를 훔쳐보았고, 인간에겐 다 저런 이면이 있을 수도 있겠다 싶었다.

그러나 아버지 상을 치르고, 삼우제까지 지내고 돌아온 뒤 만난 혜수는 다시 그 전의 그 여자였다. 톡톡 튀고, 자신감을 동동 매달고 다니는. 그리고 그 사이에 새로운 남자친구가 옆에 와 있었다. 나는 생각했다. 여자란 그런 것인가 보다, 라고.

연주

마침내

나는 마침내 라고 속으로 뇌인다. 마침내 그녀가 나를 손짓한다. 나는 조심스럽게 그녀 앞에 가서 앉는다. 그녀는 커피를 같이 들지 않겠느냐고 묻는다. 나는 성호에게 손짓했고 성호는 커다란 머그잔에 커피를 따른다. 나와 그녀의. 오후 네 시.

우리 고향 이야기해요. 이름이?

윤조예요. 정윤조.

나는 서연주. 고향은 같고. 내가 선배고. 맞죠?

네. 2년 선배시죠. 다시 뵙다니 꿈같습니다. 그것도 내 가게에서.

그러게요. 고향에 잘 가나요?

자주 못 갑니다. 부모님 다 돌아가셨거든요. 형님이 계셔서 명절 때나 가고……

지금 아름답겠죠? 아, 동네가 틀리니 연상하는 게 다르겠군요. 우리 동넨 커다란 포플러나무가 마을 입구에 몇 그룬가 있었어요. 사월이 되면서 잎이 피고, 그 연한 연두색 나뭇잎들이 몸을 뒤집으며 촐랑대면 정말 아름다웠죠. 지금은 어떤지 모르겠어요. 언제부턴가 포플러나무는 심지 않으니까. 저 미루나무처럼 희고 날씬한 몸을 가진 나무들이 겨울이면 산에 쫙 깔려 있더군요. 그림처럼.

우리집 앞에는 어머니가 유채를 심어서 봄이면 노란 유채꽃이 피곤 했어요. 늦은 밤 달이 뜨면 그 노란 유채꽃이 달빛에 아름답게 빛났습니다.

아, 달빛. 우리집 옆에도 유채꽃이 있었는데. 혹 달빛 아래서 일기를 쓰던 소녀를 보지 못했나요?

나는 멍해서 그녀를 본다.

바로 나였어요. 나는 달이 뜨는 내내 몇 날 며칠이고 밭 가장자리에 쭈그리고 앉아서 달빛 아래 일기를 쓰곤 했죠. 그 신비스런 저녁들이 생각나요. 달빛의 푸른빛과 서늘한 공기가 태초의 신비를 느끼게 했죠. 우리 언닌 나더러 미쳤다고 했어요. 한밤에 달빛 아래서 뭐하니, 하면서. 하지만 그때의 감정들이 고스란히 지금도 되살아나요. 내 글 속에 그 달빛이 스며 있죠.

그녀가 노트북 옆에 있던 책을 한 권 내게 건넨다.

그 달빛을 배경으로 쓴 글이 들어 있어요. 읽어보세요.

아, 나는 탄성을 뱉는다.

저 주시는 겁니까?

그럼요. 놓고 보세요. 다른 문예지들이 나오면 갖다 줄게요.

정말 고맙습니다. 잠깐 실례하겠습니다.

나는 작업실에 가서 머그잔 두 개를 가져온다. 특별히 고흐의 해바라기를 그려본 거다.

잘 그리진 못했지만 특별히 잘 그려보려고 했던 겁니다. 제 취미가 머그잔에 그림 그리는 거랍니다. 받아주십시오.

어머, 뜻밖의 선물이네요. 흔한 문예지 정도 가지고 선물을 받으니 너무 기분 좋네요. 이거 내 방에 놓으면 근사하겠어요. 열정이 느껴지는 칼라예요. 남편이 이번에 중국에서 오면서 중국 컵 다섯 개를 가져 왔더군요. 누가 줬다는데……. 너무 화려해서 좀 조잡한 느낌이었어 요. 근데 이건 단순하면서 열정적이에요, 이 노란 칼라.

고맙습니다. 화집을 보고 그저 따라 그린 건데 말씀을 듣고 보니 마치 제 창작품처럼 느껴지고 기분이 좋은데요? 남편께서 중국여행을 자주 하시나 봐요.

아, 중국에 공장이 있어요. 거기서 거의 살죠. 현지처도 있어요.

현지처라는 말을 하면서 그녀의 눈이 잠시 날카로워지더니 가늘게 찡그려진다. 그 다음엔 히스테릭한 웃음이 이어졌다. 담배를 피워 물며 눈을 내리깐 채 그녀가 중얼거린다.

오래됐어요. 그는 모르는 줄 알지만 나는 처음부터 알고 있었죠. 중국에 사는 내 후배가 귀띔을 해줬거든요. 벌써 일 년이나 됐어요.

나는 당황해서 괜한 말을 했나 싶어 얼굴을 붉힌다.

죄송합니다. 괜한 말을 해서…….

미안해할 거 없어요. 전혀 아무렇지도 않은 걸. 그나 나나 모른 척하고 아주 천연덕스럽게 살죠. 거의 떨어져 있기도 하고. 한 달에 한 번, 혹은 두 달에 한 번 정도나 나오니까. 그래서 일주일 정도 있거나 사나흘 머물다 갈 때도 있어요. 제 딸아이도 만성이 됐죠.

담배 연기가 길게 내뿜어진다. 눈을 가늘게 뜨고 나를 내려다보며 그녀가 싱긋 웃는다.

자유부인이죠.

웃음 끝에 심상찮은 쓸쓸한 느낌이 나를 사로잡는다.

이제 글을 써야겠어요. 내 친구가 한 시간 후면 올 거니까 그때까지 이 문장 완성시켜야 해요. 그 친구 신문에 연재 나가는 소설이에요. 알죠? 늘 오는 내 남자친구.

네.

사실 마감에 대느라 엄청 스트레스죠. 다시는 연재 안 하겠다고 으름장 났죠. 컵 고마워요.

그녀는 다시 웃는 얼굴로 돌아왔다.

나는 그녀가 담배를 피지 않았으면 좋겠다는 생각을 한다. 언젠가 친해지면 그 말을 한번 해봐야지, 생각하며 나는 그녀 앞에서 일어선다.

작업실에 들어가 머그잔과 붓을 든 채 나는 그저 앉아 있었다. 그녀의 남자친구 목소리가 내 작업실에 들릴 때까지. 그녀의 노트북을 들고 그는 그녀의 어깨를 만지며 내 가게를 떠난다.

나는 창문으로 그것을 보면서 담뱃갑을 만지작거린다. 우울하다. 아주 심하게 우울했다. 혜수 이후, 혹은 큰 사고 이후 나를 강타했던 절망에서 벗어나 다다르게 된 슬픔이나 기쁨의 감정에서 벗어난 아주 밋밋한 감정상태에 익숙해져버린 내게 우울은 새로운 타격이다. 나는 어쩔 줄 몰라 벽에 얼굴을 찧고 싶은 심정이었다.

나는 손님 세 명이 앉아 있는 홀을 빠져나와 미루나무 아래를 서성댄다. 절뚝거리는 한쪽 다리의 통증이 느껴진다. 나는 느닷없는 울증의 의미를 모른 채 성급하게 차에 올라탔다. 성호에게 말도 없이.

아홉 시.

유리상자에 가서 나보다 먼저 와 있는 단골 하일 옆에 앉으면서 나는 그때서야 그녀가 준 책을 작업실에 놓고 온 걸 깨달았다. 나는 성호에게 그 책을 집으로 가져오라 이르고 하일과 스카치위스키를 마셨다. 천상의 소리 같은 하프 소리를 들으며. 행여 그녀가 잘 생긴 그녀의 젊은 남자친구와 그곳에 들를까 기대하며.

달빛이 가득 차 있었다. 나는 푸른 달빛 아래 밭 가장자리에 앉아 일기를 쓰는 소녀를 내려다본다. 온 산하에 푸른 달빛이 청청하고, 고요함, 슬쩍 불고 가는 바람, 별빛이 보석처럼 박힌 검푸른 하늘로부터 태초의 정기가 내려오는 듯하다. 텅 비어 있다. 달빛과 푸른 달빛이 내리는 산하와 그 푸른빛에 둘러싸인 소녀의 반짝거리는 눈빛뿐. 나는 그녀에게 다가간다. 누나. 나는 누나! 하고 뇌어본다. 한번도 불러보지 못한 이름이다. 연주 누나.

그녀의 글 속엔 고향의 달빛이 가득 들어 있다. 푸르고, 고요하고, 괴괴하기까지 한. 나는 밤새워 그녀의 짧은 소설을 읽고 또 읽는다.

우울의 근거

그날 오후 시작된 우울은 그녀가 나오지 않은 며칠간 계속됐다. 그녀는 물론 그 남자도 나오지 않았다. 에릭 클랩튼이 기타로 연주하는 데니보이를 몇 번이고 들으면서 나는 머그잔을 만지작거리며 스카치를 홀짝거린다.

성호가 대학원 가는 날도 나는 바 안에서 스카치를 홀짝거리고 있었는데, 손님이 통 오지 않을 듯하다가 두 시쯤 우루루 일곱 명의 젊은 남자들이 몰려들었다. 그리곤 중년의 남녀 두 쌍이 들어온다.

우울할 틈이 없다. 커피를 만들고 음료를 준비하는 동안 나는 나를 거의 기진하게 했던 우울을 잊는다. 오월의 화요일. 일곱 명의 남자들은 무언가 토의 중인 듯싶고 한 쌍의 중년 커플은 집안 얘기를 나누는 듯싶다. 내가 다리를 저는 걸 보고 일곱 명 중의 한 남자가 다가와 쟁반을 받아간다. 제가 들게요, 하고.

애 시키세요. 잘할 거예요.

나머지 남자들이 이구동성으로 말한다.

나는 손을 내저으며 웃는다.

고맙습니다.

기차 지나가는 소리와 그들의 소곤거림, 때로는 격한 말투, 혹은 활력 있게 터지는 웃음소리를 들으며 나는 한숨을 돌린다. 갑자기 배가 고파왔다. 나는 바에 앉아 성호가 준비해 놓고 간 토스트를 먹으며 다시 우울 속에 갇힌다.

그것은 저 세월을 거슬러서부터 시작된 아주 근원적인 슬픔과도 같은 감정이다. 내가 수년 동안 잊고 살았던. 그런 감정들이 찾아오리라곤 생각해보지 못했다. 내가 그런 감정에 휩쓸리리라곤. 나는 삶을 포기한 거나 다름없었다. 아무런 감정도 나를 살아 있게 해주지 못했으므로. 혜수, 그리고 내 다리를 강타한 두 가지의 큰 사건 이후.

혜수가 어느 날 느닷없이 말했다.

내가 아직도 그녀의 살 냄새와 따뜻한 체온에서 빠져나오지 못하고 있을 때. 그녀는 이제 사 학년이 될 참이었고, 한참 열애 중이었다. 늘 있던 일이었으므로 나는 그녀의 남자친구와도 잘 지냈다. 허나 이번엔 뭔가 좀 달랐다. 혜수는 진지한 얼굴로 내게 말했다.

윤조야, 나 결혼할거야.

뭐? 언제?

일월에. 결혼하고 영국으로 가. 석규 씨 따라서.

정말예요? 누나? 학교는 어떡하고?

나는 놀라서 물었고 가슴이 덜컹 내려앉았다.

그래. 영국 가서 셰익스피어 연극 확실히 접하고, 기회가 닿으면 연극공부 좀 하고. 학교는 일시 휴학처리 하지만 아마도 돌아와서 다니게 되지는 않을 것 같아.

혜수는 학교 교정에 앉아서 내 등을 토닥거렸다.

정말 정 많이 들었는데 어떡하냐. 섭섭해서. 결혼식엔 와 줄 거지?

나는 대답하기가 힘들었다.

십일월이었다. 시험이 끝나면 종강이고, 그후론 혜수를 보기 힘들 것이다. 지금까지는 방학을 해도 늘 학교에 있었다. 잠깐 일주일쯤 집에 내려갔다가 우리들은 다시 자취집으로 돌아와 학교를 들락거리며 특강을 받고, 도서관에서 공부하고 동아리 활동에 참가했다. 방학이면 그녀의 연극 연습도 더 강도가 높아졌다. 나는 방학에도 늘 그녀 곁에 붙어 있었다. 그녀가 남자친구를 만나고 있는 동안만 빼고.

예상대로 혜수는 방학하자마자 집으로 내려가 버렸다.

나는 집에 가서 일주일을 보낸 후 예전처럼 학교로 돌아왔다. 쓸쓸했다. 나는 도서관에 있는 책을 다 읽어버릴 것처럼 마구 읽었다. 거의 혜수를 다시 보지 못할 거라는 생각을 하며 포기하고 지내던 어느 날이었다. 느닷없이 혜수가 나타났다. 십이월 말, 성탄 며칠 전의 오후.

나는 혜수와 눈 내린 교정을 거닐었다. 혜수는 오래오래 말이 없었다. 그러더니 외투 위에 두르고 있던 머플러를 내 목에 감으며 속삭였다.

그동안 너무 고마웠어. 내 동생. 내 친구. 내 열렬한 측근.

나는 얼굴이 붉어졌다. 눈물이 났다.

너 우는 거야? 나하고 헤어지는 게 슬퍼?

나는 고개를 돌리며 눈물을 삼켰다. 그래. 내겐 누나밖에 없어. 나는 속으로 중얼거리며 고개를 한쪽으로 돌리고 걸었다. 혜수가 내 팔을 잡으며 말했다.

나도 섭섭해. 하지만 연락할게. 자주. 그리고 몇 년 지나면 올 텐데.

그땐 니가 없을 수도 있겠구나. 군대도 가야 하고. 그렇지? 우리 약속해. 어디 있든지 항상 연락하고 지내기로.

나는 혜수와 새끼손가락을 엮었다. 그리고 학교 앞 식당에서 새우덮밥을 먹고 맥주를 마셨다. 혜수가 사는 마지막 음식이었다. 섭섭했다. 섭섭해서 죽을 지경이었다. 술에 취해 말이 없는 나를 혜수가 자신의 자취집으로 이끌었다.

친구는 집에 갔어. 오늘 여기서 자. 나랑.

나는 말없이 옷을 벗는 혜수를 바라보았다. 외투를 벗고, 스웨터를 벗고, 바지를 벗고…… 혜수는 내 옷을 벗기기 시작했다.

불을 끄고. 나는 가만히 벽에 기대 있었다. 혜수가 나를 요 위에 눕혔고, 그리고 내 위로 올라와 나를 어루만졌다.

널 사랑해.

뭐?

나는 벌떡 일어났다.

하지만 넌 내 동생이야.

나는 혜수 위로 엎어졌다. 그리고 정신없이 혜수를 탐했다. 혜수는 가만히 있었다. 나를 토닥거리고, 머리를 쓰다듬고, 그리고 가만히 기다려 주었다. 내가 진정될 때까지.

새벽. 혜수가 잠든 것을 보고 나는 옷을 입고 가만히 방을 빠져나와 걸었다. 혜수의 목도리를 두르고. 쓸쓸했다. 그 새벽 나의 방을 향해 걸으면서 나는 처음으로 인생의 참담함을 느꼈다. 인생이란 말……. 인생이란 참으로 쓸쓸한 것이로구나.

내 생애 처음으로 어떤 참담함 속에서 떠오른 단어. 그것 또한 혜수가 가르쳐준 것이리라. 나는 군대를 생각했다. 내가 알지 못하는 미래를 생각했다. 나를 떠나가는 모든 것들을 생각했다. 혜수, 혜수와 함께 보냈던 시간들, 미처 내가 돌아보지 못했던 시간들. 나의 것일 수도 있었을 많은 시간들.

　중국에 갔다 왔어요.

　남편의 여자를 봤죠. 그리곤 그냥 돌아왔어. 내가 어찌 하겠냐 싶어서. 하지만 돌아와서 끙끙 앓았어요. 내가 끔찍이 싫었어요…….

　그녀는 이맛살을 찌푸리며 말한다. 그녀는 담배 연기를 길게 내뿜으며 나를 쳐다보았다.

　그녀는 열흘 만에 나타났다. 이제 성호는 그녀에게 찻값을 받지 않는다. 그녀 스스로 그냥 돈을 놓고 가거나 잊고는 그냥 간다. 그녀의 남자친구가 올 때는 그녀의 남자친구가 돈을 내고.

　남편을 사랑하시나 봐요…….

　나는 막연히 중얼거린다.

　모르겠어. 하지만 분명한 것은 그는 나를 사랑하지 않는다는 사실이죠. 그는 중국에 가기 전에도 통 나와 시간을 보내지 않았어요. 몇 년 전부터는. 승마, 골프에 열을 올렸죠. 나는 그런 걸 싫어해서 한번도 남편을 따라가 본 적이 없어. 사실은 남편이 나를 두려워하는 것 같아. 내 생각인데……. 자기와는 다른 종류라고 생각하고. 처음엔 그것이 매력이었겠지만 차츰 내게서 떠나는 걸 느꼈어요.

　그럼 결혼은 왜?

　아, 내가 결혼하자 했어요. 그는 대학 때 만능 스포츠맨이었고 나는 그를 취재했죠. 그는 땀을 뚝뚝 떨어뜨리며 내 앞에 나타났어요. 그 모습이 무척 매력적이었어요. 남자다웠죠. 지금도 나는 그 모습을 기억해요. 그리고 그 모습을 사랑하죠.

　같이 중국에 가시지 그러세요.

나는 또 막연히 묻는다.

노우. 싫어. 그를 사랑하긴 하지만 그를 그대로 놔두고 싶어요. 그래야 나도 평화로우니까. 그가 현지처를 두고 중국에서 살다시피 하는 것을 왜 방치하냐 이거죠. 그럼 어떡해? 가서 쳐부수고 그 여자의 머리채를 잡아? 그런다고 해서 남편이 내게 올 것 같지 않아요. 그럴 승산만 있으면 나도 보통여자처럼 질투하고, 가서 싸워서 남편을 데려올 수 있어. 하지만 그를 잘 알아요. 그는 내가 그러지 않으리란 걸 또 잘 알고 있고.

그랬구나. 그녀는 중국에 갔다 왔다. 그리고 앓았고.

여름에 딸을 보낼 생각이에요. 중국에. 난 보낼 생각이 없는데 딸이 가고 싶어 하더군요. 나만 빼면 다 잘 돼가고 있으니까. 현지 여자도 괜찮은 것 같고. 딸과 부딪칠 염려도 없고. 그는 아주 근사한 아파트에 살고 있어요. 보안이 튼튼한. 그 여자는 자기 집에 살고 있고. 남편이 그 점은 확실하게 하는 것 같아요. 그래서 딸을 보내도 괜찮을 것 같다는 결론에 도달했어요.

그럼 혼자 외로우시잖아요?

괜한 걸 묻고 있는 나를 본다. 딸이 있어도 그녀는 혼자였을 것이다. 날마다 데리러 오는 그 기자 생각이 난다.

외롭긴 매한가지죠. 그 애는 아빠를 닮았어요. 아빠를 좋아하고. 날카롭고, 히스테릭하고 민감한 엄마를 그다지 좋아하는 것 같지 않아요. 제겐 친구가 있어요. 짐작했겠지만. 나 일 끝날 때쯤 오는 남자. 그가 내 친구죠. 그는 이혼남예요. 기자고, 그도 글을 쓰죠. 문화 비평을 하는 사람이죠. 아, 당신은 어때요?

갑자기 그녀가 내 얼굴을 뚫어지게 바라보며 묻는다.

네? 뭐 말씀이십니까?

정윤조 씨 생활 말예요? 부인이라든가……. 아이들이라든가. 다 컸겠죠?

저는……. 별로 말씀드릴 게 없어요. 저는 결혼을 못했습니다. 대학 때 알던 연상의 여자가 있긴 있었는데 다른 남자의 여자였고…… 그후 다시 만났지만 다시 나를 떠나버렸어요. 제게 별 매력이 없나 봐요. 그 다음엔 교통사고를 당했고. 그리곤 지금 이 모습 그대로예요. 정말 시시하죠.

아, 순수한 상태 그대로 남아 있는 사람이군요.

순수하긴요…….

바보 같은 삶이죠. 나는 속으로 중얼거린다.

그 남자가 왔다. 나는 그 남자에게 질투심을 느끼면서 목례를 한다.

그녀가 말했었다. 내겐 남자친구가 있죠. 그녀는 싱긋 웃으며 그 남자친구와 나간다. 그녀가 외롭다는 게 말이 될까? 하지만 외롭긴 매한가지죠, 라고 말했다. 그녀는 중국에 가 있는 남편을 사랑하고 있는 모양이다. 내가 혜수를 사랑했듯.

그러나 지난 일이다. 혜수는 다른 나라로 떠나버렸고, 그후로는 혜수를 잊어야만 한다는 강박관념이 있었다. 문제는 다른 여자를 통 사랑할 수 없었다는 사실이었다.

내게도 나를 좋아했던 여자가 있긴 있었다. 인희라는 이쁜 이름을 가진 병원의 간호사였다. 그 당시 병원지에 '병상과 음악'이라는 제목으로 간호사 두 명의 글이 연재되고 있었다. 그녀는 그중의 한 사람이었는데, 어느 날 느닷없이 원고를 들고 홍보실로 찾아들었다. 늘 심부름으로 보내거나 늦으면 내가 직접 찾아가곤 했었다.

사실 그녀들을 만나기란 매우 어려웠다. 낮 근무만 하는 게 아니었으니까. 계간으로 발행되는 소규모 예산의 병원지에 인희와 그녀의 동료 간호사 글이 실리게 된 건 작년 봄호부터였다. 그녀들은 병원 내 클래식동아리 회원들이었다.

콩트 한 편의 분량보다 적은 원고 분량을 들고 인희가 찾아온 것은 구월 초순이었다. 시월 초에 나가게 될 원고의 독촉을 한 직후였을까. 독촉전화를 끝내고 한숨 돌리고 있던 오후에 불쑥 사무실 문을 열고 들어온 인희는 젊고 예뻤다. 그때 왜 갑자기 혜수가 생각난 걸까.

나는 문득 영국에 가서 돌아왔는지 아니면 그냥 거기 살고 있는지 소식이 없는 혜수 생각이 났다. 마치 아련한 옛 기억들이 나를 향해 달려오는 듯 나는 몽롱한 기분에 빠져든 채, 알지 못할 향수를 느끼며 그녀를 바라보았다.

인희

안녕하세요?

인희는 목소리도 예뻤다.

그 순간에, 시간이 있으시면 차 한 잔 하고 가세요, 하고 말하던 그 순간에 그러나 그녀에 대한 감정 대신 나는 내가 여자에 대해서 너무 모른다는 생각에 사로잡혔다. 여자에 대한 욕망도 여자에 대한 기대도 여자에 대한 호기심도 갖고 있지 않다는 것이 문득 상기되는 것이었다.

나는 그녀가 예쁘다고 생각했지만 끌리지는 않았다. 분홍 가운과 흰 모자에 화장기 없는 얼굴이 순결한 나이팅게일을 연상시킨다고 생각했을 따름이다.

그 당시 나는 주위 동료들로부터 윤조, 너는 왜 여자한테 그리 관심이 없는 거냐? 혹시? 라는 농담 아닌 농담을 많이 듣던 터였으므로 나 스스로도 병신은 아닐까 하는 생각을 할 때도 있었다. 하지만 혜수를 만나고 이별을 하고 그리고 그후로도 나는 전혀 여자 생각 같은 건 하지 않았다. 단지 막연히 혜수 생각만 했을 뿐.

무엇이 잘못되어 있는 것 같기는 했지만 도통 알 수 없었다. 단지 여자에 대한 생각이 전혀 없다는 것 뿐. 때로 막연한 그 무엇, 알 수 없는 그리움이 문득 가슴을 스칠 때가 있었다. 나는 그것이 무엇인지 몰랐지만 그럴 때면 막연히 혜수 생각이 나는 것이었다. 혜수의 젖 냄새, 혜수의 살 냄새, 혜수의 손 그런 것들이.

인희가 왔을 때 사무실엔 나밖에 없었다. 나는 인희에게 인스턴트커피 한 잔을 타주고 원고를 살펴보았다. 작년 봄부터 글을 싣기 시작했으니 안면을 튼 지는 꽤 된 셈이었다. 문득 인희가 물었다.

음악 좋아하지 않으세요?

네?

느닷없는 질문에 나는 반문했다.

음악 좋아하지 않냐구요.

아, 음악이요. 좋아해요. 잘 몰라요. 그런데.

그럼 우리 모임에 나오세요. 매주 금요일 일곱 시부터 한 시간 정도 클래식 음악 즐길 수 있어요. 간식도 있구요. 특별히 좋아하는 음악 있으세요?

전혀 모르는 걸요. 제가 문학엔 좀 관심이 있지만…….

그럼 이번 기회에 관심 가지세요. 제가 이번 주 해설해요.

아, 그러세요? 그럼 한번 가볼게요.

인희는 금요일 일곱 시까지 병원 앞 마르세이유라는 카페로 오라고 말했다.

원래는 대중음악 틀어주는 어정쩡한 카펜데 우리 회장님이 계약을 했어요. 일주일에 한 번씩 우리 감상실로 쓰기로. 평소 손님도 없고 하니까 주인이 허락했죠. 아, 회장님도 아실 거예요. 산부인과 오용수 박사님이세요.

네. 그분 알아요. 근데 음악을 잘 아시나 봐요. 해설도 하고.

많이 알지는 못하지만 워낙 클래식을 좋아해서요. 그래서 이 모임이 생겼을 때 엄청 좋아했죠. 우리 모임 이름이 러브뮤예요.

러브뮤?

뮤직의 뮤. 한국식으로 만들었죠.

재밌네요. 오늘 좀 한가하신가 봐요. 늘 바빠 보이더니.

네. 원고 갖다 준다는 핑계로. 항상 너무 바빠서 이 직업이 싫을 때도 있어요. 하지만 전 바쁜 게 좋은가 봐요.

문득 인희의 눈이 반짝 빛났다. 갑자기 나는 당황했다. 그러나 인희가 말한 금요일에 그 카페에 가리란 생각이 들었다.

꼭 갈게요. 금요일 날.

네. 꼭 오세요. 회원이 되신 걸 축하해요.

인희가 일어나면서 손을 내밀었다. 나는 인희의 하얀 손을 잡았다. 그리고 내가 이 여자와 교제하게 될 거란 막연한 기대와 기쁨이 찾아오는 걸 느꼈다. 그녀가 돌아간 뒤 나는 인희의 원고를 읽었다. 모차르트의 아이네 클라이네 나하트 무직에 얽힌 에피소드를 쓴 글이었다.

……이 병원에 근무하던 첫 해 여름, 어느 날 어떤 교수를 찾아가던 중 의과대학 건물 어디에선가 현악기 소리들이 났다. 여름날 오후였는데 졸음이 살살 내리는 것 같은 오후 시간에 복도에 울려퍼지는 현의 선율들이 나를 잡아끌어서 나는 그 소리들을 따라갔다.

가까이 갈수록 음악 소리는 커졌고, 나는 그 선율이 아이네 클라이

네 나하트 무직이란 걸 알아챘다. 오층 복도 한가운데서 일련의 연주자들이 연주를 하고 있었다. 나는 미소를 띠고 서서 그 모습을 바라보았다.

우연히 앞자리에서 바이올린을 켜고 있던 안경 쓴 남자애가 나를 보고 가까이 왔다. 눈이 나쁜 나는 그 애가 가까이 와서 머리를 꾸벅 숙이고 안녕하세요? 할 때에야 그 애를 알아봤다.

나는 그 당시 그림을 그리고 있었는데 그 애도 그림을 그리는 의과대학생이었다. 의과대학 그림 동아리에서 여는 전시회에 나도 찬조작품을 낸 적이 있었으므로 알게 된 학생이었다.

아, 바이올린 연주해요?

네. 우리 발표회있어요. 내일 모레.

아, 멋있다. 언제 그림 그리고 음악하고……. 대단해요.

뭘요. 다른 애들도 여러 가지 활동해요. 스트레스가 엄청 많으니까요. 술 마시는 시간 줄이고 요즘 연습하느라 정신없어요.

현기라는 대학생은 머리를 긁적이며 말했다. 음악 소리가 들려서 소리 따라 왔어요. 정말 근사해요.

고맙습니다. 그럼…… 저 연습해야 되거든요.

그러세요. 저도 가볼게요.

나는 복도 한쪽에 서서 잠시 그들의 연습 장면을 보다가, 아니 연습하는 선율을 따라 가다가 아래층으로 천천히 내려왔다. 그 소리는 내가 교수를 만나고 의과대학 건물을 떠나 병원 건물로 걸어갈 때까지 계속 내 귀에 넘실댔다.

그리고 그후 매해 여름이 되면 나는 그들이 의과대학 오층 복도에서 켜던 아이네 클라이네 나하트 무직을 생각한다.

인희는 글을 잘 썼다. 그녀와 교대로 쓰는 다른 간호사보다 나은 것 같고. 그녀가 그림을 그렸다는 건 몰랐던 사실이었다. 아니 사실은 아무것도 모르는 사람인데……. 단지 그녀가 원고를 들고 와서 잠깐 얘기를 나눴을 뿐이다.

나는 금요일 밤 일곱 시에 마르세이유로 갔다. 아는 얼굴들이 몇 있었다.

아, 정윤조 씨, 여기 웬일이세요?

안면 있는 방사선과 기사가 물었다.

멈칫거리고 웃는 사이 인희가 다가와서 소매를 끌었다. 크지 않는 실내 몇 개의 테이블들에 아홉 명 정도의 병원 사람들이 앉아 있었다. 나는 산부인과 과장과 그밖에 아는 얼굴들에 고개를 꾸벅 숙이고 인희의 옆자리에 앉았다. 누군가 유인물을 나눠주었다. 잠깐 불이 환하게 켜졌다.

그때 인희와 같이 칼럼을 쓰는 간호사가 나를 향해서 꾸벅 고개를 숙였다. 나는 당황해서 얼른 고개를 숙여 인사했다. 사람들이 다섯 명쯤 더 들어오고 마르세이유 주인이 음료수를 나눠주고 났을 때 인희가 일어났다.

오늘은 슈베르트의 겨울 나그네 중에서 몇 개의 가곡들을 감상하시겠습니다. 주제들을 살펴보시면 아시겠지만…….

나는 인희를 새삼 올려다보았다. 음악에 대해서 정말 많이 알고 있구나, 하는 생각뿐이었다. 나는 도통 클래식을 접해 본 기억이 나지 않았다. 슈베르트나 모차르트나 베토벤이나 쇼팽의 이름을 학교 다닐 때 들어본 기억뿐. 나는 얼굴이 붉어질 지경이었다.

상당히 긴 작품 해설이 끝나고 누군가 불을 껐다. 그리고 음악이 흘러나왔다. 나는 내 옆자리에 앉는 인희에게 미소를 띠었다. 해설을 한 탓으로 약간 홍조를 띠어 보이는 인희가 살짝 음료수 컵을 들어 건배를 했다. 나는 눈을 감고 음악을 들으려고 노력했다.

이상하다. 그녀가 나를 데리고 이야기한다는 것이. 몇 번이나 나는 그녀와 앉아서 그녀의 이야기들을 들었다. 그러나 여전히 그녀가 어렵다.

나는 그것을 나타내지 않으려고 무진 애를 쓰면서 그녀와 얘기를 잘 해보려고 기를 쓰고 있다. 그래서 그녀가 남자친구와 함께 내 가게를 나란히 나서는 걸 보면 나는 매번 기운이 다 빠져버렸다. 그리고 매번 나타나는 그 남자친구가 자꾸 신경에 거슬리기 시작했다.

벌써 유월이었다.

며칠 그녀가 보이지 않았다. 그녀가 가끔 가게에 나오지 않기는 한다. 그러나 중국에 갔다 왔다고 한 그 일주일 빼고는 길게 나오지 않는 날은 없었다. 헌데 일주일 정도 그녀가 보이지 않는다. 나는 머그잔에 그림을 그리면서 자꾸 조바심을 친다.

삼촌. 그분 안 나오시네? 무슨 일 있나?

성호도 궁금증을 내비친다.

서연주 씨? 무슨 일 있나보지 뭐.

유월이 되면서 손님이 많아졌다 줄었다를 반복한다. 서서히 여름 그림자가 짙푸러진 나무들에게서 다가왔다. 바람 속에도 여름 기운이 들어 있었다. 가끔 비가 내리면 나뭇잎들이 쑥쑥 자라나는 걸 느낀다. 비만 오면 나무들에게서는 새순이 돋아났다.

성호가 친구의 쉼터에 가서 실습을 하게 돼 나는 며칠 혼자 가게를 지켰다. 하필 그녀도 나타나지 않는 날들. 나는 외롭기 짝이 없었다. 이틀 후 성호가 돌아왔을 때 그때서야 나는 가게를 벗어날 수 있었다.

나는 아홉 시쯤 유리상자로 갔다.

늘 앉아 있는 사람처럼 하일이 바에 앉아 있다가 나를 반긴다. 스티브 바라캇의 레인보우 브리지가 홀을 가득 메우고 있다. 나는 하일과 같이 스카치를 한 잔 놓고 오래오래 홀짝거린다.

어떤 애가 나를 자꾸 쫓아 다녀서 어떡할지 모르겠어요.

그래요?

대학원생인데 왜 나만 보면 쫓아오는지 원. 결혼했다고 그래도 소용이 없어요. 뭐 좋은 방법 없어요? 윤조 씨?

안 이쁜가 보죠? 그 여자.

반대예요. 너무 이뻐서 질리거든. 왜 있잖아요. 조화 같은 그런 얼굴. 개성이 없고 화려하고, 경박해 보이고. 난 싫어.

의외로 괜찮을 수도 있잖아요?

노우. 애기해 봐요. 뭐 뾰쪽한 수가 있는지.

글쎄. 약혼자있다고 하든가…….

소용없다니까. 요즘 여자들 왜 그러나 몰라.

그럼…….

나는 하일을 천천히 바라본다. 그리 잘 생긴 얼굴은 아닌데. 개성이 있다. 그가 여자를 별로 좋아하지 않는다는 게 낯설기는 하지만 그럴 수도 있다고 생각한다.

그럼……. 호모라고 하면 도망가지 않을까?

나는 다소 주저하다가 술기운을 빌어 뱉어낸다. 하일이 별로 놀라지도 않고 눈을 번쩍 떴다.

오, 히트네요. 그 방법 좋겠군. 나한테 그런 성향이 있긴 있거든요. 하지만 구체적으로 그런 생각을 해본 적은 없어. 당신은 어때요? 남자 좋아해본 적 없어요?

나요? 아뇨.

난 어떤 여자를 좋아해요. 난 속으로 그렇게 말한다. 서연주라고 하는데, 이 도시의 소설간데 하일 씨 혹시 알아요? 그녀가 요즘 보이지 않거든요.

그렇게 말해야겠다. 나 호모야. 그럼 개 반응이 어떨지 궁금하군.

하일이 스카치 두 잔을 다시 시킨다. 나는 하일을 만나면 내 술을 마시지 않게 된다. 그가 나를 이끌기 때문이다. 은연중에 나는 그의 분위기에 쏠리고 있다. 그에게 있는 그런 점이 여자들을 이끄는지도 모른다. 뭔가 끄는 매력이 그에게 있다는 걸 나는 인정한다.

헌데 하일 씨, 대학에 근무하잖아요?

그렇죠.

그럼 그 여학생이 소문내지 않을까?

그렇군요. 치명적일 텐데. 안되겠군. 아, 골치 아파.

하일은 자꾸 술을 들이킨다.

알코올 중독이라고 해요.

뭐?

하일이 크게 웃으며 고개를 내젓는다.

그럼 더 큰일 나. 학교에서 쫓겨나는 건 시간문제지. 그나저나 제자라는 것들이 왜 다 그 모양인지…… 지네들끼리 좋아하지 왜 나이 든 교수를 좋아하는지 모르겠어요. 나도 좋다면 모르지만.

하일을 바라보며 술을 마시는데 누군가 바에 앉았다. 나는 그가 연주의 남자라는 걸 깨닫는다. 괜히 가슴이 설레발을 친다. 그러나 나는 그대로 그냥 모른 척 앉아 있다. 하일의 중얼거림을 들으면서.

안녕하세요? 오늘 왜 혼자세요?

고래가 가서 묻는 소리가 들린다.

아, 누나가 좀 아파요.

그래요? 무리하셨나 보군요.

예. 좀 그랬나 봐요.

나는 입을 다물고 그 남자의 말을 들으려고 애쓴다. 그러나 그것뿐이다. 그는 맥주를 시켜서 마시고 있고 고래는 다시 자기 자리로 간다.

더 다른 방법 없을까요?

하일은 계속 그 이야기다.

그냥 데이트하지 그래요.

싫어요. 그 애가. 난 여자들이 사실 별로 맘에 안 들어. 호모적인 기질이 있긴 있나 봐요. 남자가 좋거든. 아직 일이 발생하지 않아서 그렇지.

하일이 그런 말을 해도 징그럽다거나 그런 생각은 들지 않는다. 혹 나에게도 그런 기질이 있는지 모르겠다는 엉뚱한 생각이 들 뿐. 왠지 고통스러웠다. 지나가는 시간들이, 긴 밤이, 또 앞으로 올 날들이 무척 고통스럽게 떠올랐다. 나는 스카치 한 잔을 더 마시고 일어선다.

그때 그 남자가 나를 쳐다본다. 아, 하는 듯한 표정으로 그가 일어서 고개를 꾸벅했다. 나는 당황해서 서툴게 목례를 하고 돌아설 참이었는데 그의 목소리가 들린다.

안녕하세요? 여기 자주 오세요?

목소리가 근사했다. 나는 가슴이 떨렸다. 연주의 남자 목소리.

네. 가끔.

나는 용기를 낸다.

그분 요즘 며칠 안 오시던데…….

아파요. 아마 다음 주쯤 가실 겁니다.

그래요? 빨리 쾌차하시라고 전해주세요. 그럼.

네. 알겠습니다. 그럼.

그가 다시 고개를 숙인다.

나는 하일과 함께 유리상자를 나와 걸었다. 들어올 땐 따로 들어갔다가 나올 땐 같이 나오는 게 신기하다. 하일은 늘상 그곳에 가 있는 걸까. 내가 갈 때마다 그곳에 있다. 그녀는 어디가 아플까. 그런 생각을 하며 그저 발길을 떼고 있는데 옆에 따라 걷던 하일이 묻는다.

우리 어디 가서 한 잔 더 할까요?

글쎄요.

나는 술 생각이 없었지만 집에 들어가는 건 유보시키고 싶다.

어디 갈 데 있어요?

그럼요. 많지. 갑시다.

나는 무조건 하일이 가자는 데로 따라 나선다.

초록빛의 노래

목이 따끔거리고 아프다. 늙은 어머니가 만들어 준 잣죽을 먹고 나는 힘없이 침대에 누워 빈둥거린다.

지난번하고 똑같다. 남편이 달려오지 않은 것만 빼고. 이제 남편은 달려오지 않는다. 아이가 어렸을 땐 중국에서조차 그냥 달려오곤 했었다. 아이가 크고 어머니가 늙고…….

나는 퇴보한다. 점점 나 자신의 속으로 기어들어가는 것만 같다.

참 이상하다. 늙은 어머니가 나를 이해하고, 아무것도 묻지 않고 그냥 다독거려 주는 걸 보면. 도대체 나는 이해받을 만한 사람인가, 라고 스스로 반문하면서 나는 나를 자책한다. 또. 또 그랬니, 왜.

고등학교를 졸업하고 막 대학에 진학한 봄이었다. 진달래꽃이 지고 뒷산에 소쩍새가 날아와 밤마다 아픈 울음을 날리다가 뻐꾸기가 뻐꾹거리면 어느새 소쩍새는 먼 산으로 날아가 버리고 유월이 성큼 왔다.

어느 날 나는 시골집에 내려가 마루 위에 서서 담벼락 너머에 펼쳐진 논들을 내려다봤다. 언제 모를 심었는지 온통 논은 초록으로 가득차 있었다. 마루 위에 서면 마을 아래쪽에 펼쳐진 논들이 다 보였다. 나는 갑자기 온통 초록인 논들이 그렇게 절망스러울 수가 없었다. 끄떡도 하지 않는구나. 고여 있는 초록빛.

집 안엔 아무도 없고 점심이 가까웠다. 현충일이 끼어 있는 연휴기간이었고, 어머니는 큰동네 잔치에 가셨고 아버지는 어디 계신지 몰랐다. 시골에서 직장을 갖고 있던 언니는 외출 중이었다.

오빠를 어릴 때 잃고 어머니와 아버지에겐 언니와 나 둘뿐이었다. 어릴 때 잃은 오빠가 한없이 그리웠다. 그리고 또 무엇인가 너무도 아련하게 나를 잡아끌었다.

나는 마루에 누워 있다가 가방에서 작은 비닐봉지를 꺼냈다. 여섯 개의 알약을 털어 넣고 나는 골방 상 위에 놓여 있던 숭늉을 마셨다. 그리곤 작은방에 들어가 어젯밤부터 깔아놓은 그대로인 요 위에 길게 누웠다. 그리곤 깊은 잠에 스르륵 빠져들었다. 아무도 없는 유월의 아침 나절, 햇살이 초록의 논들에 가득 퍼져 정지해 있을 때.

눈을 떠보니 내 머리맡에 언니와 내 친구 봉순이 앉아 있다가 소리를 쳤다.

어머니, 얘 일어났어요.

야, 너 어떻게 된 거야?

왜? 하는 듯이 일어나 앉았을 때 어머니가 마루를 뛰어와 내 손을 잡았다.

너 이틀이나 잔 거 아냐? 응? 이틀이나 계속 잤단 말이다.

나는 멍해서 고개를 흔들어 보았다. 언니가 딸기우유를 내밀었다.

이거 마셔라. 어머니가 너 준다고 나 심부름 시켜서 사온 거다.

나는 딸기우유를 마셨다. 나는 무슨 말인가 해야 할 것 같아서 딸기우유를 다 마시고 입을 열었다.

그냥 자고 싶어서. 좀 잤어.

그냥 자고 싶어서?

그래. 정말 자고 싶어서 그랬어.

어머니는 내 말을 믿었다. 그러나 언니와 봉순이는 달랐을 것이다. 봉순이는 나를 데리고 읍내로 나가 우족탕을 사주었다.

약 조금만 더 먹었으면 너 죽었어, 왜 그랬니. 니네 엄만 정말 모르시더라. 니가 약 먹은 줄.

넌 어떻게 알았어?

뻔하지. 너 가끔 수면제 한 알씩 사 모았잖아.

그냥 자고 싶었어. 정말.

그랬겠지. 무슨 이유가 있겠니. 워낙 감수성이 예민한 너니까.

어릴 때부터 나를 이해해준 건 봉순이밖에 없었다. 그 애는 내 어머니처럼 그냥 그대로 나를 받아주었다. 그날 밤 봉순이는 내 곁에서 잤다. 언니와 나 그리고 봉순이는 한방에서 조용히 잤고, 봉순이는 이튿날 돌아갔다.

아버지는, 내가 이틀 동안 잠을 잔 것도 알지 못했다. 아버지는 마루에 기대앉아서 먼 산만 바라보고 있었다. 나는 어릴 때 그랬던 것처럼 아버지에게 다가가 그 허전해 뵈는 눈을 들여다봤다. 아버지 눈은 호수처럼 파랬다. 서양사람 눈처럼. 나는 참으로 이상하다고 생각했고, 내 밤색 눈을 들여다보며 아버지 눈은 왜 파랄까 아주 깊이 생각했다. 아무도 아버지 눈이 파란 걸 모르고 있었다. 그리고 아버지가 왜 먼 산만 바라보고 있는지도 몰랐다.

나는 막연히 생각했다. 아버지는 어디 멀리 가고 싶으신 거야. 일도 안 하고, 세상도 잊고, 끝없이 새로운 세계가 있는 곳에 가고 싶으신 거야. 그러게 저 눈이 저렇게 파랗지.

아버지는 도통 말이 없었다. 이야기를 하는 사람은 어머니와 일꾼 봉석이 뿐이었다. 논일에 관한 것도 어머니와 봉석이가 상의했고, 아버지는 그저 말없이 논을 오갔을 뿐이다.

나는 아버지와 얘기를 나눠본 기억이 없다. 때때로 아버지가 북을 치면서 노래를 부르면 정말로 나는 의아스러웠다. 아버지가 노래도 하네.

야, 니네 아버지 시조 잘 하신다.

봉순이는 늘 말하곤 했었다.

그러나 나는 아버지가 시조를 잘 하는지 어떤지 잘 몰랐다. 다른 사람 노래를 들어보지 않았기 때문이다. 어쨌든 아버지는 멍하니 마루에 앉아 있는 것 외에 하는 일은 북을 치면서 시조를 부르는 것뿐이었다.

그런 아버지가 돌아가셨을 때 나는 하나도 슬프지 않았다. 눈물이 한 방울도 나오지 않아 민망할 지경이었다. 오히려 내 옆에 있던 봉순이가 엉엉 울어서 내가 등을 다독여 주어야 했다.

너 왜 그렇게 서럽게 우냐.

내가 봉순이에게 물었을 때 봉순이는 니가 불쌍해서 그래. 너 이제 아버지 없는 애 됐잖아.

하지만 아무리 슬퍼보려 해도 슬프기는커녕 돌아가신 아버지가 낯설기만 했다.

그래. 우리 아버지는 이방인이었어. 세상 사람들과 섞이지 못하는. 그런 아버지를 이해하는 사람도 이해해 줄 사람도 없어서 아버지는 외로웠을 거야. 그래서 그렇게 먼 산만 바라보고 마루에 앉아 있었던 거지.

내가 말도 없고, 집안을 이끄는 일에도 능력이 없고 도통 사람들과 어울리지 못해서 늘 어머니에게 역정을 샀던 아버지를 이해할 것 같다는 생각이 든 건 언제였을까. 내가 대학을 졸업하고 남편이 될 남자와 시골집을 방문했을 때였을까. 어머니 혼자 계시는 집 안엔 정적이 감돌았다. 나는 그때 남편이 될 남자에게 이렇게 말했을 것이다.

나 결혼하면 어머니 모시고 살 거야. 그렇지 않으면 결혼 안 해.

그는 순순히 고개를 끄덕였다. 그는 별 막힘이 없는 남자였다. 땀을 뚝뚝 떨어뜨리며 내 앞에 나타났을 때의 건강한 모습처럼 늘 긍정적이었다.

그 이전에도 남자친구는 있었다. 늘 나를 쫓아다니는 남자들이 내 등 뒤에 있었다. 사실 나는 그들을 거들떠보지 않았다. 나는 하늘과 땅, 그리고 늘 다른 것들을 꿈꾸느라 정신이 없었으니까.

봉순이는 내 언니보다 일찍 시집을 갔다. 나는 봉순이 시집 가는 읍의 예식장에서 웬일인지 슬퍼 몰래 눈물을 닦았다. 봉순이는 충청도 땅 사과로 유명한 예산으로 시집을 갔고, 내 자취집으로 가을이면 사과를 한 상자씩 보내주었다.

아버지가 돌아가신 후 봉순이도 시집을 가버린 고향집이 내겐 너무 쓸쓸했다. 나는 토요일이면 집에 내려가기는 했지만 마음이 쓸쓸해서 견딜 수가 없었다. 본래 차갑고 냉랭한 언니는 어머니에게 살갑게 굴지 않았고, 직장이나 밖에서 만난 사람들에게는 매우 살갑게 굴었다. 집에서는 통 말이 없는 게 언니였다. 집에 들어서기도 전에 나는 그 냉랭함 때문에 어머니가 가여워 화장실에 들어가 울기 일쑤였다. 나는 언니가 빨리 결혼해서 집을 떠나버리기를 바랐다.

집을 떠나는 일요일 오후엔 늘 우울해서 나는 검은 가방을 어깨에 메고 고개를 푹 숙인 채 먼지 나는 정류장에서 k시로 가는 버스를 기다렸다.

어느 날 나를 바라보는 고등학생을 발견했다.

그 애는 언제부턴가 일요일이면 나와 같은 버스를 타는 모양이었고, 갑자기 눈에 띈 건 아니었다. 그 애는 데미안 같은 책을 옆구리에 끼고 먼지 묻은 정류장 가게의 과자들을 바라보거나 먼 산을 바라보고 서 있었다. 그 애나 나나 혼자 서 있긴 마찬가지였다.

어느 날 문득 고개를 들면 그 애가 나를 빤히 바라보다가 얼른 안 보는 척하는 걸 발견할 수 있었다. 그러나 그뿐. 나는 끊임없이 쓰고 있는 소설 줄거리를 생각했다. 늘, 어디서나.

어머니는 내가 다 먹은 잣죽그릇을 가져가신다.

딸아이를 보낼 때가 다가온다. 그 애가 중국에 가고 싶어 한다는 게 참으로 이상하기는 하지만 나는 한편으론 안심이 된다. 혈육이 곁에 있으면 아무래도 그 남자가 가족을 더 생각하지 않겠는가.

누나는 왜 가정문제에 있어서는 그렇게 전근대적이세요?

희준이 언젠가 그렇게 물었다.

무슨 말이야?

남편이 현지처를 갖고 있고, 별거하고 있는 거나 마찬가진데 아주 분방한 사고를 가지신 분이 그런 남편을 이해하고 그대로 수용하고 산다는 게 이해가 안 돼요.

너라면 어떻게 할 것 같아?

나라면 당장 헤어져요.

사랑하지 않는 경우겠지. 난 남편을 사랑하는 것 같아. 아직도. 그냥

다 이해해주고 싶어. 때로 무척 괴롭지만 어쩔 수 없다고 생각해. 중국에 오래 머물러야 하는 상황도 있고 나를 감당 못하는 부분도 있는 남편이 오히려 더 가여울 때도 있는 걸. 그에겐 다른 여자가 필요해. 내게 니가 있는 것처럼. 그건 이해하지?

희준은 고개를 살래살래 저으며 나를 껴안았다.

희준을 만난 건 행운이었다.

그때, 그러니까 남편이 중국에 진출한 지 일 년쯤 되었을 때 나는 책한 권을 냈다. 삼 년 전이었다. 그 전에 에세이집을 낸 경험도 있지만 소설집은 처음이었기 때문에, 출판기념회란 걸 했다. 그때 일간지 기자인 희준이 선배를 따라서 내 출판기념회에 왔다. 선배는 내 학교 동문이었고 희준의 문화부 선배였다.

그때부터 희준은 웬일인지 죽 내 곁에 있었다. 더듬어보지 않으면 어떻게 해서 희준이 내 곁에 계속 머물게 됐는지 모르겠다. 희준은 나보다 네 살이 어렸다. 출판기념회엔 남편도 참석했기 때문에 희준은 남편을 기억하고 있다.

책을 내고나서 남편을 따라 중국에 다녀왔었다. 딸을 데리고. 그때도 현지처가 있었는지는 모른다. 그러나 분명 남편은 경비가 철저한 아파트에 혼자 지내고 있었다. 지금도 남편은 그곳에서 지낸다. 단지 다른 곳에서 여자를 만난다는 것만 빼곤.

이제 생각이 난다.

중국에 갔다온 후 희준을 만났고, 그때 희준이 선생님 중국 기행문 하나 써주세요, 했다. 그래서 나는 흔쾌히 승낙했고, 한 달 동안 내가 다녀온 중국의 여러 곳들을 일주일에 한 번씩 써주었다.

그러는 사이에 불현듯 희준이 내 곁에 바짝 다가와 있었다. 어느 순간 나는 그걸 깨달았다. 마지막 원고를 넘겨주고 쫑파티 하자고 나를 끌던 그날 밤 유리상자에서.

희준이 제시노먼이 부른 재즈곡이 들어 있는 근사한 크로스오버 시디와 아쉬케나지가 지휘하는 체코필 공연 티켓을 바 위에 딱 내놓았을 때 나는 희준이 내 옆에 바짝 다가왔음을 느끼지 않을 수 없었다. 나는 희준의 손을 잡고 흔들었고, 아마도 나도 모르게 머리를 쓰다듬어 주었을 것이다.

그렇게 시작되었다. 우린 리빙 하바나를 같이 봤고, 그녀에게를 보면서 한숨을 쉬며 같이 울었다. 내 작업실을 무시로 드나들 수 있는 사람은 희준밖에 없다. 때때로 나는 희준의 원룸엘 가기도 한다.

희준이 나를 끈다고 해야 옳다. 희준은 늘 나를 잡아끈다. 무시로 찾아드는 문학이 주는 무력감 때문에 축 쳐져 있기 일쑤인 나를 집 안에서 끌어내는 것도 희준이다.

사실 나는 무력감에 빠져 어쩔 줄 모르는 서른아홉의 여자일 뿐이다. 희준 때문에 연재소설이나 겨우 쓰고 있을 뿐, 작년 책을 낸 뒤론 글을 쓸 수가 없었다. 책 내고 중국 갔다 와서 기행문 쓰는 사이에도 나는 그 무력감을 물리칠 수가 없어서 잠을 자려고 시도했다. 결혼하고 두 번째였다.

밖에서는 아주 싹싹하고 말도 잘했지만 집안에선 늘 냉랭했던 언니가 시집가자마자 나도 곧 결혼을 한 다음 어머니를 모시고 왔다. 곧 나는 임신을 했고 다니던 잡지사를 그만 두어버렸다. 아이 낳고 글을 쓰겠다는 생각을 갖고 있었고, 남편이 사업구축을 위해 중국을 들락거리기 시작해서 안정이 필요했다.

아이를 낳고 두어 달 후 나는 남편이 잠깐 중국에 간 사이 밀려오는 우울증을 견디지 못하고 항상 옷장 깊숙이 놓여 있는 비닐봉지를 꺼내야만 했다. 그 속엔 오래전부터 모아진 수면제가 들어 있었다.

아이가 분유를 먹기 시작했으므로 아이 걱정은 하지 않았다. 나는 그냥 자고 싶었다. 나는 시골에 살고 있는 봉순이를 잠깐 생각했고, 남편이 나를 사랑하는지 알고 싶었고, 일찍 죽어버린 오빠 생각이 났고, 마루에 앉아 먼 산만 바라보던 아버지의 파란 눈이 생각났다. 그리고 그 모든 것들이 심연을 핥듯이 나를 쥐어짜는 걸 느꼈다.

나는 알약을 다섯 개 삼키고 침대에 누웠다. 아이는 아이 방에 있었고, 어머니는 그 옆에 계셨다. 자다 깬 듯 눈을 떠보니 남편이 와 있었다. 며칠이나 잔 것일까. 남편은 언제 왔을까. 나는 말짱했다.

이튿날 남편은 아이를 어머니에게 부탁하고, 나를 데리고 다짜고짜 제주도행 비행기를 탔다. 남편은 묻지 않았다. 그는 한번도 내게 무얼 물은 적이 없다. 단지 자신의 할 일을 하고, 내게 고개를 끄덕이고, 등을 또닥거려 줄 뿐이다. 무한히 따뜻하고 너그러운 반면 헤아리려고 하지 않는 게 단점이었다.

나는 나와 싸우고, 나를 관찰하고, 나를 나무라고 내게 변화를 요구해주기를 바란다. 그러나 남편에겐 그럴 마음이 없다. 때때로 남편의 그런 점이 내 분노를 자극했다. 그러나 나는 처음 만났을 때 남편에게서 느꼈던 그 꽉 찬 사랑의 감정에서 빠져나오지 못하고 있었다.

그가 싫었으면 좋겠다. 중국에 여자를 두고도 태연하게 집엘 들락거리고, 거기에 대해 한 마디 말도 없는 그가 싫었으면 좋겠다. 그러나 나는 남편이 밉지 않았다. 그래, 현지처가 필요할 거야. 그런 생각이 드는 것이다.

제주도에서 그는 나를 얼마나 사랑했던가. 마치 닭이 알을 품고 있듯이 나를 품고 온몸으로 나를 달랬다. 말없이. 나는 남편 품에 안겨 행복한 웃음을 흘리며 돌아왔고, 남편은 그후 몇 달 동안 내 곁에 있었다.

그때부터 나는 에세이를 열심히 쓰기 시작했다. 내가 에세이집 한 권을 다 끝낼 때까지 남편은 중국에 가는 일을 동생에게 맡겼다. 그는 일찍 들어와서 아이하고 놀고, 장모님을 모시고 나가 외식도 하고, 주말에 온 식구를 차에 태우고 바다와 산을 돌아다녔다. 그런 때 나는 때때로 혼자 집 안에 남아 글을 썼다. 남편은 그것도 다 이해했고, 다만 건강해치지 않게 조율을 잘 하라고만 당부했다. 책 한 권 쓰는 데 일 년이 걸렸다. 소설도 아닌데.

아이가 크고 남편은 본격적으로 중국에 진출했고 나는 그런저런 짧은 소설들을 쓰면서 아이를 키웠다. 그리고 소설집을 낸 게 삼 년 전이었다. 그때 이미 남편은 현지에 여자를 키우고 있었는지도 모른다. 내가 알게 된 것이 일 년 전일 뿐.

난 다 이해한다. 그런 나를 이해하는지는 모르겠다. 때때로 내가 여자인지도 기억을 못 할 정도니까. 가끔 한 번씩 희준이 나를 일깨워주지만 나는 완벽하게 느끼지 못한다. 미안해, 희준아. 그렇게 나는 속으로 중얼거린다.

나는 문득 봉순이 그립다.

갑자기 어머니에게 무척 죄송스러웠다. 이제 어머니는 내가 약을 먹는다는 걸 아신다. 세 번씩이나 딸이 약을 먹는 걸 보는 어머니 마음이 어떨까. 부끄럽다. 그러나……. 부끄러움이 나의 자괴감을 이겨내지 못하는 걸 어쩌랴.

뎅뎅뎅 핸드폰이 울린다. 희준이다.

누나. 좀 어때요?

괜찮아. 하지만 사흘은 더 쉬어야 할 것 같아.

이틀만 쉬고 나와. 누나 집에 있음 안 돼. 누가 자꾸 꺼내줘야 된다구.

그래. 알아. 니가 힘이 돼.

소설은 한 주 쉬기로 했으니까 걱정할 것 없고. 기차가 지나가면 사장이 궁금해 하던데요. 왜 안 나오시냐고.

기차가 지나가면?

그 찻집 말이야.

아, 거기.

이제야 생각이 또렷이 난다. 그때 단정한 교복을 입은 고등학생이 한 명 있었다. 늘 못 본 척했지만 어머니를 만나고 화장실에 가서 울고 도시로 가는 버스를 타려고 나오면 그 애가 서 있었다. 나는 숙인 고개를 들고 간혹 먼 산을 보다가 그 애가 나를 나 몰래 쳐다보고 있다는 걸 느끼곤 했다.

그 애가 기차가 지나가면의 젊은 사장이라니. 나를 기억하다니. 얼마나 오래전 일인가. 어머니만 생각하면 울던 시절이었다. 지금도 나는 언니를 잘 만나지 않는다.

봉순이가 나의 언니였다. 봉순이는 과수원집 며느리로 땅, 흙, 나무, 과실, 그런 것들과 함께 옛 어머니들의 삶을 그대로 답습하고 살고 있다. 최근에서야 시어머니를 여의며 큰소리치는 과수원집 여주인으로 당당함을 찾았다.

나는 결혼을 결심하고 남편이 될 기석과 함께 예산엘 간 적이 있다. 기석은 그때 봉순이의 딸에게 줄 원피스와 과자상자를 들고 있었다.

그때 봉순은 억척스런 일꾼의 모습이었고, 나는 봉순의 결혼식 후 명절 때나 친정에 다니러 온 봉순을 만나곤 했던 터라 그녀의 팔 걷어붙인 아낙의 모습을 보고 충격을 받았다. 그녀나 나나 농촌 출신이긴 했지만 삶의 모습이 그렇게 달라질 줄 몰랐다. 봉순이가 어려서부터 일을 잘 하긴 했지만 근처의 시골도 아닌 먼 곳으로 시집을 가면서 그토록 진짜 농군의 아내로 변해버린 줄은 몰랐기 때문이다.

하지만 봉순의 씩씩한 모습에 또한 충격받았다. 그녀는 자신의 삶을 전혀 개의치 않는 모습이었다. 망설임도, 부끄러움도, 의혹도, 후회도 없는 씩씩한 모습 그대로였다. 나는 봉순을 보면서 대지를 떠올렸다. 기름지고 탄탄한 대지.

봉순이가 우릴 칙사대접하자 그녀의 식구들도 덩달아 모두 잘 해 주는 듯싶었다. 시어머니도 봉순이처럼 넉넉한 대지로 보였으나 알 수 없는 시어머니로서의 은근한 터를 과시하는 듯한 낌새를 느꼈다. 봉순은 그것까지도 포용하는 듯싶었다.

고부간의 갈등이나 다른 시집 식구들과의 사소한 싸움들을 잠재워버리는 듯한 너그러움이 봉순에게서 흘러나와 포진하고 있는 것처럼 보였으므로 나는 안심하고 그녀가 만들어 준 유황오리탕과 적색포도주, 그리고 온갖 밑반찬들을 맛나게 먹을 수 있었다.

기석은 봉순의 대접에 놀란 듯 보였다. 과수원에서 밥 먹은 것도 처음이고, 이렇게 근사한 점심을 먹은 것도 처음이야. 나는 시골을 아주 촌스럽게만 생각했는데…… 이렇게 푸짐하고 풍요로운지 몰랐어. 연주 씨 친구 정말 건강한 신토불이 한국 여성이네.

나는 매년 봉순이 보내주는 사과를 먹는다. 한번도 사과를 시장에서 사 본 적이 없었다. 기석 또한 봉순의 사과에 길들여져 있었다.

나는 가슴을 앓는다.

봉순이 나의 삶의 서걱거림들을 눈치채진 못했지만 나는 그녀에게 언젠가 말했었다. 희준과 술을 한잔 마시고 와서 잠 못 들고 있다가 고향이 그립듯 갑자기 봉순의 언니 같은 따뜻한 가슴이 그리웠다.

얘, 우리 남편 중국에 여자있대.

나는 그렇게 말하고 말았다. 그리곤 나는 금방 후회했지만 이미 말은 전화선 너머로 날아간 뒤였다. 잠이 묻었던 봉순의 입에서 잠이 달아나는 소리가 들렸다.

뭐? 너 뭐라 그랬니? 잠깐 기다려. 내가 전화할게.

봉순이 거실에 나와서 전화를 걸었다.

너 술 마셨구나. 다시 말해봐.

내 남편 여자가 중국에 있다고 했어. 내가 지어낸 이야기가 아니야. 그는 날 속이고 있어. 나는 그가 중국에서 뭘 하고 사는지 몰라.

봉순이 한참 말이 없었다.

나쁜 놈.

한참 후 봉순이 뱉어낸 것은 그 한 마디였다. 나쁜 놈.

그치? 나쁜 놈이지? 내 남편. 어떻게 할까? 쫓아가서 죽여 버릴까?

그래. 당장 쫓아가서 두 다리 묶어서 데리고 들어와라. 그러게 옆에 있어야 아무 일이 없지…….

봉순은 누누이 나더러 중국에 같이 가서 살라고 했다. 기석도 내게 권해본 적이 있다. 그러나 나는 중국에 가기 싫었다. 어머니도 계시고, 내 삶의 터전도 여기고, 무엇보다 중국말이 싫었다.

다른 사람한텐 말하지 말아라. 어머니도 아시니?

아니. 몰라.

잘했어.

…….

잘했을까? 적어도 기석에게 운은 떼어봐야 하지 않았을까? 아주 흔연스럽게 나는 그런 것들을 잘할 줄 알았다. 여보, 당신 중국에 여자 있어? 그래 있어야 할 거야. 얼마나 외롭겠어. 한두어 명 더 만들어. 중국 넓잖아. 당신 에너지가 넘치는 사람이니까 중국대륙하고 맞는 방식으로 살아. 나 신경 쓰지 말고. 그렇게.

그러나 나는 묻지 못한다. 당신 중국 생활 어때? 정도도. 이미 알아 버렸기 때문일까. 그가 중국에서 어떻게 사는지 몰랐던 때 말했어야 했다. 당신 현지처 만들어. 괜찮아. 내 다 이해할게. 그랬다면 그가 내 게 말했을까. 여보. 나 중국에 현지처 만들었어, 라고?

어이없는 상상이다. 내가 얼마나 바보 같은지 나는 깨닫는다. 정신 을 차려야겠다.

하일

하일과 부쩍 가까워졌다.

나는 프리다 칼로의 책을 사서 읽었다. 지독한 운명을 견딘 여자다. 나는 하일이 없는 낮에도 그의 화실을 들락거리는 습관이 생겼다. 하 일이 내게 열쇠를 하나 주었다. 무슨 생각인지. 나는 프리다 칼로를 하 일의 화실에서 읽고 거기 놔두었다.

그녀가 나왔다. 마침내. 나는 나도 모르게 그녀의 하얀 차가 내 앞마 당 작은 돌들 위에 사르락 멈추는 소리를 듣고 달려 나간다. 그러다가 저는 다리를 의식하고 나는 현관에서 걸음을 멈춘다. 성호가 그런 나 를 의아하게 바라보고 있을 게 틀림없다. 나는 얼굴을 붉힌다.

나는 종종 내가 다리를 절고 있다는 걸 잊는다.

아, 안녕하세요?

그녀의 목소리는 경쾌하다. 유월 하얀 솜털구름이 둥둥 떠 있는 푸 른 하늘처럼. 그럼에도 그녀가 야위었음을 미세하게 감지한다. 무슨 일이 있었던 거야. 그녀에게. 그녀, 혹은 그녀 남편, 혹은 아이에게.

어서 오세요. 저 기다렸습니다. 안 오시길래.

아, 그래요? 나 기다리는 줄 몰랐네.

그녀는 심상하다. 곱슬거리는 머리를 틀어 올리고 헐렁한 쿨스웨터를 걸어붙이고. 선명한 푸른 스웨터. 엔야의 목소리가 하늘을 나는 듯 홀 안에 넘친다. 성호는 음악을 고르는 데 탁월하다. 그녀가 자리에 앉으며 큰소리로 외친다.

고마워요. 좋은 음악, 이 쾌적한 냄새, 커피향기, 밖의 나무들······. 이 모든 게 오늘 내겐 축복처럼 느껴지네요. 나 한참 동안 잠들어 있다 깨어났거든요.

그녀의 말뜻을 나는 알지 못했다. 한참 동안 잠들어 있다 나왔다고? 무슨 뜻일까. 오후 두 시. 낮잠을 잤다는 얘기로 나는 해석한다.

낮잠 자셨어요?

생뚱하게 그렇게 물으니 그녀는 네? 하는 표정이다. 그러더니 하하하, 남자처럼 웃는다.

아, 아뇨. 며칠 집에서 안 나왔다는 뜻이에요. 그동안 글도 안 쓰고 모든 걸 뭉개버렸다는 뜻.

네.

돌아서 가려는 내게 그녀가 자꾸 말을 건다. 나는 그녀 앞에 주저앉는다.

시골집에 있을 때 봄이면 온통 들이 초록이었던 거 알죠?

그럼요.

논 일 해봤어요?

아뇨. 별로. 형님이 계셔서 난 그저 덜렁덜렁 한 번씩 가보기나 했어요.

왜, 그 움직임 없이 정지해 있는 초록의 논을 보면 절망적인 생각이 들지 않았어요?

글쎄요······.

모호하다. 생각도 잘 나지 않았다. 모 심고 난 들의 풍경이 어쨌는지. 난 늘 학교에 있었고 도서관에 있었다. 초록 들이라면 군대에 갔을 때 들판에 쫙 펼쳐진 초록빛을 보고 거기 눕고 싶다고 생각한 적이 있긴 하다. 절망은 아니었다. 오히려 편안함을 느끼지 않았을까. 하지만 그녀는 반대인 듯하다.

성호가 오미자차를 두 잔 갖다 주었다.

난 집에 내려가서 그 초록 논들을 볼 때마다 절망을 느꼈어요. 정지해 있는 초록. 난 죽고 싶은 유혹을 견디지 못했죠. 그래서 어느 날 약을 먹었어요. 죽을 생각은 아니었고, 그저 잠을 자고 싶었죠. 마약처럼 자고 싶은 유혹을 떨칠 수가 없어서 모아 둔 약을 삼켰어요. 그리고 잤죠.

성호가 만든 오미자차가 오싹할 정도로 시원했다. 그녀는 담배를 피워 문다.

자고 일어나니까 어머니가 머리맡에 계셨어요. 영문도 모르고. 야가 왜 잠을 이렇게 잔다냐, 하시면서.

괜찮았어요?

그럼요. 말짱했죠. 이틀간 잠자고 깨어난 거야. 아까 나 잠자고 나왔다 했죠? 그렇게 자고 싶은 때가 있어요. 다 잊어버리고 그냥 어디로 숨고 싶을 때 난 그 유혹을 물리칠 힘이 없어요.

그럼 이번에도……. 그래서 안 나오신 거고.

맞아요. 이번에도 어머니가 내 머리맡에 계셨어요. 벌써 세 번째죠. 이제 어머니도 알아요. 내가 뭘 하는지. 왜 그러는지는 모르지만. 하지만 다 이해하시는 듯 아무 말씀이 없으세요. 그냥 머리맡에 앉아서 내가 깨어나기를 기다릴 뿐. 그냥 잠자고 싶은가 보다 하시는 듯해요. 설마 죽고 싶어 한다는 건 생각도 못하시겠죠.

무슨 특별한 이유라도 있었습니까?

질문다운 질문일지도 모르면서 나는 그렇게 묻고 말았다. 내가 알 수 없는 무슨 이유가 있을 것 같았다.

이유? 그런 거 없어요. 현실적으로 뭔가 이유가 있어야 한다고 생각하죠. 사람들은. 윤조 씨의 질문도 그런 거 아닌가요?

죄송합니다. 말주변이 없어서.

괜찮아요. 두 번째는 아이를 낳고나서였어요. 우울했죠. 그냥 우울해서 피하고 싶었어요. 자고 싶었죠. 그게 이유예요. 맞아요. 근본적으로 내 자신에게 문제가 있는 걸 거예요. 늘 우울하고 늘 외롭고 늘 허전하죠. 잘 참고 살다가 문득 참기 어려울 때가 오면 그 병이 도지는 거예요. 이해하죠?

네. 약간은.

내 남자친구, 알죠? 나 만나러 오는 사람.

그럼요. 아, 며칠 전에 술집에서 봤습니다. 유리상자.

그래요? 아는 척했어요?

네. 아는 척하더군요. 혼자 왔었고. 난 그림 그리는 사람하고 막 술집을 나가려던 참이었고. 유리상자에 잘 가신다고 들었어요. 그 집 바텐더한테.

아, 어쩌다 들리곤 했죠. 요즘 통 못 갔어요. 어쨌든 그 남자친구가 걱정을 많이 해요. 하지만 어떡하겠어요. 그 애는 그 애고, 나는 난데.

굉장히 친한 사이로 보이는데요.

친하죠. 많은 걸 같이 하고, 나누고, 보태죠. 남편이 멀리 있는 만큼 그애가 내게 가까워요. 하지만. 뭔가 허전해요. 이번에도 그것이 나를 이겨서 잠을 잘 수밖에 없었고.

미묘하군요. 어려운 소설같습니다.

내가 그렇게 생겨먹었어요.

근데…… 고교 때 누나를 처음 봤을 땐 막연히 어떤 동경에 휩싸이게 되었어요. 형들이 옆에서 연주 누나에 대해서 얘기하는 것도 듣고…… 그리고 자꾸 스치고 지나치고 하면서 그 동경은 더 커져만 갔고. 이렇게 결국 만나서 이런 이야기를 나누다니 꿈만 같습니다. 믿어지지가 않아요. 제겐 여전히 멋진 누나세요. 속에 그런 갈등들을 감추고 사시다니. 평범한 분이 아니시니 당연할 거예요.

나는 내가 무슨 말을 하는지 몰라서 말을 멈춘다. 그녀가 동시에 깔깔 웃었다.

다른 말은 귀에 안 들어오고, 내가 여전히 근사한 누나라는 말만 들어야겠네. 난 늘 죽음을 꿈꿔요.

그녀가 속삭이듯 말하면서 노트북을 펼친다. 나는 그 단음조의 말에 옴싹달싹 할 수 없다. 난 늘 죽음을 꿈꾸다니. 무슨 뜻일까. 이제 그녀는 더 이상 입을 열 기세가 아니다. 나는 일어선다.

그럼.

네. 내가 떠들었죠?

마침내 나는 하일의 그 계집애를 보았다. 유리상자에서 같이 술을 마시고 하일이 졸라 그의 작업실에 간 날이다. 열한 시가 넘은 시간이었다. 어두운 화실 문을 열고 불을 켜고 침대가 있는 칸막이 안으로 들어간 하일이 작게 소리를 지른다. 나는 화실에 있는 몇 개의 푸른색 의자 중 하나에 막 앉으려던 찰나였다.

나는 침대가 있는 방으로 달려갔다.

왜 그래요?

이리 와 봐요. 형.

하일이 형이라 부르는 것에 아직 난 익숙하지 않다. 하지만 싫진 않았다. 달려가 보니 푸른 침대 위에 어떤 여자애가 누워 있다. 눈을 동그랗게 뜨고 하일을 바라보니 그 애예요, 라고 하일이 말하며 눈을 찡그린다. 내가 못 알아듣고 다시 눈을 크게 떠보이자 왜, 와서 청소도 해놓고 가고, 나 쫓아다닌다는 애.

아, 대학원생. 나는 고개를 끄덕이며 침대 가까이 가서 하일과 같이 침대에 옆으로 누워 잠들어 있는 그녀를 내려다본다. 불을 켜도 깨지 않는 걸로 보아 어쩌면 그녀도 술을 마셨는지 모른다. 옆으로 몸을 잔뜩 구부리고 잠들어 있다. 옆으로 누운 얼굴에 흩어져 있는 긴 생머리, 하늘거리는 여름 원피스, 드러난 맨 다리. 약한 술 냄새가 나는 것 같기도 하지만 나도 술을 마셨기 때문에 알 수 없다.

술을 마신 채 잠들어 있는 꽃같이 젊은 여자가 에로틱하지만 어쩐지 애처로워 보였다. 하일의 말을 들어서일까. 사랑받고 싶은 대상에게서 관심을 받지 못하는 자의 애처로움이 내 머릿속에 선입견으로 자리 잡고 있어서일 것이다.

침대 머리맡에 있는 스탠드를 켜고 형광등을 끄고 나오는 하일의 뒤를 졸졸 따라 나는 다시 화실의 푸른 의자에 앉는다.

도대체 왜 푸른색을 그리 좋아하는 겁니까?

내가 놓고 간 프리다 칼로를 뒤적이며 나는 묻는다.

모르겠어요. 왜 좋아하는지. 무조건 좋아요. 언젠간 바다에 빠져 죽고 싶어요. 형. 그거 알아요? 푸른색이 얼마나 슬픈지. 하지만 내가 푸른색을 좋아하는 이유는 딴 데 있는 것 같아. 사실은.

하일과 나는 다시 위스키를 마시기 시작했다. 형광등 빛이 바랜 듯 파닥이기 시작한다. 이런. 하일은 불을 끄고 구석에 서 있는 두 개의 키 큰 스탠드 불을 켰다. 창백하지만 안온한 스탠딩스탠드의 빛이 천장에서 넘쳐 밑으로 내려온다. 하일은 바이올린이 켜는 케논 변주곡을 틀어놓고 가만가만 얘기한다.

고등학교 때 여자친구가 있었어요. 난 무척 조숙했고 여학생들이 많이 따라다녔죠. 그중에 한 애가 유난히 날 좋아했어요. 그땐 나도 그 애를 좋아했죠. 헌데 부잣집 딸이었던 그 애는 고등학교 졸업도 하기 전에 캐나다로 이민을 가버렸어요. 난 실망해서 그림만 열심히 그렸죠. 그 애가 편지를 보낸다고 하고선 편지를 보내지 않았어요. 대학에 들어가서도 나는 나를 좋아하는 여학생들이 많았지만 오직 그 애만 생각했죠. 그런 어느 이 학년 겨울방학이었어요. 그 애한테서 마침내 편지가 온 것은. 푸른색 편지지. 일 미터는 될 것 같은 푸른색 편지지를 접어서 그동안 이야기를 다 적어놓은 거예요. 가슴이 미어졌죠. 글쎄, 그 애 부모가 죽어버리고 오빠와 둘이 아르바이트를 하면서 대학에 다니고 있다고 쓰여 있었어요. 부모가 하던 슈퍼마켓에 강도가 들었다는 군요. 간 지 얼마 안 돼서. 돌아오려고 했지만 돌아오면 머물 곳도 이미 없고, 현지 교포들의 도움을 받아 일자리를 구하는 게 살길이라고 결정했대요. 오빠가 일 년 쉬며 벌면 그녀는 학교에 나가고, 그런 식으로 학교를 다니고 있었대요. 마지막에 뭐라 했는지 알아요? 오빠는 한국인 교포 이세와 열애 중이고, 기계설계를 전공하면서 관계회사에서 아르바이트를 하고 있는데, 자신은 메이크업 강좌에 다니다가 만난 헤어디자이너와 사랑에 빠졌대요. 앞으로 대학을 졸업하면 한국에 나가 메이크업 관계 일을 하고 싶다고 썼더군요. 그 헤어디자이너는 프랑스 녀석이라고 썼더군요. 어쩌면 같이 한국에 나갈지도 모르겠다고. 몇 년 후에. 그러면 너를 보고 싶다고. 화가가 되어 있을 너를 보고 싶다고. 그 애가 온 것 같아요?

갑자기 하일이 나를 쳐다보며 묻는다.

글쎄.

나는 어정쩡하게 대답한다.

나는 그 헤어디자이넌가 뭔가 하는 녀석하고 같이 온대도 그녀를 만나보고 싶다고 결심했어요. 너무 보고 싶었거든. 그래. 오기만 해라. 너를 다시 내게 돌아오게 할 테다, 그런 오기도 있었고.

반 병 정도 남아 있던 위스키 병이 말갛게 빈다. 케논은 이미 끝나 있고, 무언지 모를 곡이 흐른다. 나는 유리잔에 남아 있는 노란 액체를 핥듯이 마신다.

그래서 왔어?

나는 하일에게 반말로 묻는다. 가끔 반말이 섞이게 된 것이 이제 자연스럽다. 하일이 형이라고 부르는 것이 가끔 자연스럽듯이.

오지 않았어요. 프랑스로 갔다더군요. 다음 푸른색 종이가 날아와서 알려줬어요. 이번엔 그렇게 길지 않았죠. 한 장짜리 편지지였어. 미안하다. 정말 보고 싶었는데 필립이 급한 사정이 생겨 같이 프랑스로 오게 됐다. 그래서 너에게 정말 미안하다. 그리곤 끝이에요. 그녀가 어디 사는지도 몰라. 푸른색 종이만 내 앞에 잔뜩 펼쳐져 있죠.

그래서 푸른색을 좋아하는 거야?

좋아한다기보다 처음엔 그냥 푸른색 종이를 펼쳐 널듯이 물건들을 다 푸른색으로 장식하거나 구입하거나 하기 시작했어요. 구체적으로 그 애에 대한 그리움을 의식한 것도 아닌데. 그러다 보니 온통 푸른색이네요. 형 말대로. 이제 보니 푸른색이 지겨워요.

자정이 훨씬 넘어서 막 일어서려고 했을 때, 방에서 무슨 소리가 났다. 하일이 달려가더니 나를 부른다.

형. 빨리 와보세요.

달려가 보니 여자가 침대 밑에 토하고 있었다. 나는 얼른 화실에 가

서 아무 그릇이나 집어다 그녀 발치에 내밀었다. 심한 악취가 났다. 술
이 확 깨는 심정이었다.

사랑이란 그런 것인지도 모른다. 그냥 혼자 다가가려고 하다가 마침
내 내장이 뒤집혀질 때까지 그 사람 앞에서 토악질을 하는 것.

나는 하일을 도와 그녀의 등을 토닥거리고 침대 밑을 닦고, 기진한
그녀를 화실 의자에 끌어다 앉히고, 그리고 택시를 불러 그녀를 태운
다음 집에 데려다 주고 돌아왔다. 그녀는 그때까지도 술이 덜 깬 표정
이었다. 얼마나 술을 마셔댄 것일까. 하일 때문에?

나는 그녀가 어느 아파트 앞에서 내리는 걸 도우며 불쌍한 생각이
들었다. 예쁜 여잔데. 그녀에게도 그녀를 사랑하는 다른 남자가 있을
것이다. 그러나 그녀는 그 남자가 아니라 하일을 원한다. 하일은 그녀
를 원하지 않고.

마르세이유

이제 나는 인희의 금요일에 마르세이유에 갔다. 자꾸 가보니 내가
음악적 감성이 없는 것은 아니라는 생각이 들었다. 인희는 멘델스존이
나 구스타프 말러에 대해서 내 귀에 소곤거렸다. 어둑한 실내에 그들
의 음악이 흐르면 사람들은 눈을 감거나 의자에 몸을 기대거나 잔뜩
몸을 오그리고 음악에 침잠했다.

가끔씩 인희가 내 얼굴을 들여다보며 미소 지었다. 그런 예감은 있
었다. 인희와 가까워질 수도 있으리라는. 감상회가 끝나면 나는 인희
와 술을 마시거나 늦은 저녁을 먹곤 했다. 포장마차의 국수나 간이 스
시 바에서 생선초밥을 먹으며 정종이나 소주 한두 잔을 오래오래 나눠

마셨다. 그리곤 걸어서 인희의 집까지 바래다주곤 했다.

인희가 금요일에 당직인 때는 마르세이유에 가지 않았다. 가끔 그런 때가 있었다. 열한 시에 교대를 한다거나 하면 나는 집에 돌아왔다가 다시 병원 앞에 차를 몰고 가서 인희를 기다리곤 했다. 인희는 내가 자신을 늘 에스코트 해주기를 바라는 눈치였다. 나는 별 일이 없는 한 그녀가 하자는 대로 따라 주었다.

사실 별 할 일도 없는 사람이었다. 대학 때 친구들하고 모임 한 개와 고등학교 동창 모임 한 개, 그리고 병원 일 빼면 별로 하는 게 없는 싱거운 사람이 나였으니까. 아직도 책은 좀 읽는 편이어서 시간 나면 서점에 가고, 집 앞 마트에서 식료품이나 사고, 가끔 백화점에 가서 옷 하나씩 사는 것, 그것이 내 일상이었다.

인희를 만나면서부터 주말에 가끔 여행을 하게 된 것 빼곤 달라진 것이 없었다. 아, 아니다. 사실은 많이 달라졌다고 해야 옳았다. 인희는 나를 혼자 있게 놔두지 않았다. 잘 가지 않던 극장에 가서 나는 영화를 보게 됐고, 시간만 나면 차를 몰고 어디든 쏘다녔다.

모든 것은 인희의 스케줄에 맞춰 진행되었다. 진행이라고 하니까 말이 좀 이상하지만, 거의 모든 일들이 인희의 의견이나 주장에 의해서 일어났기 때문에 달리 표현할 말이 없다. 왜냐하면 나는 그전엔 늘 그저 혼자 빈둥거리던 사람이었으므로.

처음엔 아, 이런 것이 연애하는 것이로구나 싶었다. 같이 영화를 보고 나와서 먹는 초밥이나 맥주 한 잔, 매운 칠리소스치킨을 같이 먹는 맛, 생전 처음 먹어본 태국요리의 느끼함.

그러나 나는 왠지 인희를 만나면 만날수록 점점 멀어지고 있다는 느낌이었다. 나는 다시 내 둥지로 돌아가려 하고 있다는 것을 어렴풋이 느끼기 시작했다. 인희의 여전히 깨끗한 얼굴과 목소리에도 불구하고 나는 그녀가 더 이상 예쁘게 느껴지지 않았다.

아무에게도 말하지 않았지만 인희는 사실 성격이 급한 편이었다. 약간 서두는 듯한 행동거지는 바쁜 간호사실의 일상 때문이었는지도 모른다. 느릿하기만 했던 나는 그런 인희에게 맞추느라 늘상 바빴다. 어느 날 그것들이 힘이 든다는 생각이 드는 것이었다.

겨울이 되면서 나는 지친다는 생각이 들었다. 나는 불모지고 누구도 사랑하지 못하리란 생각에 절망스러울 지경이었다. 예쁘고 사랑스러운 간호사인 인희에게서 벗어날 궁리를 하고 있다니. 인희는 그것도 모르고 점점 내게 더 다가왔다.

내 나이를 의식한 걸까. 인희는 다가올 봄 얘기를 자꾸 꺼내기 시작했고, 나는 그것이 거북했다. 옆자리에 있는 최의 시선도 불편한 것이었다. 인희를 그전부터 알고 있던 그는 노골적으로 인희에게 관심을 보였다. 나이도 인희와 같은 스물일곱이었고, 딱히 인희가 날 좋아하지 않는다면 오히려 그가 더 맞을 사람이었다.

내 드러내지 않는 성격 때문이었는지도 모른다. 인희와 만나고 있다는 걸 알면서도 자꾸 건드려보는 것은. 내가 빨리 인희와 결혼하지 않으면 낚아채고 말겠다는 농담도 자꾸 던졌다. 그러나 그것이 하나도 불안하게 생각되지 않았던 것. 그것이 진짜 나였다.

그때까지도 나는 인희와 한 번도 자지 않았다. 어느 날 심야프로로 영화를 보고 늦은 밤 인희의 집 앞까지 바래다줬을 때, 인희가 말했다.

윤조 씨. 오늘 우리집에서 자고 가.

뭐? 왜?

나는 바보처럼 물었다.

오늘 부모님 여행가셨어. 동생은 윤조 씨 알고 있고. 동생은 이해할 거야. 그 애도 남자친구 데려온 적 있거든.

안 돼.

나는 별 생각 없이 그렇게 말했다. 그러면서 나는 그 순간에 혜수의 자취방을 생각했다. 인희가 자꾸 팔을 잡아당겼다.

괜찮아. 자고 가.

나는 단호하게 고개를 저었다.

싫어.

왜?

인희가 뾰루퉁해져 물었다.

한 번도 그래본 적이 없어. 미안해.

내가 원하면 되는 거 아냐?

난 안 돼. 바보라서. 정말 미안해…….

정말 바보 같았다. 나는 미안해서 계속 웃기만 했다. 한참을 나를 바라보던 인희가 싱긋 웃었다.

나 아껴서 그러는 거지? 알았어. 나는 좋은 기회다 싶어서 그랬는데. 그래, 그럼. 어서 돌아가.

인희는 서운한 표정을 풀고 풀쩍 뛰어서 내 볼에 키스하고 아파트 안으로 들어갔다.

나는 점점 자신감을 잃었다. 남자의 특성인 여자에 대한 정복 욕구나 수컷으로서의 본능 같은 게 나에게는 부재한 게 아닌가 싶었다. 도무지 인희에 대한 욕구가 나에겐 없었다. 머지않아 그냥 물 같은 나의 행동에 진저리를 칠 것이다. 애매모호한 그리움과 보이지 않는 어떤 갈망 속에서 내가 허우적댄다는 걸 알면.

그날 밤 나는 집에 돌아와 잠을 이루지 못하고 나 자신을 곰곰이 돌이켜보았다. 혜수일까? 무얼까. 내가 그리워하는 건. 내가 아직도 기다리는 건. 고교 때 내 우상이었던 연주 누나? 까마득했다. 모두 다. 알 수 없었다. 그저 모호할 뿐. 인희가 아니라는 것만 확실했다.

그녀와 자지 않은 건 잘한 일이야. 나는 그렇게 중얼거리며 이불을 뒤집어썼다.

그러나 인희는 나를 떠날 기세가 아니었다. 특별한 이유도 없이, 결혼시기도 놓친 박력 없는 노총각인 나를 왜 좋아하는 걸까. 이해가 가지 않았다. 그러던 어느 날 그 이유를 알게 됐다. 인희가 왜 미지근하기만 한 나를 떠나지 않는지.

사실은 결혼을 약속한 사람이 있었어. 결혼하기 열흘 전에 죽어버렸어. 학교를 졸업하고 막. 간호사 생활도 안 할 뻔했지. 그가 반대했거든. 그는 부자였어. 내가 병원에서 일하는 걸 원하지 않았어. 간호대학은 나왔지만 나도 그의 말대로 할 생각이었지. 헌데 그냥 죽어버린 거야. 스킨스쿠버를 하다가. 난 충격을 받았어. 대학 다닐 때도 비슷한 경험이 있었거든. 친했던 남자친구가 갑자기 죽어버린 거야. 그땐 그냥 친했기 때문에 충격이 덜했지. 하지만 결혼을 약속한 사람이 그렇게 되니까 가슴이 덜컥했어. 무서웠어. 난 여섯 달이나 그냥 놀다가 겨우 일을 시작했어. 이 병원이 세 번째고. 그때부터 남자기피증 같은 게 생겨났나봐. 나 좋다는 의사도 많았는데 다 거절했어. 무서워서. 그렇게 삼 년이나 지났어. 그러다 당신을 만난 거지. 당신은 나를 다른 남자들처럼 탐내지 않은 유일한 남자야. 그들은 모두 내 얼굴과 몸을 탐내. 당신만 안 그래. 그래서 괜찮겠구나 싶었던 거야. 이제 내게서 그 악귀는 물러났나보다 생각도 들었고. 당신은 날 안심시켰어. 아주 편해.

인희와의 미지근한 관계는 계속됐다. 나는 미드나이트에 근무를 마치고 나오는 그녀를 병원 현관 앞에서 기다렸다가 바래다주었고, 금요일엔 마르세이유에 같이 갔다가 늦은 저녁을 먹거나 주말의 심야프로 영화를 봤고, 때때로 술을 같이 마셨다. 그러나 여전히 나는 그녀와 자지 않았다.

그러던 어느 날이었다.

겨울이 깊어가고 있었다. 눈이 많이 내려서 차를 병원 주차장에 놓고 가야 했던 어떤 밤. 나는 밤 열한 시에 끝나는 인희를 병원 로비에서 기다렸다가 그녀의 집까지 걸을 생각이었다. 내가 기거하는 원룸은 병원에서 그다지 멀지 않았고, 그녀의 집도 그리 멀지 않아서 오히려 눈 내린 밤길을 걷는 일이 낭만적이란 생각이 들었다.

나는 무의식적으로 내 집 앞을 지나면서 불 켜진 내 방 창문을 올려다 보았다. 집에 있다가 그녀를 마중하러 나오면서 그대로 불을 켜놓은 것이다.

아, 추워.

인희가 바짝 몸을 기댔다. 그리곤 말했다.

윤조 씨 방에 들어가서 몸 좀 녹일까? 우리집까지 가려면.

병원에서 나온 지 얼마 안 돼 그리 춥지는 않을 것이다. 인희는 내 방에 가고 싶은 것이다. 못 갈 것도 없었다. 몇 번 인희는 내 방에 찾아온 적이 있다. 그러나 어쩐지 그날 밤 인희는 좀 더 달라붙는 느낌이었다. 표현이 좀 이상하지만 확실히 그랬다. 인희와 같이 내 방에 가는 것은 자연스러운 것이었다. 그러므로 나는 개의치 않았다. 그러기도 하려니와 대체로 인희의 말에 난 그대로 따르는 편이었다.

나는 방에 들어서자마자 난방을 켜고, 외투를 벗고 그녀가 외투를 벗고 의자에 앉는 동안, 커피를 만들었다. 그때 이상한 낌새가 느껴져 싱크대에서 돌아보니 인희가 불을 탁 껐다. 건물 밖의 불빛이 희미하게 비쳐들어 왔다.

어? 뭐하는 거야? 어둡잖아.

괜찮아. 이리 와.

나는 인희의 손에 이끌려 방바닥에 쓰러졌다. 침대 옆 작은 공간, 손바닥만한 방바닥에 쓰러져서 나는 인희에게 갇혀 있었다.

우리 사랑해.

인희가 속삭였고, 나는 내심 당황스러웠지만 내 남방 단추를 여는 그녀에게 몸을 맡기고 가만히 있었다. 짧은 순간이었다. 나는 인희와 뒹굴고 있었고, 곧 그녀 속에 들어가 있었다. 물이 끓으면서 내는 쉬쉬 소리가 잦아들 무렵 나는 그녀의 몸 위에서 일어나 가스 불을 껐다. 주전자가 곧 타기 직전이었다.

말없이 인희를 집까지 바래다주고 돌아오면서 나는 생각했다. 섹스에 대한 욕구가 없어도 섹스를 할 수 있구나. 사랑까지는 생각할 수도 없었다. 내가 섹스에 대한 욕구마저도 갖고 있지 않다는 것은 아니라는 게 판명됐다. 적어도 건강한 남자이기는 한 것이다. 그러나 왠지 인희에게 그렇게 미안할 수가 없었다. 내가 그녀를 사랑하지 않는다는 느낌이 확실히 왔기 때문에. 이제는 솔직히 말해야 할 때가 왔음을 느꼈다.

그러나 나는 겨울이 다 지나도록 인희에게 그 말을 하지 못했다. 다음 해 삼월 느닷없이 혜수가 나타날 때까지도.

유리상자

여름이 완연해진 칠월의 어느 밤. 유리상자에 가 있는데 그녀가 나타났다. 그녀의 남자친구와 함께. 그녀는 내게 다가와서 어깨를 두드려 주었다. 그들은 싱긋싱긋 웃으며 두 자리 건너 의자에 앉는다.

우연이란 이런 것이다. 유리상자에 가면 그녀 생각이 났었다. 한번쯤은 부딪겠지 했었다. 그녀를 우연히 만나다니. 늘 기대해봤던 일이지만 반갑기 그지없다.

오후에 그녀가 와서 두 시간쯤 일하고 나간 뒤 갑자기 하일이 찾아왔었다. 가게에 온 건 처음이었다. 여름을 맞으면서 하일과 부쩍 가까워졌다. 이제 하일이 없으면 술을 어떻게 마시나 할 정도로.

여기 좋은데, 빈 방 하나 없어요? 작업실 옮기게.

여기가 좋아? 뭐가?

미루나무도 있고, 찻집에 마당도 있고, 길 건너에 산도 있고, 밭도 보이고.

그럼 뒤쪽에 하나 만들까? 정말 오고 싶으면.

정말예요? 그렇잖아도 그 작업실 옮길 생각이거든.

왜?

이제 푸른색이 지긋지긋해. 그런 생각을 하니 그 작업실도 싫고. 정말 여기다 방을 하나 만들 수 있을까?

하일은 멍한 눈으로 나를 바라보았다. 그새 머리를 잘랐는지 긴 머리가 조금 짧아졌다. 나는 난처해졌다. 어디다 작업실을 붙여 짓는담. 내가 쓰고 있는 안쪽 공간을 줘버릴까? 꽤 널찍하니까 괜찮다면 주고 난 한 구석에 커튼 치고 쉬고? 머그잔에 그림 그리는 건 하일과 같이 작업실에서 하고.

뒤쪽에 내가 공방처럼 쓰는 공간이 있긴 해. 성호도 가끔 들어가서 쉬고. 내가 머그잔에 그림 그리거나 쉴 때 이용하는 곳이야. 굳이 이름을 붙이자면 내실이라고 할 수 있지. 붙박이에 머그잔만 가득 있고, 테이블 하나, 의자 몇 개, 바캉스용 의자가 하나 놓여 있고. 공간이 많이 남아 있긴 해. 가볼래?

커피를 마시던 하일이 눈을 크게 뜨며 벌떡 일어섰다.

가 봐요.

금방 그림들을 들고 이사 올 기세였다. 나는 그런 하일이 왠지 싫지 않다. 그새 하일과 정이 들었나……. 나는 하일이 그림을 싸들고 온대도 괜찮지 싶었다. 하일은 밤에나 작업실에 올 테니까 내가 머그잔에 그리는 것이나 성호가 잠깐 쉬는 것이나 내가 책을 읽는 것도 별 문제될 게 없으리라. 오히려 물감 냄새도 맡고, 하일도 종종 보고 괜찮을 것이다.

나는 하일이 이쪽으로 오고 싶단 말을 했을 때 이미 그런 생각을 한 것처럼 느껴졌다. 늘 내 머릿속에 그 공간이 있었으니까. 내 작업실이긴 하지만 하일에게 잠시 쓰게 할 수 있다는 생각이 이상하게도 당연하게 느껴지는 것이다.

지금 쓰고 있는 화실보다는 작을 거야. 작업실 용도로 만들어진 건 아니고 그냥 공간을 남긴 거니까. 원래 주인이 말이지. 아까 말한 그 내실이란 개념이지. 단지 좀 넓다는 것과 테이블과 의자 외에는 공간이 많다는 것.

홀을 가로지르며 나는 자꾸 설명하려 들었다.

쉿. 형, 괜찮아요. 그냥 볼게. 우선 학교에도 작업실이 있으니까 그다지 넓을 필요는 없어요. 형을 좀더 자주 만난다는 것밖엔.

하일이 내 어깨를 툭 쳤다.

그래. 알았어.

그리다 만 머그잔이 테이블 위에 한 개 놓여 있고, 화집이 옆에, 그리고 우연의 음악이 그 옆에 놓여 있다. 머그잔의 그림은 그리다 만 채 물감이 말라버린 상태다. 며칠이나 지나버렸다. 클림트의 키스를 흉내 내고 싶어 그리다 만 그림이 하일 앞에서 어색하게 미완으로 남겨져 있다.

나는 그림이 보이는 쪽을 살짝 돌려놓고, 자, 봐. 어때? 라고 묻는다.

어? 좋은데? 정말 형 이방 나 쓰게 하려고? 형은 어쩌고? 머그잔에 그림 그리던 중이었어?

돌려놓은 머그잔을 하일이 들어보며 웃었다.

클림트네. 잘 그리네. 형.

놀리지 마. 그냥 장난이지 뭐.

아냐. 이렇게 많이 그렸어?

벽에 붙은 붙박이장으로 가서 머그잔들을 들어보며 하일이 말했다.

그래. 심심하면 머그잔에 그림 그리는 게 내 취미야. 그것밖에는 다른 취미가 없어.

여기 있는 거 다 그리면 전시회 해. 내가 주선해 줄게.

전시회는 무슨. 보고 싶으면 와서 보라 하지.

그래도 되고. 그럼 홀에 전시하면 되겠군.

하일은 의자에 누워서 진지하게 생각하는 눈치였다. 한참 동안 말이 없다. 나는 책을 반듯하게 놓고, 에어컨을 틀고, 커튼을 살짝 내렸다. 오후의 해가 유리창을 노랗게 물들이고 있었다.

그렇게 앉아 있다 결론 없이 하일은 가게 마당에 나가 그늘진 나무 밑을 오래오래 걸었다. 나는 차디 찬 흑맥주를 준비하는 성호 옆에서 마침 들어온 몇 명의 젊은 남자애들을 위해 아이스커피를 만들었다.

저녁 어스름이 내릴 때쯤 하일은 미루나무 아래 앉아 머리를 자꾸 쓸어 넘기고 있었다. 머리를 좀 자르고 깨끗한 하얀 남방을 입어선지

도시 부랑아 같던 모습은 많이 세련된 여피족으로 보였다.

나는 하일과 함께 시내에 나가 버섯요리를 먹고, 잠깐 시내를 어슬렁거리다가 유리상자로 갔다.

샤데이의 노래가 흘러나온다. 평소에 나올 성싶지 않은 노래라서 고래 씨한테 눈을 크게 떠 보이니 고래 씨가 그녀 쪽으로 고갯짓을 하면서 엄지를 들어 보인다. 연주는 그와 무슨 얘기를 하는지 고개를 잔뜩 수그린 채 그 남자의 얘기를 듣고 있다. 샤데이는 느릿느릿 농밀한 목소리로 속삭인다.

나, 형 가게로 갈 생각예요. 정말 괜찮죠?

그래. 난 상관없어. 머그잔에 그림 그리는 일만 방해 안 받으면. 그리고 낮엔 있지도 않잖아? 아, 간혹 강의 없을 때는 있겠고.

낮엔 대부분 학교에 있어요. 시간이 나도.

하일이 내 손을 잡고 크게 흔든다.

고마워요. 형. 여학생은 오지 않게 할게.

괜찮아. 그것도.

아, 참. 하고 나는 일어나서 하일을 연주에게 소개했다.

비구상을 하는 화가 정하일 씨입니다. 여기서 만나 친구가 됐어요.

연주가 틀어 올린 머리를 만지다가 손을 내민다.

서연주예요.

소설가셔.

내가 덧붙였다. 오늘은 계속 기분이 좋아 보인다. 그 남자도 역시 기분이 좋아 보인다. 하일은 그들과 악수를 하고 몇 마디 나눈 다음 의자로 돌아간다. 막 돌아서는 내게 연주가 말했다.

저 여자 어때요? 지금 나오는 노래.

아, 샤데이요. 좋아요. 격 있는 재즈를 듣는 기분. 블루스와 재즈가

묘하게 섞인 듯한.

역시 잘 아네요. 농익은 분위기, 맞죠? 난 그녀가 좋아.

연주가 살짝 술잔을 들어 보인다. 그들은 와인을 마시고 있다. 그녀는 술집에서도 자신이 좋아하는 음악을 듣기를 원한다.

좀 가까이 하기 힘들어 보이는데? 소설 쓰는 여자라 그런가…… . 마치 저 노래처럼. 성숙하고, 좀 먼데 있는 듯하고, 뭔가 골똘히 생각에 잠긴 듯한. 나이는 좀 들어 보이고. 맞죠?

하일이 혼잣말처럼 중얼거린다. 우린 네덜란드산 흑맥주를 마시는 중이다.

맞아. 그런 분이야. 옛날부터 그랬어.

옛날?

응. 옛날부터 알던 사이야. 고등학교 때부터. 그땐 그냥 얼굴만 봤어. 말도 못 걸어보고. 시를 쓴다고 했었거든. 근데 가게에서 만났어. 몇 달 전에. 그때서야 인사를 나누었지. 저 남자는 남자친구고.

그랬군. 소설가라…… .

하일은 별 관심이 없어 보인다. 그는 여자에게 흥미를 잃은 걸까. 그 푸른 종이의 편지를 쓴 여자애 때문에? 나는 하일이 내 작업실을 어떻게 꾸밀까 생각한다. 그냥 내버려둘 참이다. 하일이 맘대로 하도록.

나는 이제 손님처럼 그 방에 들어가서 머그잔에 그림이나 그리고 그가 없는 틈을 타 책을 읽고 잠시 쉬고 할 것이다. 그가 오면 잠시 얘기를 나누기도 하고, 그가 그림 그리는 것도 보고, 그리고 자리를 비워 줄 것이다.

그럼 학기 끝나면 작업실 옮길게요. 어때요?

그렇게 해. 먼저 설계를 좀 하자구. 한쪽 구석에 침대 놓을 자리 막고.

그거 사무실에서 쓰는 왜, 한쪽 막는 거 있잖아요. 파티션, 그거 하나 놓으면 돼. 벽 필요 없고.

그렇겠군. 커튼을 하든가.

갑자기 연주와 그 남자가 다가왔다.

우리 이차 갈 건데 같이 갈래요?

아, 어디로요?

나는 당황해서 묻는다.

옆에 포장마차.

좋습니다. 정말 같이 가도 괜찮습니까?

하일이 끼어들었다.

그럼요. 가요!

나는 망설였지만 하일이 내 팔을 잡아끈다. 한참을 걸어가니 커다란 건물 옆에 공터가 있고 거기 포장마차 두 개가 나란히 서 있었다.

연주가 우는 걸 보았다. 포장마차에서 술을 마시면서. 하일은 당황한 눈치였지만 애써 태연한 척하고, 그 남자는 안쓰러운 표정이다. 나로 말하면 연주가 우는 것이 어쩐지 이해되는 기분이었다. 나는 그녀의 눈물이 맘에 들었다. 그녀는 울고 싶은 모양이다. 그녀는 울 이유가 있는 모양이다. 아마도 문학적인 혹은 내적인 어떤 이유들이 있을 것이다.

그랬다. 곧 그녀는 웃었고 다시 아무렇지도 않았다. 하일이 그런 그녀를 놀랍다는 듯이 바라보다가 입을 다물어 버렸고, 우린 곧 그들을 떠났다. 그 둘을 남겨놓고.

우리는 아무 말도 없이 그냥 헤어졌다. 하일은 하일의 집으로 나는 내 집으로. 밤이 깊어 있었다. 나는 택시를 타고 집으로 오면서 연주의 눈물을 생각한다. 연주의 눈물이 하일에게 뭔가를 연상시켰는지도 모른다.

나는…… 혜수를 생각했다. 어정쩡하게 인희와의 만남을 계속하고 있을 즈음 나타난 혜수를. 그녀가 나타나면서 일어나게 된 인희와의 이별, 그리고 그후의 몇 달간을.

혜수

삼월이었다.

겨울 내내 인희와 밀착되어 보냈지만 내 속은 텅 비어 있었다. 인희가 바라는 바를 담아낼 수 없었다는 말이다. 나는 인희가 원하는 것을 알고 있었지만 전혀 준비가 되지 않았다.

옆에서 자꾸 충동질하는 최에게 차라리 인희를 넘겨버렸으면 하는 생각까지 했다. 그녀에게 말을 꺼낼 수만 있었다면 그렇게 했을 것이다. 그러나 나는 인희에게 아무 말도 하지 못했다. 그저 끌려 다니는 것처럼 똑같이 그녀를 바래다주고, 같이 영화를 보고, 같이 밥을 먹고 그랬을 뿐이다.

한 가지 분명한 것은 나는 다시는 인희를 내 집에 들이지 않았다는 것이다. 나는 인희와 섹스를 하고 싶지 않았다. 그녀를 사랑하지 않는다는 사실이 깨우쳐질 것이 두려워서였다.

언젠가는 그녀를 딴 남자에게 보내야겠다는 생각이 구체적으로 들기 시작한 건 언제였는지 모르겠다. 단지 나는 그녀에게 말할 용기가 없어서(평소의 미지근한 성격 때문이기도 했지만) 미적미적 미루고만 있었다.

또한 이제 와서 그녀에게 난 당신을 사랑하지 않아, 라고 고백한다는 건 옳지 않은 일처럼 생각되기도 했고, 그녀의 반응을 감당하기도 벅찰 것 같았다. 이미 그녀가 전에 입은 상처 이야기를 하지 않았던가. 그 이야기만 듣지 않았어도 나는 그녀와 더 이상 만나지 않겠다고 말할 수 있었는지도 모른다.

삼월이었지만 찬 바람이 약간 휘돌던 어느 날 오후였다. 오월에 나올 병원지 계획안을 기획실장에게 넘기고 이층 사무실로 오르는 계단을 두세 개씩 뛰어오르다가 나는 계단 위 복도에 서 있는 한 여자를 발견했다. 짧은 커트머리에 긴 회색의 가죽 재킷을 입고 커다란 숄더백을 맨 여자가 계단 위로 오르는 나를 뚫어지게 바라보았다.

나는 그냥 휙 쳐다보고 지나치려 했다. 그런데 무엇인가가 나를 잡아끌었고, 나는 다시 그녀를 쳐다보았다. 그 여자가 싱긋 웃으며 그럴 줄 알았다는 듯 나를 빤히 바라보고 있었다. 나는 깜짝 놀라서 그 여자를 바라보며 걸음을 되돌렸고, 이윽고 입이 벌어졌다.

혜수 누나?

여자가 말없이 고개를 크게 끄덕였다. 계속 웃으면서.

윤조야. 그래, 나 혜수야.

어, 언제 왔어요?

어색하게 존댓말이 나왔고, 혜수는 그런 나의 손을 잡고 흔들었다.

조금 됐어. 멋있어졌네? 어른 되고. 얼마만이야.

나는 얼굴을 붉혔다. 머쓱하게 웃는데 혜수가 물었다.

어디, 여기 사무실이니?

나는 복도 끝에 있는 사무실을 손가락으로 가리키며 고개를 끄덕였다.

여전히 당당했다. 혜수는. 달라진 것이 있다면 머리를 더 짧게 자르고 화장을 했다는 것. 화장을 한 얼굴을 별로 본 적이 없었으므로 그녀가 화장을 했다는 게 신기해 보였고, 성숙해 보였다.

하긴 그녀는 이제 삼십 대 중반이 되어 가는 것이다. 그래도 여전히 결혼 안 한 노처녀로 보였다. 왕성하게 일하느라 결혼 시기를 늦추고 있는.

차 한잔 할래?

아, 나는 그때서야 정신을 차렸다. 나는 손목시계를 들여다보고, 혜수와 아래층으로 내려가서 자판기 커피를 빼들고 병원 뜰로 나갔다. 오후 세 시 무렵이었다.

휴게실보다 여기가 나아요.

나는 다시 존댓말을 썼다. 그녀는 결혼을 했고, 십 년도 더 넘은 후에 다시 만났으며, 원숙한 여인의 티를 퐁퐁 풍겼으므로.

윤조야.

혜수가 다정하게 불렀다.

이제 말 놔. 불편해.

혜수는 한숨을 푹 내쉬더니 말했다.

연락도 못해서 미안하다. 여기 아직 있을지도 몰랐고. 아무튼 퇴근하고 잠깐 볼까? 너 들어가 봐야 되잖니.

그래. 누나. 이따 퇴근하고 만나요.

난 병원 옆에 잠깐 볼 일이 있어. 친구가 한 명 있거든. 꽃집을 해. 거기서 노닥거리다가 너 퇴근하면 만나자. 꽃집 알지? 라벤더향기. 그리로 와. 괜찮지?

알아요. 그렇게.

나는 어느새 대학시절의 혜수 누나와 함께 있었다. 금세 익숙해져버리는 이 오래된 습관 같은 말투. 나는 혜수와 헤어져 사무실 계단을 오르면서 빙그레 웃고 있었다. 혜수 누나가 왔다, 나는 속으로 그렇게 외치는 나를 느끼지 않을 수 없었다.

나, 이혼했어.

혜수가 그렇게 말했다.

나는 한참을 젓가락질에만 몰두했다.

들었니?

나는 고개를 끄덕였다.

왜냐고 안 물어봐?

왜 그랬는데?

나는 계속 젓가락으로 초밥을 집으려고 노력하면서 물었다. 혜수가 소주를 홀짝 들이켰다.

그에게 여자가 있었어. 이 년쯤 전부터. 우린 아이를 가지려고 노력했지만 아이가 만들어지지 않았어. 결혼 오 년이 지나면서부터는 티격거렸어. 내가 연극공부한다고 그랬지? 몇 년 해봤지만 별 뾰족한 수가 없더라. 그래서 한인회 신문 만드는 일을 했어. 칼럼도 쓰고. 일 년에 한두 번 한인회 행사에서 연극도 하고. 크리스마스엔 한인교회 성극연출하고. 그나마 할 일이 있어서 바쁘게 보냈어. 아이가 갖고 싶었지만 그에게 문제가 있었고.

……

사실은 말이야. 나 혼자 영국에 남아 있었어.

정말? 왜?

그는 나보다 일 년 먼저 들어왔어. 난 더 있겠다고 했지. 어차피 아이도 없고, 그에게 여자도 있었으니까 내가 그를 따라올 필요가 없잖아. 일자리는 있었으니까. 이혼은 돌아와서 했어. 십일월에 나와서 서류정리했고, 크리스마스 무렵엔 모든 게 끝났어. 난 다시 영국으로 돌아갔다가 삼 주 전에 들어왔고.

혜수는 소주를 자꾸 들이켰다.

누나, 천천히 마셔. 그래서 거처는?

오빠가 중국으로 간 바람에 여긴 아무도 없어. 당분간 룸을 하나 얻어야지. 지금 일자리 알아보는 중이야. 벌써 영어회화 그룹 생겼잖니. 영국서 살다왔다고 했더니. 꼬맹이들이야. 초등학교 삼 학년 아이들. 시집 일찍 간 내 친구의 아이들과 그 친구들. 급조된 그룹이지. 아, 지금 친구 집에 있어. 남편이 멀리 떨어져 있는 친구. 그 친구도 이혼 직전이야. 곧 나와야지. 방 잡으면.

혜수가 나에 대해서 물은 건 소주를 두 병이나 마시고, 어둑한 거리를 걸으면서였다. 그때까지 혜수는 자신의 이야기를 중얼거리듯 띄엄띄엄 쏟아냈다.

참, 넌 결혼 안 했어?

응.

니가 막연히 어쩐지 결혼하지 않았을 거란 생각을 했어. 그게 맞았구나. 왜? 결혼해서 알콩달콩 살아야지. 넌 착해서 잘 살 텐데.

결혼 같은 거 생각 안 해봤어.

여태?

그래.

그럼 뭘 생각했니.

글쎄. 별로. 그냥 살았나봐. 바보처럼. 가끔 누나 생각을 했지.

그래. 나도 니 생각을 가끔 했지. 넌 가끔 신비스런 구석이 있었어. 확 뒤집어 보고 싶게 만드는 그런 무엇. 근데 그땐 난 무척 바빴지. 널 뒤집어 볼 틈이 없었어. 그 점이 약간 아쉬웠지만 결혼하고 영국 가느라 그냥 잊었지.

나한테 그런 점이 있었단 말이야?

혜수는 말없이 고개를 끄덕였다.

그래. 너에게도 매력이 있어. 바보야. 언제 네 집에 한번 가보자. 오늘은 그냥 가고. 내가 전화할게.

혜수를 그녀의 친구 집까지 바래다주고 돌아오는 내내 그 말이 머릿속에서 맴돌았다. 너에게도 매력이 있어.

혜수에게 내가 맹물로 비친 것은 아니라는 얘기였다. 하지만 그게 무슨 의미가 있을까. 이제 와서. 난 여전히 혼자고, 가까이 온 여자에게도 흥미를 못 느끼는 맹물일 뿐이다.

이상했다. 나는 활기에 차 있는 나를 발견했다. 최가 대뜸 묻기 전까진 그것도 느끼지 못했지만.

정 대리님. 이상하게 활기가 있어 보이시네. 무슨 좋은 일 있어요? 결혼하세요? 이사 가세요? 상 받아요?

아무 일도 없어.

나는 깜짝 놀랐지만 평소처럼 건조하게 대꾸했다.

결혼하면 큰일인데. 내 희망이 사라진단 말이야. 빨리 말해 봐요.

이봐. 일이나 해. 나 결혼 안 해. 됐어?

나는 최에게 인희를 데려가, 라고 말하고 싶은 충동을 느꼈다.

며칠 동안 나는 인희와의 만남을 피하기 위해 몸을 사렸고, 일주일 정도 바쁜 일이 있다고, 바래다주는 일 힘들겠다고 전화에 대고 말했다.

나는 매일 혜수의 전화를 기다렸다. 사흘 동안 혜수가 연락이 없는 동안 퇴근 후 집 안에 틀어박혀 꼼짝도 안 하고 지냈고, 혜수의 전화가 온 날 나는 부리나케 나가 혜수를 만났다.

토요일이었다. '기차가 지나가면'이란 찻집을 간 것은.

칠월

칠월이 훌쩍 보름을 향해 달려간다. 하일이 오겠다고 한 날이다.

다 학교 작업실로 옮기고 화구만 들고 왔어. 형. 그래야 할 것 같아서. 침대는 가져올 생각인데. 괜찮지? 하일은 자동차에 화구와 그리다 만 그림 몇 점과 슬리퍼 등만 싣고 왔다.

간단하네? 테이블 한쪽으로 치워놨어. 한 개는 창고로 보내고. 그러니 텅 빈 셈이지. 정 교수 맘대로 써. 테이블에서 머그잔에 그림 그리는 날 내쫓지만 말고.

화구가 많다. 짐은 많지 않았는데 금세 창유리 쪽 바닥이 화구로 가득 찬다. 나는 물감 냄새 가득 찬 공방에서 하일이 물감 묻은 슬리퍼로 갈아신는 것을 보면서 그림 그릴 때 앉는 그의 의자에 앉아본다.

커튼을 달아야겠군요.

창유리에 온통 빛이 가득 차 있는 게 신경에 거슬린 모양이다. 나로서는 별로 필요성을 느끼지 않던 부분이어서 멍하니 쳐다보자, 아, 내가 제자 불러 달게요, 라고 하일이 말한다.

그래. 맘대로 해.

칸막이는 이따 올 거예요. 한지를 붙여서 두 개 만들어 가져오라고 시켰거든. 그럼 침대 올 거고. 가끔 거기 누워서 자야 하니까.

그래, 그래.

나는 아무래도 괜찮다.

팔월 초에 나 중국 가요.

중국?

왜 모두들 중국으로 가는 거지? 나는 의아스럽다. 연주도 남편을 만나기 위해 중국으로, 딸을 데려가기 위해 중국으로 갈 것이고, 혜수도

104

중국으로 가버렸다.

응, 대학교수 교환전이 열려요. 요즘 각 방면에서 중국과 교류가 활발해. 미술계도 예외는 아니거든. 어때요? 형도 중국 갈래요? 우리 학교에서 두 명 참가하는데 따로 가게 생겼거든. 그 교수는 먼저 간다고 해서 거기서 만나기로 했어요.

중국이라. 나는 얼른 생각이 떠오르지 않는다. 혜수가 있는 곳이다. 한 번도 안 가본 곳이다. 내가 하일과 같이 갈 이유는? 없다.

글쎄. 그러고 보니 여행해본 지가 오래 됐네.

같이 갑시다. 형. 전시회도 보고.

생각해볼게.

제자들인지 두 명의 머리 긴 청년들이 사무실에서 씀직한 칸막이 두 개에 한지를 길게 늘여뜨려 붙인 채 작은 용달차에 싣고 왔다. 청색은 아니다. 들판에 널린 풀빛을 연하게 띠고 있는 녹차 빛이다. 용달차엔 하일의 일인용 침대도 실려 있다.

그들이 작업실을 정리하는 동안 나는 바에 앉아 있었다.

중국이라. 오랫동안 다리를 절면서 어디든 가고 싶지 않았다. 나는 칩거하고 살았고 가끔 연락하던 혜수에게도 연락하지 않았다. 혜수가 아직 오빠의 집에 살고 있다는 건 알고 있다. 그녀는 오빠의 회사에서 일을 하고 있고, 아직도 혼자 지내고 있다고 전화하곤 했다.

나로서는 혜수에게 연락을 하고 싶지 않았다. 삼 년 전 왔다 간 다음 그전엔 미처 알지 못했던 상처가 내 가슴에 깊게 자리해 있었다는 걸 깨닫고 나서.

그런데 묘하게 가슴이 설레기 시작한다. 중국이라……. 청도야. 맥주가 맛있다고 하지? 사람들이. 혜수가 말했었다.

오후 세 시를 넘기면서 그녀가 왔다. 그녀는 햇빛이 안 드는 쪽에 앉아서 두 시간쯤 꼼짝 않고 작업을 한다. 오늘따라 결연해 보이는 표정에 웃음도 없다.

며칠 전 유리상자에서 우연히 만나 포장마차까지 갔고, 거기서 그녀는 울었다. 그녀가 우는 게 하나도 이상하지 않았다. 오히려 어울려 보였다고 하면 더 이상할까. 모르는 사람까지 있는데서 우는 것이 걱정스러워 우려하는 그녀의 남자친구만 전전긍긍해 보였다.

노트북을 한쪽으로 밀어놓고 그녀는 나에게 손짓한다. 나는 솔잎차를 시원하게 두 잔 만들어 들고 다가간다.

대학에 들어가서 처음 술을 마셨을 때 난 울고 싶은 충동을 느꼈어요. 그땐 울지 못했지. 선배들이 사주는 자리였거든. 하지만 그 뒤부턴 남자애들하고 술을 마시면서 걸핏하면 울었지. 지금도 그래요. 난 우는 게 좋고, 그리고 술은 날 울게 해요.

다짜고짜 그녀가 말한다. 그녀의 대화방식에 이제 나도 익숙해진 것일까. 이젠 당황하지 않는다.

울 수 있다는 건 좋은 거 같아요. 저는 잘 울질 못하거든요.

남자들은 대부분 그렇게 말을 하죠. 그러면서도 여자가 우는 걸 우습게 생각하는 경향도 있고. 지난번엔 좀 그랬죠? 처음 보는 사람도 있었는데.

그 사람도 평범한 사람은 아니거든요. 이해했을 겁니다. 그림 그리는 사람인데, 혼자 살구요. 아, 작업실을 이곳으로 마침 옮겼어요. 이따 구경하시겠어요? 일 끝나신 다음에. 지금 작업실 정리 중이랍니다.

아, 그래요? 다행이군요. 사과도 하고, 작업실 구경도 하고 그러죠.

그녀가 처음으로 웃는다. 웃음 끝에 무거움이 실려 있다. 딸 문제? 혹은 남편 문제, 아니면 자신의 문제일까.

팔월 초에 딸 데리고 중국 가요. 상해에.

아, 그렇군. 나는 속으로 고개를 끄덕인다.

며칠 남편 아파트에 머물면서 딸아이 적응기간 지켜보고 그리고 돌아올 건데 정말 가기 싫어요. 남편 옆에 있으면 곧 싸울 것 같아서. 아님 그 여자 만나보자고 내 입으로 할 것 같아서.

…….

이런 얘기, 해도 괜찮죠? 고향 후배니까. 희준인 그런 얘기 싫어해요.

희준. 그녀의 젊은 애인. 나는 새삼 쓸쓸하다. 문득 혜수 생각이 났다가 섬광처럼 사라진다. 중국 가자고 하일이 말했던가?

희준이 중국 같이 가겠다고 해요. 안 된다고 했죠. 남편의 여자가 있는 중국에 가서 때때로 희준을 만나고, 나처럼 그럴 남편을 바라본다는 건 우스운 거죠. 차라리 나 남자친구 데리고 왔어, 라고 말해버림 몰라도. 아마 남편은 놀라지도 않고 그래? 그럼 집에 데리고 한번 와, 그럴 거야. 틀림없이. 그래서 끔찍해요. 그런 남편이.

그럼 한번 말해보시면…….

조심스럽다. 그녀는 무겁다. 아무래도 중국에 가는 일이 부담스러운 듯하다. 아무렇지도 않은 듯이 가족이라는 매무새를 가다듬는 게 어려운 것이겠지. 솔직하고 거침없는 그녀로서는.

자존심이죠. 본인의 입으로 말하는 걸 듣고 싶은 거겠죠. 아니라고 믿고 싶은 건 절대 아니고. 애인이 생겼으면 말을 해야 한다고 생각하니까. 하지만 남편의 성격으로선 절대 말할 사람이 아니죠. 나한테 싫은 소리 절대 안 하는 사람이니까. 그러니 알면서도 모르는 척하는 수밖에. 그런 그를 버리지 못하는 것 또한 내 문제예요. 그를 사랑한다는 게 우스워. 모든 게 우스워.

그럼 따님만 보내시면 어떠세요. 가기 힘드신 것 같은데.

그것도 생각 중이야. 하지만 모르겠어.

그녀는 곧 울 기세다. 나는 그녀, 내 고등학교 때의 우상, 그녀를 쓰다듬어주고 싶다. 아파하는구나. 그녀가. 생을 아파하는구나. 내가 알지 못하는 생의 깊은 아픔을 갖고 있어…….

나는 성호를 손짓한다. 성호가 달려와서 꾸벅 절을 한다.

그거, '그녀에게' OST 한번 틀어볼래? 두 번째 곡 말이야. 그 다음에 마지막에서 두 번째 곡.

성호가 고개를 끄덕이고 돌아서 간다.

hable con ella. 선배님 영화 보셨죠.

아, 봤어요.

선배님 얘기 들으니 저 영화가 생각나서요. 선배님을 위해서.

나도 저 음악 좋아해요. 한번은 차를 몰고 달리다가 저 음악을 들었는데 어찌나 좋던지. 차를 멈추고 앉아서 들었죠. 뭔가 슬픔이 느릿느릿 지나가는 것 같고, 순간이 멈춰 서서 나를 돌아보는 것 같고.

저는 절면서 걷는 제 모습 같다고 생각했습니다. 서로 다른 사람을 사랑한다는 건 슬프죠. 그래서 선배님 말씀이 슬퍼요. 오늘따라.

미안. 괜히 심란한 내 이야기를 해서. 덕분에 저 음악 듣네.

알베르또 이글레시아스의 꾸꾸루 꾸꾸를 들으면서 나는 그녀 앞을 물러났다. 하일이 어느만큼 정리를 끝냈을 것이다. 그녀가 홀로 마음을 다스리고 담배를 피워 물고, 노트북을 펴는 걸 돌아보면서 나는 작업실로 느릿느릿 걸어간다.

하일은 담배를 피워 물고 앉아 있다. 침대는 의자가 있던 벽 쪽으로 놓여 있고, 두 개의 가리개가 침대를 막아놓았다. 하일은 에어컨을 끄고, 커다란 창유리 밑부분의 작은 네모난 창들과 출입문을 다 열어놓았다.

꽤 널찍했던, 그저 거기 있는 것 같았던 공간이 금세 화실로 바뀌어 버렸다. 한쪽 창과 바닥에 기대어 있는 캔버스와 이젤, 그 밖의 화구들이 커다란 테이블 한쪽에 널려 있다.

나는 숨을 멈추고 그 공간에 가득 찬 물감 냄새를 들이마시며 주방으로 들어가서 찬 맥주 캔 몇 개를 들고 온다. 주방에 들어가면서 힐끗 보니 그녀는 머리를 숙이고 열심히 자판을 두드리고 있었다. 손님 둘이 막 들어서는 중이고 성호가 천천히 메뉴판을 들고 다가가는 중이었다.

하일이 밖에서 서성거리는 제자 둘을 불러 맥주 캔을 건넨다.

어, 시원하다.

찬 맥주가 등허리를 서늘하게 기어 내려간다.

그래. 윗부분에서 삼분의 이만 내려오게 투명한 천을 걸어야겠어. 야, 동기야. 창문 가로 길이 좀 재봐라.

푸른색으로 할 건 아니겠지.

나는 살짝 떠본다. 거의 못 알아듣게.

아냐. 형. 흰색으로 할 거야. 레이스처럼 투명한 걸로. 의상 전공하는 애한테 천 끊어서 만들어 오라고 할 거야. 이제 푸른색은 쓰지 않을 거라고.

박스 하나에 책 몇 권이 담겨 있다. 나는 내가 갖다 놓았던 프리다 칼로가 거기 있는 것을 본다.

작업실 정리는 거의 끝난 듯 보인다. 아이들은 돌아갈 채비를 하고 있고, 하일은 자동차 키를 빙글빙글 돌린다.

다 끝났군.

그래요. 너희들 먼저 가서 있어. 나 형이랑 곧 따라 갈 테니. 애썼다. 가서 음식 좀 미리 주문해놓고. 아까 말한 대로. 알았지?

네.

두 명의 청년은 작업실 문으로 나가고 하일이 하품을 하며 머리를
쓸어 넘긴다. 나는 그들이 나가는 걸 보면서 출입문을 닫고 에어컨을
다시 켰다. 하일이 작은 창문들을 닫는다.

밖에 서연주 씨 계시는데 만날래? 그때 유리상자에서 만난 그 소설
가.

아, 울던? 여기 와서 작업한다고 했던가? 글쎄. 나가면서 인사하지
뭐.

그래. 그럼. 지금 나갈 건가?

형이랑 같이 나가려고 해요. 나가서 같이 저녁 먹게. 아이들이랑. 나
가기가 좀 이른가?

그럼 삼십 분만 있다 갈까? 연주 누나도 그때쯤이면 일어날 거야.
일 방해받기 싫어하거든.

그래요. 그럼 나 손 씻고 침대에서 좀 쉬고 있을게. 깨워주세요.

나는 우연의 음악을 집어 들고 주방으로 나가서 카운터에 앉아 책을
펼쳐든다.

모두 여섯 명이다. 우연히 모이게 된 숫자였다. 일했으니 고기 먹어
야지, 하면서 하일이 열심히 고기를 뒤집는다.

그럼 오늘은 화백께서 저녁을 내시는 건가요? 작업실을 공짜로 얻
었다면서요?

연수가 그 특유의 어법으로 말하자 하일이 싱긋 웃는다.

그렇게 됐네요. 기꺼이 내지 않으면 안 되겠는데요.

아, 사실은 나도 윤조 씨, 내 후배한테 내지 않은 찻값이 많아서 한
번 사려고 하던 참인데 선수를 뺏겼네요.

아, 그럼 이차를 내시죠. 뭐. 친구분도 마침 오셨으니.

책을 읽으며 삼십 분을 보낸 후 나는 하일을 깨워 홀로 나왔고, 연주에게 갔다. 하일은 안녕하세요, 하고서는 스스럼없이, 우리 이른 저녁 먹으러 가는데 같이 가시겠어요? 했고, 연주는 아, 마침 배가 고팠는데, 하면서 고개를 끄덕였다.

여섯 시도 안 된 시간이었다. 그녀가 노트북을 들고 일어서서 우릴 따라 나오는데 그녀의 핸드폰이 울렸고, 나는 그녀의 희준이 전화했다는 걸 알았다. 잠깐, 하더니 제 친구 불러도 될까요? 라고 물었고, 내가 고개를 끄덕이자 하일이 그럼요, 했고 그녀는 하일에게서 어느 음식점인지 물은 다음 어디어디로 오라고 일렀다.

나는 하일의 차를 타고, 그녀는 그녀의 차를 타고 예각이란 고깃집으로 갔다. 두 청년들이 시원하게 냉각된 방에서 기다리고 있다가 벌떡 일어났다. 고기가 막 나오고, 찬 소주를 한 잔씩 마실 즈음 희준이 나타났고, 그래서 우린 여섯 명이 되었다.

고기를 먹는 동안 얘기들이 서로 갈라졌다. 연주는 희준과 무언가 속닥거렸고, 하일은 내게 중국 얘기를 다시 꺼냈다. 청년들은 열심히 고기를 굽거나 먹고 있었고, 연주와 우리들을 가끔씩 쳐다보았다.

교수님, 중국가세요?

그러다가 한 청년이 물었고 하일은 짧게 대답했다.

음. 너희들은 방학 때 뭐하냐?

애는 어학연수가구요. 저는 시골 가서 며칠 지내고, 화실에 처박혔다가, 몇 명이서 설악산 들어가기로 했어요. 그리고 다시 화실에 처박히구요.

어디로 가는데? 어학연수?

캐나다로요. 사실은 그쪽 미술관에 저도 좀 박혔다 오려구요. 여자친구가 어제 먼저 떠났어요.

아무래도 그림 이야기였다. 나는 멀뚱히 그들을 바라보며 양쪽 이야기들을 듣는다. 나도 어딘가 가야 할 것 같은 분위기다. 모두들 어디로 간다고 한다. 성호도 일주일간 일본에 갈 예정이다. 일본이 복지시설이 월등하다고 그쪽 시설들을 살펴보러 간다고 한다. 여자 후배가 낀 대학원 동기들이 과 차원에서 가는 여행이다. 성호는 팔월 둘째 주 떠난다고 한다.

하일이 중국 가자고 한 날은 첫째 주던가? 얼마 남지 않았는데 나는 아직 결정하지 못하고 있다.

희준이 며칠 전 신문에 난 어떤 사건에 대해 얘기하기 시작했을 때는 모두 그쪽으로 귀를 기울였다.

기억을 상실한 아들을 정신병원에 넣으려다 아들이 자살하자 뒤늦게 후회한 아버지가 아들을 따라 죽었답니다. 문제는 거기서 끝난 게 아니고 앓아누워 있던 어머니도 따라 자살을 시도했습니다. 어머니는 근처에 살던 딸이 발견을 해서 병원에 실려 갔지만 중태라고 하더군요.

기억상실한 사람을 왜 정신병원에 넣으려했대요?

기억을 상실하고 몇 달간 떠돌다 누군가에게 발견되어 집이라고 찾아왔는데 여전히 남처럼 떠돌았던 모양입니다. 아버지는 그것을 정신병이라고 생각했겠지요. 강제로 정신병원에 넣으려 하자 절망한 아들이 그냥 집에 있던 농약을 삼켜버렸답니다. 어떤 농장에서 일어난 이야깁니다.

모두 음식만 씹고 있다가 연주가 홀연히 말했다.

그거, 기억이라는 거 말예요. 가끔 나도 기억나지 않는 부분들이 있어서 애먹곤 하는데.

누구나 다 그런 건 조금씩 있어요. 저도 제 첫사랑의 눈이 갈색이었는지 검은색이었는지 기억이 잘 안 날 때가 있거든요. 혹은 초록색이었을 수도 있다고 생각하거나.

하일이 농담처럼 말하자 대화는 시들해져 버렸고, 연주는 시무룩해졌다. 소설적인 이야기를 할 듯했는데 하일이 농담을 해버린 것이어서 분위기가 시들해졌고, 연주는 그때부터 말이 없었다.

모두들 일어서서 음식점을 나갔다. 하일이 계산을 했고, 청년들은 돌아갔다. 연주는 그냥 가버릴 기세였는데, 하일이 나와서 재빠르게 연주에게 사과를 한다.

아깐 죄송했습니다. 내용이 너무 무거워질 것 같아서 일부러 그랬습니다. 그래서 이차도 제가 살까 하는데요.

연주가 잠깐 망설이다가 흔쾌히 대답하고 따라나선다.

그럼 제 돈이 절약되겠군요. 어때? 이차 가시자는데?

그녀는 희준에게 물었고, 희준이 고개를 끄덕인다. 결국 우리는 유리상자로 갔고, 스타우트와 밀러를 마셨다. 우리는 연주가 가져온 리오스카의 하모니카 연주를 들으며 나란히 스탠드에 앉아 말없이 술을 마셨다.

시간이 지날수록 나는 옆에 앉은 연주의 표정이 왠지 어둔 밤처럼 무거워진다는 걸 느꼈다. 희준도 그걸 느꼈는지 그냥 살피기만 할 뿐 말을 걸지 않는 것처럼 보였다.

하일은 내게 여권에 대해 묻고, 내일 예약을 할 것이니 그리 알라고 말하고 있었다. 나는 건성으로 고개를 끄덕였고, 말없이 술병만 기울이는 연주를 무심한 듯 살피고 있었다.

나는 막연히 연주가 뭔가 불안해하고 있다는 걸 느꼈다. 그러면서 생각한다. 내가 왜 중국엘 가는 걸까. 하일이 가자고 해서? 라는 생각에 빠져들었다.

연재 다 끝났는데 누나, 다음 작품 시작해야지. 뭐 쓸 거예요?

갑자기 희준이 불쑥 묻는 소리가 들린다.

작품? 글쎄. 연재 끝나니까 시원하기도 하고 막연하기도 해. 사실은 불안증세가 있어. 뭘 써야 할지 모르겠단 말이야. 아무것도 생각나지 않아. 그냥 죽어버리고 싶어.

누나, 무슨 말을……. 중국 갔다와서 천천히 생각해요.

아냐. 사실은 지난달부터 계속 자괴감에 시달려. 너한테 말 못한 거야. 어쩌면 중국도 가지 못할 것 같고. 딸아이 혼자 보내게 될지도 몰라. 무기력증이야. 나 가끔 그러잖아.

모두 연주가 하는 말을 들었다. 하일은 잠자코 음악을 들었고, 나는 고개를 숙였다. 연주는 우리를 의식하지 못하는 듯 계속 희준에게 말하고 있다.

정말 힘들어. 글도 못 쓰겠고, 성과도 없고, 그냥 이러다가 스러질 것 같아서 초조해.

누나, 술 그만 마셔라. 취했어.

나는 화장실에 가서 오래도록 앉아 있었다. 그녀가 힘들어 하는구나. 나로서는 무어라 할 말이 없다. 그녀의 삶에 대해서 아무것도 아는 게 없기도 하고, 그녀의 삶에 낄 자격도 없다. 다만 언뜻 스치듯 그녀의 넋두리를 들었을 뿐이다. 잘 나가는 작가이길 바랐는데, 그녀 역시 무명의 자리에서 힘들어하는 모양이다.

내가 오래도록 화장실에 앉아 멍하니 앉아 있다 나왔을 때 하일이 혼자 앉아 있었다.

다 갔어요. 형. 왜 모두들 죽지 못해 안달일까. 그 여자 좀 심상치 않아. 작품 활동이 잘 안 되는 모양이지. 죽고 싶대요. 자꾸 그 말만 하니까 그 친구가 데리고 나갔어.

글쎄. 무척 우울해 보이네. 아니면 술을 마시면 그러는지도 모르지.

하일이 다시 중국 얘기를 시작한다. 내가 중국에 가야 할 이유를 찾지도 못하고 있는데.

혜수

혜수를 데리고 느릿느릿 차를 몰고 달리던 중 나는 기차가 지나가면 이란 찻집을 발견했다. 키 큰 미루나무 몇 그루가 너른 찻집 주차장 가장자리에 회색으로 둘러 서 있고, 아직 겨울 빛을 띤 풍경들이 소털색 혹은 브라운톤의 물감을 풀어놓은 것처럼 주변에 깔려 있었다. 혹은 낡은 보랏빛 같기도 한.

차를 찻집 마당에 멈췄을 때 산등성이 어디에서 기차 지나가는 소리가 들렸다. 찻집이 맘에 들었다. 재스민차를 마시면서 혜수는 영국에서 본 셰익스피어 극이며, 남편과 살았던 동네의 빵 맛, 탬즈 강, 일 년 내내 피는 히드 꽃에 대해 얘기했다.

영국엔 얼마나 꽃들이 많은지 몰라. 늘 꽃이 피어. 겨울엔 춥고. 왜 그 세계명작극장에 나오는 영국 영화들 있지? 그 음산한 분위기 말이야. 춥고. 딱 그래. 하지만 그 밖의 계절들엔 늘 창가에 꽃들이 있어. 집들은 얼마나 예쁜지. 오래된 골목들이 끝없이 이어져 있고.

한참을 영국 얘기에 열을 올리던 혜수가 느닷없이 물었다.

헌데 넌 왜 여태 결혼 안 한 거니?

글쎄. 내 미지근한 성미 때문에 여자가 생기지 않나봐. 누나도 잘 알잖아.

그게 문제구나. 옆에 맘에 드는 사람 없어?

그것도 글쎄야.

나는 인희를 생각했지만 혜수에게 말하지 않았다. 혜수가 틀림없이 가서 보자고 할 것 같았기 때문에. 인희는…… 어떻게 해야 할지 난 감해졌다. 인희를 어떻게 할 것인가. 계속 나는 인희와 만나는 걸 피했다.

사실은 영국에 있던 누나가 왔어. 당분간 그 누나 때문에 인희 씨에게 시간을 낼 수가 없겠어. 그거, 바래다주는 일 말이야. 누나가 여기 지릴 잘 몰라서 에스코트를 해야 하거든.

처음 며칠은 그래? 하던 인희가 은근히 화를 내고 있는 중이었다.

누나, 방은 구했어?

아니. 그냥 친구 집에 머물기로 했어. 그 애 딸 공짜로 가르쳐주고. 아이들 몇 명 가르치는 거 대신 그 집에서 하고. 그룹이 또 하나 생겼어. 초등 고학년 아이들이야. 그건 친구네 옆 아파트에서 해. 일주일에 한 번씩 이틀간 잡이 생긴 거지. 나머진 비어 있어. 꽃집에 가서 시간을 많이 보내지. 마침 영국에서 배운 아트 플라워 기술도 좀 있고. 토요일은 만날 사람도 있고.

그래? 누군데? 벌써 남자 생겼어?

바보야, 너 말이야. 지금 만나고 있잖아. 넌 정말 똑같구나.

그래. 난 똑같다. 혜수와 앉아서 차를 마시며 영국 얘기를 듣는 게 즐거웠다. 혜수가 옆에 있으니 든든했고, 다른 아무 생각도 나지 않았다. 마침 영국민요 푸른 옷소매가 은근히 흘러나오고 있었고, 혜수는 미소를 지었다.

기차가 지나가면에서 몇 시간을 보내고 일식집에 가서 초밥을 먹고, 근처 술집에서 맥주를 마셨다. 나는 여전히 맥주를 조금 마셨고, 혜수는 꽤나 취했다.

　너 집에 초대 안 할 거니?

　혜수를 바래다주기 위해 차에 올랐을 때였다.

　우리집? 방이 너무 작아. 열 평도 안 되는 원룸이거든.

　그게 무슨 상관이야. 오늘 가보자. 널 처음 봤을 때부터 가보고 싶었어.

　괜찮겠어? 누나 많이 취했는데.

　괜찮아. 옛날 코딱지만한 자취방에서도 잤잖니.

　나는 잠시 망설이다가 혜수를 태우고 집으로 달렸다. 가슴이 솜방망이질을 했다.

　그랬다. 혜수는 여덟 평짜리 방에 들어서자마자 나를 껴안고 입을 맞췄다. 물이 흐르는 소리가 들렸다. 나는 강물이 쏴아쏴아 혜수에게서 흘러나와 내 몸을 감싸는 걸 느꼈다. 한동안 나는 흐르는 물 속에 누워 있었다. 아련한 옛 기억에 대한 향수와 뜨거운 짐승의 본능을 끄집어내버린 혜수의 술 냄새 나는 입과, 축축한 젖 냄새를 맡으며.

　그래. 넌 이제 어른이구나. 어른이야. 어른이 되었어.

　눈을 감고 고개를 끄덕이며 혜수는 그런 말들을 중얼거리다가 잠이 들었다.

　혜수는 일요일 오후 친구 집으로 돌아갔다. 나는 월요일에 인희를 만나야 한다고 생각했다. 이제 혜수가 돌아왔다. 뭔가 결정을 해야 하는 것이다. 월요일에 나는 인희에게 같이 점심을 먹자고 전화를 넣었다. 마침 그녀는 오후 근무였다.

　그 누나라는 분 갔어? 이제 괜찮은 거야?

　아니.

무어라 해야 하나. 난감했다. 남녀가 이별하는 것만큼 어려운 게 있을까 싶었다. 열정적으로 만나다가 갑자기 싸우거나 무슨 일이 생겨서 헤어지게 된다면 오히려 쉽겠다 싶었다. 미지근하게 만나다가 갑자기 나 너 다시 안 만날 거야, 라는 말을 해야 하니 더 난감하겠지.

나의 미적지근한 태도가 인희를 자극했다.

왜? 무슨 문제 있어?

밥을 먹고 마르세이유에 가서 커피를 마시기 시작했을 때였다. 내가 말이 없이 발끝만 바라보고 있자 인희가 신경을 곤두세웠다. 그렇잖아도 일주일이나 연락이 없어서 화가 난 상태였다.

나는 아니, 라고 하려다가 급회전을 했다. 다른 방법이 없다고 판단했기 때문이다.

그래. 문제가 있어.

뭔데?

인희 씨하고 그만 만나야겠어. 내가 자신이 없어. 인희 씬 결혼하고 싶댔고 나는 결혼할 준비가 되지 않아서. 앞으로도 그럴 것 같고. 그냥 만나는 것은 의미가 없잖아. 당신이 기대하는 것이 내겐 없어. 그래서 더 일찍 말했어야 했다고 후회하고 있어. 미안해. 내 말하려는 요지는 그래. 그게 다야.

기다릴게. 여태 기다렸는데 못 기다리겠어?

아냐. 기다리지 마. 당신 손해야. 당신같이 예쁜 여자가 나 같은 미지근한 남자에게 뭘 기대할 수 있겠어. 내가 잘못했어. 그러니……

인희의 얼굴이 사납게 구겨졌다.

그러니 뭘 어쩌라고? 윤조 씨 무슨 일 있는 거지? 누가 온 거야? 누나가 아니고 어떤 여자가 온 거야? 옛날에 알았던 여자? 그런 거야? 그럼 솔직하게 말해. 비열하게 돌려 말하지 말고. 갑자기 이럴 수 있어? 그래. 아무런 서약도 안 한 사이지만 그래도 난 윤조 씨를 믿었어. 이제 보니 나와 장난한 거야? 나쁜 남자.

아냐. 아냐. 그런 게 아냐. 난 단지 인희 씨에게 내가 아무것도 해 줄 수 없다는 걸 깨달았을 뿐……이라고.

거짓말 하지 마. 이래 뵈도 남자를 잘 알아. 당신 얼굴에 씌어 있어. 당신 거짓말 못 하잖아. 내가 싫어진 거지. 그럼 그렇다고 말해봐. 그럼 물러날 테니.

아냐, 아냐. 인희 씨가 싫어진 게 아냐.

소용없었다. 나는 입을 다물었다. 인희는 화를 벌컥 내고 일어서서 나가버렸다. 제대로 확실한 이별의 말을 전달했는지도 알지 못한 채 나는 마르세이유에 한참을 더 앉아 있다가 사무실로 돌아갔다.

내가 그만 만나자고 말했던가? 그녀가 제대로 알아들었나? 어쨌든 한 시간쯤 후에는 나는 인희 생각을 잊었다. 어쨌든 말은 한 것이다.

나는 다시 혜수 생각에 빠지기 시작했다. 혜수가 내 방으로 거처를 옮긴다 해도 상관없다는 생각을 하고 있었다. 그러나 어쩐지 혜수는 그런 말을 꺼내지 않았다. 금방 나, 니 방으로 가도 되니? 할 것 같았는데.

나는 인희에게 메일을 보냈다. 미안하다. 그 말밖에는 할 말이 없다. 나에게 당신은 버거운 여자고, 당신은 아마 곧 훌륭한 남성을 만나게 되리라 믿는다. 이 모든 것은 내 스스로 자신이 없어서 그러는 것이라는 것을 믿어주기 바란다. 뭐 대충 그런 요지였다. 토라져 가버린 인희에게 더 약만 올릴 내용이었지만 어쩔 수 없었다. 나는 인희를 사랑하지 않는 것이다.

인희가 나를 사랑하는지도 알 수 없었던 거지만 그것은 문제가 되지 않는다. 나는 혜수와 있는 게 즐거웠으니까. 혜수가 와서 날 불러내고,

같이 술을 마시고, 옛날에 오누이처럼 팔짱을 끼고 걸었듯이 내 팔을 낀 혜수 옆에 서서 걷는 게 즐거웠다.

나는 최에게 넌지시 인희 얘기를 했다. 최는 좀 말이 많기는 해도 괜찮은 친구였다. 그가 인희에게 관심을 보이는 것 같아서 그저 언뜻 그녀는 자유롭다는 것을 비쳤을 뿐이다. 그러나 사실 나는 인희가 더 나은 직장의, 더 나은 보수를 받는 그런 남자를 만나기를 바랐다.

최는 신이 났다. 그는 처음 인희를 봤을 때부터 그녀를 탐했다. 인희가 내게 다가오지 않았다면 나는 그녀를 최에게 소개시켰을 것이다.

어쨌든 마음이 홀가분했다. 인희에 대한 미안한 마음이 여전히 남아 있었지만 이미 인희는 내 마음속에 남아 있지 않았으므로. 사람이란 놀라운 동물이다. 언제 내가 그녀와 만났던가 하는 생각이 드는 것이다. 나는 내가 아니꼬워서 비죽 웃었다.

혜수. 혜수 누나. 꼬맹이들 가르치는 일이 점점 잘 되는 듯했다. 두 개의 그룹에서 금방 세 개의 그룹으로 늘어났다. 점점 신이 나던 혜수는 그러나 점차 짜증 또한 늘어나는 성싶었다.

난 원래 아이들 가르치는 거 적성에 맞지 않아. 너도 알지? 다행히 이 지역 연극단체에서 초댈 받았어. 그래서 여름에 할 공연에 참가하게 됐어. 수, 금요일 밤, 토요일 낮, 그렇게 연습해야 돼. 토요일 밤과 일요일은 비워 놨어. 너와 지내려고. 이의 없지?

응. 잘됐네. 사실 아이들 가르치는 거 얼마나 버티나 생각하고 있었지. 누나 인내력은 없잖아.

별수 있냐? 목구멍이 포도청인데. 다행히 우리나라가 영어 맹종국이잖니. 한심스럽지만 내 밥벌이 돼 주니 천만다행이지. 막 짜증이 나려던 참이었는데. 학교에 있는 내 동기가 전화한 거야. 걔는 연극을 계속하고 있었거든. 낮엔 학교 선생, 밤엔 연극 배우.

어쨌든 잘됐네. 누나 원하는 거 다시 하게 돼서.

그래. 다행이지 뭐냐.

혜수는 이제 바쁜 여자가 됐다. 옛날 대학에서처럼 이리 뛰고 저리 뛰는. 아이들에게서 학습비를 처음 받은 날 내게 선심을 쓰기도 했다.

토요일 교외로 나가서 요트처럼 만든 레스토랑에서 랍스터 요리를 먹고, 꼬냑을 마셨다. 나는 여전히 혜수가 마시는 술의 삼분의 일만큼만 마셨다.

나는 때때로 시간이 나면 수요일이나 금요일 밤 시내 바다문고 지하에 있는 극단 '무소' 연습장에 들렀다. 나는 가만히 문을 열고 들어가 몇 개 뒹굴고 있는 의자 하나에 소리 없이 앉아 대본을 들고 연습에 열중인 혜수를 바라보았다.

머리를 틀어 올리고 대사연습에 열중하는 혜수를 보면서 대학시절 그녀의 연극반에 쫓아가서 연습이 끝날 때까지 기다렸다가 다시 그녀가 가는 곳까지 따라가곤 했던 나를 떠올렸다.

나는 무엇 때문에 혜수를 쫓아 다녔을까. 졸졸 강아지처럼 그녀 옆에 붙어서. 혜수는 나를 쫓아버리지도 않고 아주 잘 데리고 다녔다. 마치 마스코트처럼.

나는 새삼 사월의 수요일 혹은 금요일 밤 지하의 어둑한 실내 뒤편 의자에 앉아 밝은 빛 아래서 연극 연습을 하는 일군의 무리 속에 섞여 있는 혜수를 바라보았다.

혜수는 이제 성숙한 여인이었다. 아이도 낳은 적이 없는 서른넷의 여자. 예쁘다거나 고운 자태는 없었지만 늘 활기를 몸에 달고 다니고 흩뿌리는 여자. 당당하고 야무지지만 차갑지는 않은 여자. 어쨌든 자신과는 정반대인 미적지근한 성격의 나를 버리지 않고 늘 데리고 다녔던 여자.

나는 어쩌면 혜수의 일부분인지도 모른다는 엉뚱한 생각에 빠져들었다. 한 번도 혜수의 행동이나 태도에 반감을 가져본 적이 없다. 지금도. 나는 혜수를 있는 그대로 수용한다. 그것이 기쁘다. 지금, 금방 혜수에게 또다시 남자친구가 생긴다 해도 나는 여전히……. 여전히? 글쎄. 그건 모르겠다. 아아, 그건 생각하기 싫다.

연습이 끝나면 나는 의자에서 일어나 틀어 올린 머리를 내리고, 다가오는 혜수에게 다가갔고, 혜수는 그들을 내게 소개해주었다. 그래서 나는 또 그곳의 모든 사람들과 일면식을 하게 되었다. 연습이 끝나고 소주를 마시는 자리에 가서 같이 소주를 마시고 두부김치를 먹기도 했다. 그렇게 사월이 지나가고 있었다.

연주

낮에 남편의 전화를 받았다. 나는 다짜고짜 미리만 보내겠다고 말했다.

왜 당신 맘이 놓이겠어? 아니면 바쁜 일 있나?

남편을 언제 봤을까. 최근엔 통 집에 오지 않았다. 내가 중국에 다녀온 후론. 저 아래 사타구니에서부터 올라온 심기가 꼬이는 듯싶었다. 나는 한 시간 전부터 와인을 홀짝거리고 있었다. 어머니가 노인대학에 나간 틈을 타서.

아님 당신이 나왔다가 데리고 가세요.

계속 남편의 여자 생각이 났다. 그가 말하지 않는 것들에 대한 분노가 꼬챙이로 찌르듯 나를 찔렀다. 나는 느닷없이 말해버리고 말았다.

당신 죽이고 싶어.

남편은 뭐어? 하다가 침묵했고, 그 침묵의 무게가 전화선 너머로 고스란히 날아들었다. 기석은 대꾸가 없었다.

나는 내가 한 말에 놀라서 전화통을 놓아버렸다. 그리고는 느닷없는 강렬한 육체적 갈망에 휩싸였다. 기석의 몸, 기석의 페니스, 기석의 발가락들이 내 몸에 달려들었다.

전화벨이 다시 울렸다. 나는 전화기를 집어 들었고, 곧바로 기석의 입김이 쏟아졌다.

여보. 무슨 말이야? 무슨 일이야?

기석의 입김은 따뜻한 호빵처럼 김이 났다. 나는 침묵했다. 기석의 입김을 마시며. 나는 눈물을 흘렸다. 그래. 널 죽이고 싶어.

아무 일도 없어. 당신이 죽기를 바래.

무슨 그런 말을? 왜 내가 죽기를 바라는 거요?

당신이 내게 말하지 않은 것들이 시키는 거야.

내가 뭘 말하지 않았다는 거야? 당신? 중국에 같이 오자고 했는데 당신 오지 않았고, 나는 중국에 와야만 했어. 이제 와서 뭐가 잘못된 건가? 그렇소? 당신 우울증이 도진 거요? 내가 어떻게 하길 바래? 미리 그냥 데리고 오지 말까? 그렇게 하고 싶으면 당신 하고 싶은 대로 해. 당신이 원하면 여기 일도 차츰 줄여보는 방향으로 하도록 연구해볼게. 하지만 당분간은 안 돼. 이제 시작했는데.

당신은 날 버렸어.

내가? 언제 당신을 버렸다는 거요? 나는 당신이 위태로울 때마다 비행기를 타고 달려갔어. 난 당신을 사랑하고, 내 맘은 변함이 없소. 단지…….

오호, 단지? 단지 어쨌다는 거야? 외로워서 못 견디겠더라고? 그런

데 왜 말을 안 하지? 내게. 어서 말해 봐. 당신 그 잘난 나에 대한 사랑으로 나를 향해 말해 봐요. 나는 외로워서 견디기 힘들었다고. 그래서 무언가가 필요했다고.

남편은 다시 침묵했다.

당신은 내 아내요. 우린 가족이고. 나는 우리 가족을 위해서 여기 왔고. 말할 수 없는 사실도 있는 거라는 거 당신도 알 거야. 말하지 말아야 되는 것들이 세상엔 더 많소. 당신이 무얼 말하는 진 모르지만 난 당신에게 감추는 게 없어.

기어이 남편은 입을 열지 않는다.

미리 이야긴 며칠 후 다시 전화하겠소. 당신은 안정이 필요해. 한마디 내가 할 수 있는 것은 여기 일은 여기서 끝난다는 거요. 내가 집으로 돌아가면 여기서 있었던 일들은 없었던 일이 될 것이오. 그러니 내 말을 그냥 받아들여 주었으면 좋겠어. 당신을 사랑하오.

남편의 방식. 숨이 막혀.

누나. 그냥 누나의 시간을 찾아요. 내가 도와줄게.

그래. 너를 처음 만났을 때부터 넌 나를 도왔어.

희준의 관심은 그러나 내 심연을 건드리지 못한다. 기석의 팔이 너무나 완고해서? 내가 기석의 팔을 떨쳐버린 다음에야 가능할 것이다. 그러나 난 희준에게 의지한다. 무엇 때문에 희준은 내 곁에 있는 것일까? 어떤 가능성을 위해서? 그러나 내겐 어떤 가능성도 없다.

연재가 끝났다. 기차가 지나가면엔 당분간 가지 않을 것이다. 글을 쓰기가 어렵다. 나는 내가 어떤 구렁텅이에 빠져 있는 중이라고 생각한다. 자꾸 더 빠져들어가고 있는 중이라고.

중국엔 가지 않겠다. 남편은 방어막을 단단히 쳤다. 빌어먹을. 그는 끝까지 자신이 나의 남편임을 강조했다. 그 이상은 말하지 않겠다는 단호함이 남편 특유의 나지막한 단단한 어투에 배어 있었다. 내가 어떤 사실을 알고 있건 그것에 대해 언급하지 않고, 그것에 대한 언급을 용납하지 않겠다는 그 두꺼운 배짱.

나는 죽어도 중국의 그 여자에 대해 먼저 말하지 않을 것이다. 남편은 알고 있다. 내가 아무것도 먼저 말하지 않으리란 걸.

기차가 지나가면에 마지막으로 간 날 나는 우울했다. 그날도 여지없이 희준이 전화했고, 어쩌다 기차가 지나가면의 사장과 그의 친구 화가와 함께 저녁을 보내게 됐다.

나는 때때로 내가 무척 싫을 때가 있었는데 그날 그랬다. 남편과의 평행선을 그은 전화, 끝난 연재, 뭘 해야 할지 모르는 실존적 절망감. 그 모든 것들이 나를 자꾸 캄캄한 어둠 속으로 밀어 넣었다.

나는 말없이 음식을 먹고, 그들과 술을 마셨다. 그리고 인내심은 바닥이 났다. 나는 그들의 옆에 앉아서 나를 비죽비죽 드러내기 시작했고, 희준은 전전긍긍했다. 마침내 나는 제대로 인사도 못한 채 희준을 뿌리치고 유리상자를 나왔다. 날 따라 나온 희준에게 나는 화를 냈다.

봐. 난 이래. 난 너의 연인이 될 수 없어. 너를 감당 못하게만 하잖아. 니가 내 곁에 있는 게 정말 이상하구나.

희준은 말없이 내 어깨를 안았고, 조용히 차를 몰았다. 나는 차 안에서 훌쩍훌쩍 울기 시작했고, 드디어 소리를 질렀다.

난 살고 싶은 맘이 조금도 안 들어. 어떻게 해야 하니. 아무것도 할게 없어. 글을 쓸 수가 없어. 중국에 갈 걸 그랬나봐. 그러면 나는 보통 여자들처럼 닭장 안에서 삐악삐악 병아리처럼 예쁘게 살고 있을 텐데. 이제 내 인생이 너무 멀리 가버렸어. 나는 너무 먼 바닷가에 혼자 표류해 있는 것 같아.

울면서 나는 계속 소리를 질렀다.

한때 나는 열정이 있었어. 글을 쓰는 게 즐거웠고. 무궁무진하게 쓸 수 있을 것 같았어. 근데 언제부턴가 탁 막혀버린 거야. 내 영혼을 채 가버렸어. 남편의 거짓이. 이제 알겠니? 내가 왜 죽고 싶어 하는지.

희준은 조용히 차를 멈추고 자신의 아파트로 나를 데려갔다. 가끔 한 번씩 드나드는 곳이었다. 나는 희준의 깨끗한 아파트를 좋아했다. 희준이 냉장고에서 꺼내 만들어주는 참치샐러드와 해물스파게티, 그리고 특별히 돼지뼈를 사다가 나를 위해 만들어주는 감자탕은 정말 맛있었다.

희준은 매사에 깔끔하고, 예의 바르고 성실했다. 그의 아내가 왜 그를 버렸는지 나로서는 짐작할 수 없었다.

현관문을 들어서자마자 희준이 날 껴안았다. 늘 예의 바르게 내 옷을 받아 걸고, 차를 만들고, 천천히 누워 얘기를 나누다가 와인을 마시고, 이윽고 내 몸을 부드럽게 쓰다듬던 그가 아니었다.

나는 광폭한 희준의 팔 안에서 그대로 쓰러져 버렸고, 그대로 희준의 입술에 눌려 눈을 감았고, 그리고 어떻게 됐는지 알 수 없었다. 간혹 눈을 떠보면 희준은 내 몸 안에 들어와 격렬하게 몸을 흔들고 있었고, 내 눈을 들여다보고 있었고, 내 가슴에 머리를 처박고 있었다. 그리고는 잠이 들어버렸다.

몇 시간이 흘렀을까. 희준은 날 깨워서 토스트를 만들어 주었고, 우리는 알몸으로 침대에 기대앉아 그것을 먹었다. 희준은 나의 헝클어진 곱슬머리를 손으로 빗겨주고, 욕실로 데려가서 오래오래 씻겨주었다. 나는 아주 늙고 힘없는 어떤 여자가 된 기분이었다.

새벽 두 시에 나는 희준의 차를 타고 집으로 돌아왔다. 모두 잠든 집으로. 그때부터 나는 모든 것으로부터 깨어 있었다. 그리고 내 온몸을 찢는 것 같은 허무 속으로 그 모든 것들이 나를 집어넣기 시작했다. 나는 희준 앞에서 질렀던 소리보다 더 큰 울부짖음을 몸 안으로 집어넣으며 소리 없이 울고 있었다. 밤새도록.

나는 쓰다만 원고들을 끄집어낸다. 연재 틈틈이 쓰기 시작했던 긴 글 원고가 노란 집게에 잡혀 깨끗하게 서랍 속에 놓여 있다. 작업실 옆의 공사는 아직도 계속이고 몹시 시끄러웠다.

나는 눈을 찌푸리고 원고를 살핀다. 진전이 없다. 이 글을 쓰는 동안 계속 머리만 아팠다. 이 원고가 끝나면 혼자 에게 해에나 가야겠다고 막연히 생각했었다. 희준이 같이 간다고 하면 같이 갈 생각이었다. 어차피 기석은 중국에 있고, 내가 누구와 간들 상관치 않을 사람이었으므로.

겨우 삼백 매 근처였다. 생각하고 있는 장편 매수의 삼분의 일도 쓰지 못하고 지지부진이다. 연재가 다 끝났으니 매진을 해야겠지만 도통 손에 잡히지 않았다. 맥없이 포르투갈산 포도주를 찔끔거린다.

문득 봉순이 생각이 났다. 나 죽고 싶어. 봉순아. 포도주를 찔끔거리면서 원고를 한 장씩 넘긴다. 봉순이한테 가서 며칠 있다 올까? 하지만 봉순이가 물을 것이다. 니 남편 아직 그러고 있니? 너 계속 보고 있을 거야? 쫓아가서 그 중국년 쫓아버리지 않고? 너 아직 니 남편한테 말도 하지 않았지? 이 등신.

오전 열한 시부터 세 시까지 네 시간 동안 나는 꼬박 책상 앞 의자에 앉아 원고만 넘기고 있었다. 기차가 지나가면엔 이제 가고 싶지 않았다. 가서 노트북을 두드릴 문장이 한 줄도 생각나지 않았다. 지금 이 자리에서 일어나 빨리 기차가 지나가면으로 가. 여긴 너무 시끄럽잖아. 그러니 거기 가서 글을 써. 중국은 잊어버리라고. 자꾸 속에서 그런 소리가 새어나왔다. 하지만 나는 일어날 수 없다. 꼼짝도 할 수 없다.

나는 허기진 뱃속에 포도주만 자꾸 집어넣었다. 머리가 어지러웠다. 희준에게 전화를 넣었다. 희준의 전화는 불통이었다. 어디 가서 인터뷰 중이거나 어딘가 공연장 뒷자리에 앉아 공연을 지켜보고 있거나, 통화가 안 되는 산골의 숨어 있는 괴짜를 만나고 있는 중인지도 모른다.

희준에게 화가 났다. 도대체 너 어디에 있는 거니. 나 죽으려고 해. 나 죽겠단 말이야. 나를 말려야 하잖니. 제발.

나는 전화통을 내던져 버렸다. 나는 작업실 한 구석에 있는 화장실 바닥으로 원고를 들고 가서 주저앉아 노란 집개를 풀었다. 맨 위 종이를 들고 성냥불을 그은 다음, 두 장, 세 장씩 주황색 불 위에 원고를 올려놓았다. A4 복사용지의 십이 포인트 글자들이 아우성을 치며 주황의 불꽃 속으로 빨려들어갔다.

상당히 긴 시간이었다. 어지럼증과 구토할 것 같은 메스꺼움 그리고 딸꾹질. 자칫 손을 데일 뻔하면서 나는 위태롭게 종이들을 오랫동안 태웠다. 나는 재가 된 원고의 시체들을, 연기가 나는 그것들을 그대로 매캐한 화장실 바닥에 놔둔 채 환풍기를 틀고 문을 닫았다.

그리곤 책상 옆 간이침대에 그대로 쓰러져 버렸다.

사랑

대리님. 정말 이상해요. 누구 생겼죠? 우리 곧 국수 먹게 될 것 같은데, 맞죠? 말 좀 해보세요.

몇 번쩰까. 최의 말은 똑같았다. 그렇다면 나는 정말 달라진 건가? 내가 그렇게 달라 보여?

그렇다니까요. 다른 사람 같네요. 뭔가 숨기는 거 있어. 분명히. 이런 종류의 활기는 뭐랄까, 분명 여자문제예요. 여자가 생긴 거야. 말해보세요. 노총각 대리님 경사난 모양인데.

아냐. 내가 말 안 했나? 영국 살던 누나가 왔다고. 아무래도 좀 달라 보일 수도 있겠지.

나는 최가 더 이상 말 못하게 고개를 서류에 처박아버렸다.

그래. 혜수가 왔거든. 내 맨 처음 여자지만 내 여자는 아니야. 아직도 난 모른다. 혜수가 누구인지. 하지만 나는 한 번도 혜수에게 덤비지 않았다는 게 새삼 상기되었다. 덤빈다는 표현이 좀 이상하지만 그건 한 번도 혜수의 말에 대거리를 하지 않았다는 말이다. 나는 그저 혜수가 하자는 대로 했을 뿐이다. 만사를.

새삼 당황스러움을 느끼지 않을 수 없다. 혜수를 왜 만나는가. 이제는 생각해보지 않을 수 없는 것이다. 혜수가 왔을 때 인희를 버렸다. 아무 미련 없이. 그리고 예전처럼 혜수 옆을 서성거리기 시작했다. 그러나 나는 여전히 혜수의 아무것도 아니다.

혜수에게는 자꾸 일들이 붙어났다. 그런 사람이었지. 잊고 있었다. 혜수가 어떤 바람들을 몰고 다니는 사람이라는 걸. 나는 다시 혜수의 그 물살에 끼어들었을 뿐이다. 물론 나는 혜수의 옆에 있는 게 좋았다. 그러나 여전히 그게 무슨 의미가 있을까, 라는 생각이 한쪽 구석에 똬리를 틀고 들어앉아 있긴 했다.

그러나. 어쨌든 나는 혜수 옆에 있었다.

한 번도 해보지 않은 몇 가지 일들을 혜수가 머문 그 몇 달 동안에 경험하기도 했다. 혜수는 극단 단원들을 이끌고 어린이날 내가 근무하는 병원 소아과 병동에서 짧은 어린이극장을 열었다. 어린이들은 작은 선물도 받았다. 언제 그런 일들을 준비한 것일까. 혜수가 나에게 부탁한 완구들을 넣은 커다란 자루를 들고 나는 병원으로 찾아갔다.

다섯 명의 단원들은 오즈의 마법사 같은 스토리 극을 짧게 만들어서 재미있게 연출했고, 아이들과 부모들은 모두 박수를 쳤다. 나는 병동 휴게실 한쪽에 기대어 서서 그런 혜수를 바라보며, 그 옛날 아버지가 돌아가셨을 때 무리들을 이끌고 와 말없이 일을 돕던 혜수를 떠올렸다.

그래. 저런 면이 혜수의 소란한 다른 면들 속에 자리잡고 있었지.

나는 그런 모습을 보면서 무언가 가슴이 뜨거워졌고, 마치 그것이 나를 혜수 곁으로 끌어당기는 것처럼 느꼈다. 혜수 누나. 그러면 나는 그렇게 속으로 불렀다. 혜수 누나, 라고.

혜수는 아이들 가르치는 일이 어느만큼 자리가 잡히자 별 일이 없는 한 격주에 한번은 꼭 뇌성마비와 정신지체아들이 있는 천사원으로 달려갔다. 처음엔 혼자 다녔으나 언제부턴가 혜수는 나를 불러 데리고 다녔다. 나는 어찌할 바를 모르고 옆에 있다가 혜수가 시키는 일을 하곤 혜수를 태우고 돌아왔다.

영국에 있을 때 자원봉사를 많이 했어. 서양 사람들은 그걸 참 많이 해. 그냥 생활 속의 일부분으로. 기독교 정신의 일부인지도 모르지. 그게 참 좋더라. 한인교회 목사님과 병원엘 참 많이 다녔어. 영어가 익숙해지고부터는 장애인 학교에 갔어. 일주일에 한 번씩.

토요일엔 주로 기차가 지나가면에 가서 차를 마시고 호수를 따라 드라이브를 했다. 기차가 지나가면 사장과 어느새 친해져서 우리는 같이 앉아서 한참씩 수다를 떨곤 했다. 주로 나는 듣는 편이었지만.

혜수는 이제 완전히 자리를 잡은 것처럼 보였다. 아이들 가르치는 게 적성에 맞지 않다던 말도 하지 않았고, 연습하는 연극도 곧 무대에 올려질 예정이었다. 유월이 지나가고 있었다.

나는 혜수에게 남자가 생기지 않는 게 참 이상했다. 늘 혜수에게는 남자가 있었다. 과거에.

누나. 왜 남자친구 안 만들어?

어느 날 불쑥 그렇게 물었다.

너 있잖니. 왜? 나 싫어?

그게 아니라. 누나가 언제 날 남자로 봤나. 그냥 따라다니는 동생이지.

그렇게 생각했니?

혜수는 잠깐 입을 다물었다. 아닌 때도 있었던가? 그런가? 그러나 나는 혜수 생각을 알 수 없다. 혜수는 갑자기 나이 든 여자처럼 말했다.

이혼한 지 얼마나 됐다고. 여기선 참 말이 많더라. 아이들 가르치니까 더 조심해야 돼. 당분간은 연극만 할 거야. 문제는 너지. 넌 여자친구 언제 소개할 거야?

여자친구 없어.

문제다. 니가 내 곁에 있는 건 참 좋지만. 난 이혼녀잖니. 여기선 그게 참 문제던데. 어쨌든 난 너 좋아한다? 알지?

알아. 그래서 날 데리고 다니는 거.

데리고 다니긴. 니가 따라다니지. 너 처음 봤을 때부터 나 졸졸 따라다녔잖아. 지금까지 말이야.

맞아. 누나. 그것도 연분이지?

맞다. 연분인가 보다.

술을 마시고 나는 혜수와 함께 내 작은 거처로 와서 섹스를 하곤 했다. 나는 언제나 혜수의 젖 냄새를 맡으며 막연한 향수에 젖어들었다. 그것은 어릴 때 어머니에 대한 그리움 같기도 했고, 대학 때 처음 혜수와 사랑을 나누던 그날의 아련한 슬픔과 그리움 같기도 했다.

막연히, 막연히 나는 혜수를 사랑하는지도 모른다는 한숨과도 같은, 혹은 빵가게 앞을 지날 때 언뜻 스치는 바닐라 향 같은 내면의 속삭임을 듣곤 소스라쳤다. 혜수는 여전히 기세등등했고, 나는 여전히 말없고, 숫기 없는 동생일 뿐이었는데도 말이다.

섹스조차도 그랬다. 내가 먼저 하고 싶어 한 적은 없다. 늘 혜수가 나를 껴안고 내 옷을 벗겼고, 그러면 나는 천천히 혜수의 젖무덤에 얼굴을 묻는 것이었다.

그렇게 유월이 지나가고 있었다. 혜수는 다른 생각이 없어 보였고, 지금 하고 있는 일에 만족한 듯 보였으며, 빠르게 자리를 잡고 있었다.

나로 말하면 최의 말처럼 점점 더 활기에 찬 느낌에 사로잡혀서 지냈다. 물론 두말할 것도 없이 혜수 때문이었다. 나는 기꺼이 혜수가 원하는 모든 것을 따라했다. 섹스까지도. 막연히 혜수에게 남자친구가 생긴다면, 이런 불안함도 있었지만 사람이란 쉽게 포기하지 못하는 법이다. 현재 가지고 있는 것들을. 나는 혜수와의 섹스를 버릴 수 없었다. 혜수가 남자친구가 생기면 나를 버릴 거란 가정을 하면서도. 그게 나였다.

칠월. 나는 혜수를 사랑했다. 혜수도 나를 사랑할 거라고 믿었다. 이제는. 그녀에게는 새로운 남자친구도 생기지 않았고, 나와 늘 같이 시간을 보냈으며, 내 방에서 자는 날이 많았다. 혜수에게 내 방으로 오라고 하고 싶었지만 방이 너무 좁았고, 혜수의 친구 집에서의 기거도 별 문제는 없어 보였다. 그래서 그 문제는 보류되었다. 명쾌한 혜수의 행동거지는 사람들의 호감을 잘 유지시키는 듯했다.

그러나 늘 뜻밖의 일들이 찾아오는 것이 인생인 모양이다. 내 느린 신경줄을 팽팽하게 당기기 시작한 혜수와의 친밀감에 잠겨 막 그것을 누리기 시작한 지 얼마나 됐을까. 나는 생애 가장 느긋한 기쁨들을 누리고 있다고 생각했다. 마치 새로운 인생의 순간들을 맞이해서 이제 막 펼치기 시작했고 그냥 앞으로 나가기만 하면 될 것 같은 그런. 그야말로 문제가 없어 보였다. 집에서 장가가라고 다그치는 것만 빼면. 그러나 인생이 그렇게 호락호락한 걸까. 내 의구심은 들어맞았다. 운명이 나를 비웃는 듯 그것들은 순식간에 다가왔다.

칠월 초에 연극이 무대에 올려졌다. 사흘 동안 연극은 밤마다 무대에 올려졌다. 나는 첫날 밤 객석에 앉아서 연극을 지켜보았고, 마지막 날은 끝나는 시간에 무대 뒤로 찾아갔다. 꽃다발을 들고서.

고맙다.

혜수는 나를 깊게 끌어안았다. 사실상 첫무대였다. 혜수에겐. 대학을 졸업하기도 전에 영국으로 떠나버렸고 그후론 연극을 하지 못했을 터였다. 한인교회에서 성극을 했다던가 그랬지만. 끝나는 날이어선지 모두 흥분된 표정들이었다. 혜수는 뒤풀이하러 가는 곳에 나를 끌고 갔다. 단원들과 나는 이미 잘 알고 있는 사이였다.

커다란 생맥줏집의 둥근 테이블에 모두 모여 앉아서 생맥주를 마셨다. 나는 말없이 그들의 얘기를 들으며 웃거나 멍하니 바라보거나 하면서 술을 조금 마셨다. 혜수를 바래다주거나 내 집으로 태우고 가야 했으므로 늘 나는 혜수와 함께 있을 때는 술을 조금만 마셨다.

그들의 흥분된 혹은 홀가분함이 깃든 분방함으로 떠들썩한 대화들은 나를 어떤 것들 속에 푹 빠져보고 싶게 만들었다. 도대체 아무것에도 매료되거나 열중해 본 적이 없는 내가 정말 가치 없게 느껴졌다. 그들의 열정은 그렇게 뜨거워 보였다.

나는 술에 취한 혜수를 데리고 집으로 돌아왔다. 혜수가 나에게 완전하게 의지한다는 것만이 마음을 흐뭇하게 했다. 비록 술에 취했을 때뿐이지만. 나머지는 어떻게 할 수 없지 않은가. 어느 날 내가 사정없이 취해서 누나, 사랑해. 나하고 결혼하자, 라고 말할 수 있게 된다면 몰라도. 나는 때때로 그랬던 것처럼 내가 혜수보다 나이가 더 많았으면 좋겠다고 생각했다. 그러면 더 쉬울 것이다. 혜수야, 나랑 결혼하자, 라고.

만약 내가 혜수에게 결혼하자고 말한다면 너 미쳤니? 라고 할 것 같았다. 하지만 그러리라는 짐작 같은 것조차도 어쩌면 대학 때부터 그냥 누나 옆에 붙어다니는 동생으로서의 오랜 관성일 뿐인지도 모른다. 남자 여자가 아니라 우린 남매지간인 것이다.

그러나, 그러나 나는 혜수를 태우고 가면서 생각했다. 이젠 깨고 싶다고. 세월이 많이 흘렀고, 혜수는 다시 내 곁에 있다. 그러면 말해야 하지 않을까? 혹 혜수는 기다릴지도 모른다. 내가 남자의 모습으로 자신에게 다가와 고백해 주기를.

술에 취해 방에 들어가자마자 침대에 쓰러져버린 혜수의 옷을 벗겨주고 이불을 덮어주면서 나는 그 생각에 몰두하기 시작했다. 그래 조만간 혜수에게 고백하자. 누나. 난 이제야 깨달았어. 여태까지 다른 여자에게 열중할 수 없었던 이유를. 바로 누나 때문이었어. 그리고 누나가 왔잖아. 내게 온 거지? 난 그렇게 고백할 생각이었다. 조만간에.

며칠 동안 혜수를 만나지 못했다. 무슨 일일까 생각하고 있는데 혜수에게서 전화가 왔다.

윤조야. 나 일주일 후에 중국 가. 오빠가 와서 일을 도와 달래서. 아이들 일만 마무리하면 돼. 물론 너와 송별식도 해야겠지.

나는 말문이 막혔다. 한 마디도 할 수 없었다. 입을 열면 누나, 나하고 결혼해 라는 말을 뱉어버릴 것만 같아서.

너 왜 그래?

입을 다물고 있자 혜수가 그렇게 물어왔다. 나는 더듬거렸다.

아, 아냐. 갑자기 간다고 하니까 서운해서.

도대체 누나는 한 번도 나를 남자로 생각해보지 않은 거야? 내 머릿속에서 그런 질문이 떠올랐다. 나하고 섹스할 때조차도?

가면 몇 년 있다 올 거야. 그 사이에 너 여자 만나. 결혼도 하고. 결혼식에 꼭 올게.

누나 꼭 지금 가는 사람 같네. 나 안 만나고 갈 것 같아.

아냐. 아직 시간 있어.

혜수와 나는 기차가 지나가면에 마지막으로 갔다. 차를 마시고 나와 한적하고 어두운 근처 길들을 걷다가 시내로 되돌아와서 초밥에 정종을 마셨다. 그리고 마지막이 될지도 모른다며 혜수와 사랑을 나눴다. 마지막이겠지. 중국 가면 거기서 또 다른 남잘 만날 거고 나 같은 동생은 잊어버릴 것이다.

너는 곧 여자를 만날 거야. 그러면 그냥 결혼해. 망설이지 말고. 여태 뭐했니. 결혼해서 아이도 둘쯤 있을 줄 알았는데.

혜수에게서 나이가 느껴졌다. 내겐 상관없었다. 나는 혜수가 너 나랑 같이 살래? 해주기만을 바랬다. 늘 나를 잡아끌고 다녔듯이 나를 그녀 곁에 잡아두기를 바랬다. 그러나. 혜수는 너 꼭 결혼하면 나 불러야 돼, 라고 중얼거리면서 잠이 들어버렸다. 나는 허탈했다. 허탈해서 잠이 오지 않았다. 무엇이 원망스러운지 자꾸 원망스러웠다. 나는 혜수 옆에 누워서 바보처럼 울었다.

혜수는 떠났다. 또다시.

나는 예전처럼 풀이 죽은 모습으로 되돌아왔다. 혜수가 모든 기를 다 뺏어가 버렸기 때문에. 최가 가만히 있질 않았다.

대리님. 기운이 없어 보여요. 무슨 일 있으십니까?

나는 그저 눈을 찡그려 보였다. 팔월이 시작되고 있었다. 이제 될 대로 되라는 심정이었다. 여자를 만날 맘도 없었고, 결혼하고 싶은 생각은 더더욱 없었다. 끈 떨어진 연처럼 나는 그저 이리저리 인생에 끌려다닐 게 뻔했다. 나는 그대로 살 것이다. 여태 그랬던 것처럼.

혜수는 가자마자 연락처를 전화로 알려주었다. 그나마 고마운 일이었다.

그러나 달라진 건 아무것도 없었다. 내겐 아무도 없었고, 앞으로도 그럴 것이다.

어느 날 밤 나는 망연히 거리를 걷고 있었다. 새삼스럽게 혜수가 미웠다. 그런데 난 무얼 기대하고 있었단 말인가? 혜수에게? 어이가 없었다. 나 자신에게. 혜수가 날 속였다거나 날 이용해먹었다거나 날 배신했다거나 뭐 그런 사실이 있는 거냐? 아니잖아. 그런데 이 배신감은 무얼까. 혜수가 어떻게 해주길 그냥 기다리고만 있었구나. 바보 같은 놈.

나는 어디든 들어가 취하고 싶었다. 어딘지 모를 곳을 걷고 있었다. 오피스텔 같은 높은 건물이 보였고, 어둔 골목이 보였다. 오피스텔인지 모르겠지만 일층엔 편의점이 흰 불을 밝히고 있었고 사람이 들락거렸다. 위로 길쭉하게 뻗은 건물 옆 골목은 그와 반대로 어둑했는데 언뜻 포장마차가 보였다.

어둑한 골목으로 들어가자 상점들이 나왔다. 야시장처럼 천막을 친 과일가게, 생선가게, 잡화점들이 골목을 내려가면서 서 있다가 낡은 집들이 나왔다. 주택가인 모양이었는데 이상한 동네였다.

나는 다시 골목을 기어 나와 큰길을 걸었다. 지하에 홍등을 밝힌 술집이 있었다. 홍등이라니. 나는 약간 골목 안으로 들어간 그 지하의 술집으로 들어갔다. 야식과 소주를 파는 집이었다. 달큰한 술 냄새가 온통 배어 있어서 순간 위장을 뒤집어놓았지만 나는 그냥 둥근 탁자 앞에 주저앉았다.

얼마나 소주를 마셨는지 기억이 안 났다. 나는 택시를 잡을 생각으로 횡단보도 앞에 서 있었다. 그리곤 고꾸라졌다. 어느 순간 무엇인가 광폭하게 나를 짓뭉개고 지나갔다. 느낄 수조차 없는 끔찍한 아픔이 오다가 사라졌다. 나는 정신을 잃었고, 어딘가로 끝없이 떨어졌다. 웅웅거리는 벌떼들 소리가 나다가 모든 것이 끊겨버렸다.

어이없는 교통사고였다. 나는 정강이뼈를 다쳐서 오랫동안 병원에 누워 있었고, 보상금을 많이 받았다. 다리가 불균형해진 것이다. 내 다리를 망가뜨린 사람은 거대한 트럭 운전사였다.

나는 내가 마신 술과 기세 좋게 내 다리를 뭉게뜨리고 간 그 트럭 운전사를 원망했지만 이미 건너간 물이었고, 그 절망감이란 것은 그나마 남아 있던 청춘의 기상을 앗아가 버렸다.

몸이 회복되면서 직장을 그만두어 버린 것은 잘한 짓인지 모른다. 그러나 도저히 다시는 차를 몰 수 없을 것 같은 사고후유증 때문에, 차를 먼지 속에 팽개쳐버리고 불균형해진 다리로 자전거를 타고 기차가 지나가면엘 드나들기 시작한 것은 잘한 짓일까. 어쨌든 그곳을 내가 사게 된 이유였다. 혜수와의 추억이 그리로 나를 이끌었는지 알 수 없지만.

마침내 나는 내가 머물 장소를 찾은 것 같았고, 쓸쓸함도 고적함도 외로움도 그리움도 편안해지기 시작했다. 나는 정말 기차가 지나가면을 얻게 된 것이 좋았다. 내 다리를 부숴뜨리며 얻은 보상이었지만.

손님이 별로 없어서 혼자 앉아 줄리아니의 기타 연주를 듣거나 글렌 굴드의 숨소리까지 들리는 피아노 연주를 듣다보면 모든 것이 편안히 생각났다. 버스를 기다리던 먼지 나는 정거장의 도도해 보이던 누나. 그 누나에게 보이려고 책을 옆구리에 낀 숫기 없는 고등학생의 설레임. 늘 옆구리에 끼고 다니던 책처럼 나를 잘 다스렸던 혜수라는 누나.

기차가 지나가면은 나를 살려냈다. 이미 내가 죽어버렸다고 생각했던 순간에 나를 잡아들여서.

여름비

연주가 나타났다.

손엔 아무것도 들려 있지 않았다. 연재를 끝냈다고 한 뒤론 오지 않던 그녀다. 성호가 반기며 마이스키의 첼로를 올려놓았다. 연주는 미소를 지었지만 마른 얼굴이었다. 나지막하게 깔리는 첼로의 선율을 느끼면서 나는 연주 앞에 마주 앉아 담배에 불을 붙여주었다.

원고를 태워버렸어요. 긴 글을 쓸 예정이었는데.

왜요?

모든 게 부질없다는 생각.

나는 고등학교 시절 나의 우상이었던 그녀를 바라본다. 한 마디 말도 건네 보지 못하고 몰래 바라만 보던 그녀. 그녀 때문에 책을 사서 옆에 끼고 다녔다. 그녀가 소설을 쓰는 여자로 내 가게에 나타났을 땐 정말 신기하기만 했다. 그녀에게 어린 남자친구가 있다는 걸 알고는 가슴이 아팠다.

나는 아파보이는 그녀를 바라보면서 그녀가 나에게 준 우울 때문에 한동안 가슴 아팠던 걸 떠올린다. 그녀는 여전히 나의 우상이다. 어쩐지 다가가기 힘든 그런. 자기만의 세상에 도도히 앉아 아무것도 보고 있지 않은 것 같은 그러나 모든 것을 보고 있는 것 같은 그런 시선을 가진 여자.

그런데 그녀에게 무슨 일이 있는 걸까.

한동안 말이 없다. 나는 머그잔의 커피만 들여다본다. 첼로는 사정없이 낮게 가슴을 할퀸다. 비가 내릴 모양이었다. 갑자기 바깥이 어두워지고 바람이 부는지 미루나무 가지들이 흩날린다.

중국에 갈 힘이 없어요. 딸아이만 보내려고 해요. 그렇게 결정하면 마음이 편해져야 되는데 아니거든. 왜 이렇게 마음이 두엄자리 같을까.

다른 곳을 여행하시면 어떨까요. 친구분이랑.

나는 희준을 염두에 두고 말한다. 둘의 다정함이 나를 우울하게 했었다.

어딜? 희준이랑?

나는 고개를 끄덕인다. 느닷없이 연주의 눈에서 눈물이 떨어졌다. 후드득 떨어지는 빗방울처럼. 나는 어찌할 바를 모르겠다. 연주의 눈물과 동시에 바깥에서 비 오는 소리가 들린다. 어둔 하늘. 거칠게 부는 바람. 그 사이를 긋고 내리치는 비.

성호가 에어컨을 끄고 밖을 살피러 출입문 쪽으로 나간다. 뜰에 깔린 자갈돌들에 비 내리치는 소리. 하일이 온다던 시간이었다. 중국에 보낼 작품을 협회로 보내느라 그는 학교에 나갔다. 삼 주일도 채 남지 않았다. 하일이 중국간다는 날이. 내 비행기표까지 준비해놓은 그는 마침내 내게 털어놓았다.

그, 대학원생 있잖아. 왜. 나 쫓아다니던. 파리로 가게 됐어. 갑자기 미술치료사가 되겠다고. 헌데 묘하지. 나도 내년에 그쪽으로 갈 기회가 있거든. 그 애도 알아요. 글쎄. 어떻게 알았는지.

그녀의 학위는 어떡하고?

여름에 끝나요.

그렇군. 그래서?

내가 그랬지. 그럼 그때까지 내 마음이 네게로 가는지 보자. 그럼 널 사랑할게.

그랬더니?

아주 끈질긴 애에요. 어째서 날 사랑하는지 몰라. 좋다는구만. 선생님이 올 때까지 열심히 어학공부하면서 기다리겠다는 거예요. 글쎄.

그래서 어떤데?

나? 몰라. 하지만 그 애가 맘에 들어. 진로를 바꾼 게. 그 애가 싫었던 건 아니었는지도 모르지. 단지 여자라는 동물이 맘 붙이기 어려웠던 거야. 일찍이 상처받아서.

그렇군.

어쨌든 그 애는 구월에 간대요. 나는 내년에 가고. 내가 가서 그녀를 봤을 때 내 마음이 그녀에게로 간다면 성공하겠지. 그녀의 뜻대로.

지금은 전혀 아니고?

지금은 내키지 않아. 여자라는 것. 왜 그런지는 나도 몰라요. 형도 마찬가지 아니야?

나?

나는 모른다. 내가 뭘 원하는지. 나를 향해 해바라기처럼 온 맘을 보내는 여자도 없으니까. 그러나 형도 마찬가지 아니야? 라고 하일이 물었을 때 저 어두운 심연에서 뭔가 꿈틀, 했다. 그것은 혜수라는 단어였다. 혜수.

어딜 가볼까 생각도 했죠. 그래요. 희준이랑. 아주 좋은 동행자죠. 그러나 남편을 속이고 가본 적은 없어요. 물론 어디든 갈 수 있었지만. 혹 모르죠. 이번에 중국엘 정말 갈 수 없게 되면 어디든 가겠죠. 에게 해든, 인도든, 이집트든. 하지만 지금 심정으론 그냥 숨어버리고 싶을 뿐. 어둠 속으로.

연주는 눈물을 닦아내고 히죽 웃는다. 그녀의 살얼음을 보는 것 같아 나는 감히 눈을 보지 못하겠다. 연주 누나는 뭘 원하는 걸까.

하지만 정말 하고 싶은 게 없어요. 그래서 원고를 태워버렸죠. 나 자신까지 태워버릴 수 있다면 태웠을 거예요. 남편은 왜 날 사랑하지 않을까요.

나는 깜짝 놀란다. 마지막 말은 너무 나지막해서 딴 생각을 했으면 알아들을 수 없을 정도였다.

어떻게 그런 말을. 남편 분은 누나를 사랑할 거예요.

나는 그렇게 말했다. 누나 혼자 그렇게 생각하는 거라고.

그럼 왜 중국 여자를 두었겠어.

그것은. 그것은 그 여자를 사랑해서가 아니라 단지 옆에 여자가 필요해서일 거라고. 그것이 남자들의 속성이니까.

그렇담 왜 나한데 그런 얘기를 안 하는 거야?

말할 필요가 없다고 생각해서일 거예요.

내가 알고 있다는 걸 내가 말하긴 싫어. 그래서 그를 죽여버리고 싶어.

그것 때문이군요. 남편께서 속이고 있다는 것 때문에 괴로운 거.

맞아. 난 죽고 싶어. 그런 그를 사랑하는 내 자신이 죽도록 싫어.

마음이 무거웠다. 심연의 어둠 속에 갇혀 있는 그녀가 안타깝다. 그러나 내가 어찌할 것인가. 그의 희준이는 그녀에게 내 생각처럼 도움이 되지는 못하는 모양이다. 그도 그저 그녀를 사랑하고만 있을 뿐인가. 그녀는 남편을 사랑하고.

한때 희준이 그녀의 어깨에 팔을 얹고 나가는 걸 우울하게 바라봤던 내가 생각난다. 난 우울했었다. 그녀의 남자친구가 그녀에게 오는 걸 보면. 그러나 결국 이런 그녀를 달래야 하는 그도 우울할 것이다.

하일이 나타난다. 갑자기 내리기 시작한 비에 젖어. 곱슬거리는 긴 머리를 위로 올려 묶은 그녀의 젖은 눈을 보고 하일이 주춤거리며 다가왔다. 연주는 두 개비째의 담배를 피워 문다. 여전히 그녀는 담배 연기 같은 심연의 어둠을 피워내고 있다.

비가 많이 와.

하일이 말했다. 오후 네 시였다. 하일은 젖은 머리를 흔들곤 곧 화실로 들어가 버렸다. 어쩌면 연주의 어두운 표정 때문에 거북스러웠는지도 모른다. 연주는 다른 사람을 잘 배려하지 않는다. 자신의 영역 밖의 것은 신경 쓰지 않는다. 그것이 어떤 사람에겐 불편할 수도 있다.

연주는 한참 동안 말없이 그렇게 앉아 있다 담배를 비벼 끄고 일어나 비 오는 밖으로 나갔다.

비가 좀 그치면 가세요.

연주는 미소도 없이 고개를 가로젓는다. 틀어올린 곱슬머리의 몇 올이 귀 옆으로 흘러내려 스산하다.

얘기 들어줘서 고마워요. 정말 좋은 후배!

나는 연주의 차가 자갈밭을 끌며 빗속으로 사라지는 것을 바라본다. 하일에게 갔더니 그도 밖을 바라보고 있었다.

너무 무거운 여자예요.

그래? 그래.

내 마음이 무겁다. 하일은 젖은 머리를 수건으로 털고 이젤 앞에 앉고 나는 책상 앞에 앉아 머그잔을 손에 든다. 말없이. 은은한 형광등 빛이 밖의 어둠을 비추고, 성호가 틀어놓은 첼로의 낮은 음이 아직까지 귓가에 조용한 물살처럼 왔다 가곤 한다.

끝없이, 점점 더, 마치 바쁘게 현을 긋는 손가락처럼, 나는 빠르게 붓에 물감을 찍으며 벽에 기댄 캔버스 앞에 턱을 괴고 앉은 하일을 바라본다. 그는 한참을 저러고 앉아 있어야 할 것이다. 자신이 그리다 만 그림 속에 다시 들어가려면. 나는 몰래 그런 하일을 봤었다. 그가 처음 이곳으로 옮겨와 이젤 앞에 앉는 날부터. 화실에 들어오면 입을 다물어야 한다.

하일의 캔버스는 육십 호 정도의 크기이고, 검은 밑칠을 끝낸 뒤 푸른 원이 커다랗게 회오리를 치고 있다. 그 다음엔 어떻게 할 것인지 나로서는 전혀 알 수 없는 일이다. 어쨌든 나는 화집을 펼쳐놓고 그보다 먼저 붓질을 시작한다. 나는 가짜고 그는 진짜라는 생각을 하며. 비가 창유리를 때리는 소리를 들으며.

저 첼로 소리…….

하일이 문득 나지막이 중얼거린다. 내가 대꾸하지 않아도 그는 다음 말이 없다. 그래, 저 첼로 소리. 빗소리에 섞인 첼로 음을 들어보라. 마치 연주 누나의 고뇌에 찬 영혼이 춤을 추는 듯하다. 그녀가 바라는 것을 찾기를 나는 소망한다. 그녀가 제발 소망하는 바를 획득하기를.

성호는 바흐의 무반주 첼로 전곡을 그냥 틀어놓을 심산일까. 어둡게 비 오는 날 손님도 없는 오후. 긴 머리를 말끔하게 묶은, 소매 없는 검은 티셔츠를 입은 하일의 하얀 팔이 마침내 기다란 붓을 들고 캔버스에 막 선을 긋고 있다.

나는 그를 사랑하는 대학원생의 예쁜 생머리와 그의 뒤로 묶은 꽁지머리가 같이 파리 거리를 걷는 것을 상상하며 미소를 짓는다. 아주 잘 어울리는 풍경에 잘 어울리는 그림이다.

마찬가지로 연주 누나의 곱슬거리는 퍼머머리가 한 번도 보지 못한 그녀의 중국에 가 있는 남편 어깨 위에 얹혀 있는 것을 상상한다. 그녀가 그리도 소망하는 풍경. 정말, 진실로 나는 소망한다. 사랑이 그 풍경을 완성하기를.

연주

사흘간 잤다. 자고 싶은 것밖에 더 다른 욕망이 없었다. 비가 계속 내렸고, 작업실에서 원고란 원고는 다 태워버렸다. 희준이 와서 말렸을 때도 나는 기를 쓰고 모든 걸 없애버리려 했다. 부질없다. 무엇을 이룰 수 있단 말인가. 나는 오로지 그 생각으로 밤을 꼬박 새우고 집을 나왔다.

희준이 태워다 준 곳은 지리산 자락에 있는 하얀 팬션이었다. 희준은 나를 강제하다시피 그곳으로 데려갔다. 희준이 만들어준 음식을 먹고, 토하고, 그리고 죽은 듯이 잠이 들면 희준은 지리산 자락에 숨어든 시인을 찾아갔다가 밤늦게 돌아왔다.

그 숨은 시인을 취재한다는 명목이 희준의 이틀간의 이유였고 나머지 하루는 토요일이었다.

사흘 동안 나는 잠만 잤다. 몸이 아팠다. 너무 아파서 내가 어느 지경인지도 알 수 없는 나락이었다. 어머니, 봉순이, 딸, 남편의 여자 그 아무것도 떠오르지 않았다. 그 여자에 대한 질투심도 남편에 대한 분노도 어머니에 대한 안쓰러움도 딸에 대한 미안함도 그 아무것도 내 마음속에 들어있지 않았다. 나는 그냥 널부러졌다. 영혼이 갈가리 찢

긴 종이처럼 사방으로 흩어지는 것을 느끼며. 오로지 그것만을 느끼며.

희준이 데려갈 때처럼 축 늘어진 나를 태우고 돌아왔다. 희준은 이번만은 말이 없다. 나를 달래고 되돌아보게 하고 충고하던 희준이 아니다. 한 마디 말도 없이 내리는 나를 한 마디 말도 없이 고갯짓으로 일별하는 희준을 처음 보았다.

그 애는 나를 알게 된 것을, 여태까지 공들인 것을 후회할지도 모른다. 내가, 내 영혼이 온통 다른 것으로 채워졌다는 걸 깨달은 지금 나를 미워할지도 모른다. 내가 끝내 그의 뜨거운 연인이 되지 못하고 만 것을 이제야 깨닫고 눈물을 흘릴지도 모른다.

그러나. 희준을 보내고 집에 들어서자마자 나는 어머니에게 말했다.

어머니, 나 잣죽 먹고 싶어.

어머니는 잣죽을 끓여주었고 나는 몰래 눈물을 흘리며 그것을 먹었다. 늦은 밤 기석이 전화를 한 것은 마치 기적과 같았다. 내가 쓰러져 있던 밤 당신은 뭐 했어? 나는 그렇게 퍼부을 수도 있었다. 그러나 묘한 기운, 늦은 밤 쓸쓸히 울린 전화기에서 흘러나온 목소리는 뭐랄까, 내가 집으로 돌아오기를 기다렸다가 걸려온 전화 같았던 것이다.

어떻게 알았어? 당신. 내가 사흘 동안 내 안에 있는 흉한 것들을 눈뭉치처럼 뭉쳤다가 버리고 온 것을? 나는 텅 비어서 기운이라곤 없었다.

그래. 당신에게 할 말이 있어.

기석의 목소리가 먼 곳에서처럼 웅웅 울렸다. 안 돼. 순간 내 속에서 소리가 들렸다. 안 돼. 듣지 마. 그가 말하면 끝이다. 그토록 그가 말하길 바랐지만 지금은 아냐. 그렇지? 아니지?

사실은 말…….

여보.

나는 얼마 만에 그런 호칭을 쓰는가. 불과 며칠 전에 그를 죽이고 싶다고 했던가. 기석이 계속 무언가 말하려고 하고 있다. 나는 눈을 감고 그의 입을 막는다.

그만. 말하지 마세요. 나 팔월 십일에 어머니랑 모시고 당신에게 갈 거야. 됐죠? 변한 거 없어요. 예정대로 미리랑 준비돼 있고 나도 그래요.

그래. 고마워.

기석은 마치 내가 무슨 생각을 하고 있는지 다 알고 있는 것처럼 그 말뿐이다. 나는 그런 그가 고맙다. 나를 느끼고 있는 것으로 생각되어서. 그가 줄곧 나의 눈물을 닦아주고 있었다는 느낌. 사람은 때때로 말이 필요없는 경우가 있는 법이다. 그는 지금 그것을 알고 있다.

예정에 없던 거다. 어머니와의 여행은. 그러나 나는 어머니에게 그 말을 전할 일이 끔찍이 기쁘다. 나는 침대 위에 쓰러진다.

오래전 성당에서

그녀가 왔다.

성호가 막 아카펠라 그룹 take 6의 노래를 틀어놓은 참이었다. 지난 번의 심란한 모습을 봤던 터라 나는 감히 웃을 수 없었는데, 그녀는 노래를 따라하면서 웃으면서 들어왔다. 곱슬머리는 길게 내려와 어깨를 덮고 있었고, 손에 장미꽃다발을 들고 있었다.

오늘은 정말 기분이 좋아 보이십니다.

이거 사장님 드리려고. 자요.

아니, 무슨?

깜짝 놀란다. 그녀가 내게 꽃을 주다니.

그동안 도움을 많이 받았죠. 나 며칠 후에 중국 가거든요. 그러면 한 두 달 못 볼 텐데 섭섭해서. 우리 가을에 봐요.

아, 가기로 하셨습니까? 잘됐군요. 저도 갈지도 몰라요.

그래요? 언제? 어디로?

아직 결정은 못했습니다. 방향은 청도고, 정 화백이 가는 데 같이 가 자고 해서. 팔월 셋째 주쯤일 거예요.

잘됐군요. 나는 상해로 가는데, 그럼 우리 중국에서 한번 볼까요? 제가 가기 전에 중국 전화번호 알려줄게요.

나는 그녀, 연주 누나의 담배에 불을 붙여준다. 머리를 길게 내리는 걸 처음 봤던가? 어딘가 야위어 보이지만 날카로운 인상은 좀 부드러 워져 있다. 나는 미소를 띠며 그녀, 연주 누나를 바라본다. 그녀의 심 란함이 보이지 않는 게 정말 좋다. 이제 그녀의 곱슬거리는 머리가 그 녀의 남편의 어깨에 기대어 있는 걸 상상할 수 있다. 잘 하면 그녀의 남편도 볼 수 있겠구나.

연주가 가고난 뒤에야 나는 같이 가볼 데가 있었다는 걸 깨닫는다. 한번 같이 가려고 했던 데가 있었다.

저기, 저랑 같이 가볼 데가 있어요.

어디?

가보시면 알아요.

나는 그렇게 연주를 차에 태우고 가보고 싶었다. 오랫동안. 그후로 는 잊었던 장소에. 나는 홀로 차를 몰고 그곳으로 간다. 성당. 막연히 성당에서 시화전을 한데, 라는 말에 끌려 대학생이 된 뒤 찾아갔던 곳. 우연히 혜수를 만났던 곳. 딱 두 번 갔던 곳.

근처 주차장에 차를 주차하고 나는 걸어서 그곳으로 갔다. 똑같다. 태양빛의 차이만 있을 뿐. 나무들도 나무들의 그림자도, 작은 성모마리아상으로부터 내려오는 은총 같은 광채도.

성당문은 잠겨 있었다. 나는 혜수와 부딪혔던 그 육중한 문에 기대어 잠시 서 있었다. 혜수. 곧 젊은 그녀가 나타나 탐스런 빵 바구니에서 빵을 하나 던져줄 것만 같다. 나는 장난처럼 손을 내밀어 공중에 던져진 그걸 잡는다. 그리곤 아무도 없는 작고 오래된 성모마리아의 뜨락에 앉아 있었다.

그 성당으로 들어가는 육중한 문에서 혜수를 만나면서 나는 성당에 온 이유를 곧바로 잊어버렸다. 그리곤 그대로 혜수의 세계로 따라 들어가 버렸다.

이제야 생각이 나네요. 연주 누나. 그때 난 성당에 갔었어요. 막연한 그리움이 나를 그리로 이끌었죠. 어쩌다 그 성당을 보게 됐는지는 몰라요. 하지만 거기 있었죠. 나를 기다리듯이. 성당에서 시화전을 한댄다. 그랬죠. 그 형들이. 꿈같습니다. 지금은. 아직도 그 형들이 했던 이야기들이 은밀한 속삭임처럼 귓가에 남아 있다니. 거기서 무슨 일이 일어난 줄 아세요? 어떤 여자를 만났어요. 나를 고무줄처럼 끌어당기게 될 여자를. 몇 번이나 다시 만나곤 했지만 여전히 고무줄은 그녀가 잡고 있어요. 나, 난 모르겠어요. 아직도. 하지만 여전히 나는 그녀 생각을 해요……. 그런 것 같아요.

나는 마침내 결정해야 한다.

하일은 학교에 나갔다 그냥 집으로 간 모양이고, 성호는 방학 중 봉사활동 프로그램에 참석하는 날이라고 일찍부터 나갔다. 햇빛이 쨍쨍 마당의 돌들을 내리쬐는 게 보인다. 미루나무들은 시름시름 더위 앞에 생기를 잃고 있는 듯 보이고, 해는 영영 질 것 같지 않게 기세가 등등하다.

참으로 막막하다. 막막하다, 라고 나는 계산대 앞에 앉아 메모지 하나를 끄집어내 쓴다. 무엇이? 삶이. 한 번도 존재하지 않은 것 같은 내 사랑이. 앞으로도 영원히 드러나지 않을 것 같은 내 존재감이. 한 발짝도 어딘가로 발을 내디뎌본 것 같지 않은 생경함이. 앞으로도 영원히 그럴 것 같은 나 자신에 대한 끔찍함이.

두 번째 메모지.

갈까? 가면? 가는 것. 사랑. 안 가는 것. 영영 이별.

손님이라곤 없는 날이다. 더위 때문인지, 아니면 아직 세 시도 안 된 시각 때문인지, 점심때 서너 명의 손님들이 몰려와서 냉커피를 마시고 나간 뒤 아무도 오지 않는다. 문득 사람이 그립다. 하일은 오지 않을까. 올까. 문득 하일에게 내 속 마음을 털어놓고 싶은 충동이 인다. 나, 사실은 말이야. 그런 여자가 있었어. 오래된, 누나라고 부르는 여자. 한 번도 나를 남자라고 생각하지 않았을 여자. 그러나 늘 내 곁에 있던 여자. 그 여자가 중국에 있어. 삼 년 전에 갔어. 그리고 어디 있는지도 알아. 자주 연락은 않지만 어디 사는지는 알거든. 내가 가면 어떻게 생각할까? 내가 가면 그건 남자로서 가는 거야. 이젠 난 동생이 아니라 남자이고 싶어. 확실해. 난 여자를 찾아가는 거라고. 혹시, 혹시 말이야. 혜수, 그래, 이름이 혜수야. 혜수는 날 기다렸던 건 아닐까? 그 오래전부터. 내가 자신에게 오기를. 바보처럼 난 그걸 몰랐고. 그리고 지금도 여전히 날 기다리는 건 아닐까? 그녀는 삼 년 전 내게 왔을 때 혼자였어. 아직도 혼자일지는 장담할 수 없어. 그러나. 봐. 나는 사랑을 찾아갈 거야. 이제 알게 됐어. 그녀에게 가야 한다는 걸.

나는 가는 것. 사랑이라는 글자에 밑줄을 긋는다. 그리고 눈을 감는다. 가는 것. 사랑. 가는 것 사랑. 가는 것 사랑⋯⋯.

나는 전화기를 들고 하일의 휴대폰 번호를 누르기 시작했다. 휴대폰은 계속 통화 중이었다. 조바심이 나기 시작한다. 마침내 통화가 되었을 때 하일은 운전 중이었고, 형, 그리 가는 중이야, 라고 말했다. 그래. 어쨌든 나 중국 같이 간다고 말하려고 전화 걸었어. 그래? 그럴 줄 알았어. 날짜 남았으니까. 티켓팅만 하면 돼.

뭐? 그럴 줄 알았다고? 하일의 흔연스런 대답에 맥이 탁 풀렸지만 이내 가슴이 뛰기 시작한다.

난 말할 것이다. 중국행 비행기 안에서. 근데 형 왜 가는 거야? 라고 하일이 묻는다면. 물론 같이 가자고는 했지만. 하일은 그렇게 덧붙일 것이고, 그러면 나는 말할 것이다. 그녀, 혜수에 대해서.

그래. 혜수라는 여자가 있어. 중국에. 지금 우리가 가는 곳이 어디인진 몰라도 그녀가 있는 곳과 멀지 않겠지. 나는 그녀를 만나러 가는 거야.

그러면 하일은 그렇게 말할 것이다. 긴 머리를 뒤로 묶고 소매 없는 검은 셔츠에 남방을 풀어헤쳐 입고, 반바지 차림으로 앉아서, 마치 껄렁한 도시 부랑아처럼 보이는 모습으로 나를 보면서. 그래? 그런 여자가 있었어? 형에게? 정말 놀라운 일이야. 사랑을 찾아가는구나. 어떻게 그렇게 숨기고 살았단 말이야? 그런 사랑이란 말이지⋯⋯. 아, 놀라워.

나도 놀라워. 나는 마치 하일이 내 앞에 앉아 있는 것처럼 앞을 보고 말한다. 나도 놀라워.

이층방의 연가

女

여러 가지 두서 없는 꿈을 꾸다가 깨어난다.

그는 가고 없다. 초저녁에 가버렸음에 틀림없다. 나는 그가 내 옆에 누워 있다는 상상을 하며 잠들고 싶어 했을 뿐이다. 그가 내 몸을 안고 있는 꿈을 꾼 것을, 내 옆에 누워 잠들고 있다고 믿어버렸는지도 모른다.

한심하다. 그는 절대 내 몸에 팔을 두르지 않는 사람이다.

일어나야 할 시각이었다. 아침 아홉 시 삼십 분에 찾아온다는 손님이 있는데 여덟 시가 다 되어 있으니 부지런을 떨어야겠다. 나는 샤워를 하고 옷을 갈아입는다. 침대를 정리하고 식탁에 랩으로 싸놓은 인절미 두 개와 배 두 쪽을 천천히 먹는다. 어젯밤 먹다 만 것들이었다. 깎아놓은 배는 거무스름해졌지만 나는 그냥 먹는다. 그를 위해 깎아놓은 것들이었으니까. 어젯밤 그는 한 쪽만 먹고 누워버렸다.

잠깐 그의 몸이 내 몸 위에 오버랩 되었다가 사라진다. 나는 고개를 살래살래 젓고는 접시의 나머지 것들을 쓰레기통에 처넣었다. 그는 이 것을 먹으러 이곳으로 오지 않을 것이다. 열흘, 아니면 열닷새, 혹은 스무날 후에나 올까.

나쁜…… 놈.

슬며시 나는 끝에다가 놈 자를 붙이고 얼굴을 찡그린다.

아래층으로 내려가니, 정화는 아직 보이지 않았다. 나는 다락방의 창문들을 활짝 열어놓고 차방으로 들어간다.

알싸한 차 냄새가 배어 있는 일곱 평짜리 작은 공간. 그게 내 가게다. 은빛 봉지들, 혹은 계란색에 연두색의 차 잎이 그려진 원통들과 카키브라운의 질감이 좋은 다기들, 그리고 그것들에 얽힌 책들로 가득 찬.

다락방은 내가 차회를 열거나 차회 회원들이 주기적으로 모임을 가질 때 대여해 주는 곳으로 쓰고 있다. 손님이 원할 때는 차를 시식하게 해 주는 곳이기도 하다.

다락방에서 차를 팔거나 하지는 않는다. 열다섯 평쯤 되는 공간에 차를 마실 수 있는 도구와 방석만 준비해 놓았을 뿐으로 사랑방처럼 쓰고 싶어서 만든 공간이었다. 살림에 필요한 싱크대와 조리기구 따위만 기다란 바 뒤에 설치해 놓았고, 차마실회 아이들이 들여놓은 길쭉한 테이블이 전부였다.

오래전부터 그곳에서 다도강좌를 열었었다. 작년 겨울까지. 그동안 적지 않은 수의 다도 사범을 길러냈고 많은 여자들이 다도를 배운다고 몰려들었다. 나는 무척 바빴다. 몇 년 동안.

그즈음엔 남편이 있었다. 그러니까 삼 년 전까지는.

그는 건달이었다.

동양철학을 공부한, 이마가 훤하고 이지적인 눈매에 얇고 건조한 입술의 마른 남자.

나는 방송국에 다니던 이십 대 후반에, 번뇌로 가득 차 보이던 그 남자의 눈에 반해 계속 만났다. 유송이라는 특이한 이름을 가진 그는 내게 불교의 심오함에 대해서 설파했다. 그는 장자나 노자보다도 불경을 달달 외우던 사람이었다.

나는 노처녀로 분류되기 직전이었으므로 삼십이 되기 일 년 전에 직업도 없이 머릿속만 가득 넘치던 남자하고 덜컥 결혼을 해 버렸다.

유송이 결혼 후, 안 돼 보였던지 열렬한 불교신자였던 시댁에서 차려준 게 불서를 파는 작은 서점이었다. 그나마 다행이었는데, 처음엔 서점을 잘 운영하던 그가 차츰 자리를 비우기 시작했다. 나는 친구의 동생을 서점에 데려다 놓고 그가 마음대로 나가는 것을 허락했다.

내가 처음 그의 눈에서 본 이지적인 눈빛은 방랑의 그림자에 다름 아니었다. 처음엔 볼 수 없었던 그 눈빛의 본색이 그가 집을 나갔다 들어왔다 하는 사이에 완연히 드러났다.

성냥곽만 했던 서점은 그럭저럭 운영이 되고 있었지만 퇴근 후 피곤한 몸을 이끌고 그곳으로 매번 달려가야 하는 것이 내겐 고역이었다.

나는 아프기 시작했고, 아이는 유산되었다. 나는 유송이 횡하니 나가서 혼자 보내야 했던 주말, 선배가 예약해놓은 병원에 가서 피를 쏟아냈다. 석 달 후엔 직장에 사표를 냈고, 있는 돈을 다 털어 불서와 불교에 관계된 악세사리 등을 팔던 가게를 좀 더 큰 장소로 옮기고 다기를 들여놓았다.

무엇에 끌려서 직장까지 그만 두고 가게에 매달리기 시작했는지는 나도 모른다. 너는 앞으로 차를 마시는 여자가 될 것이다, 라고 운명이 나를 그쪽으로 몰고 갔는지.

친구 동생은 결혼할 때까지 내 가게에 있었고, 나는 그동안 수많은 사찰과 광주, 설악, 보성 등을 돌며 다도와 차에 관한 지식을 익혔다. 결국 사범 자격증은 일본에서 먼저 땄다. 나는 두 개의 자격증을 갖고 있었다.

그동안 유송은 거의 반 비구가 되어 있었다. 머리를 깎고 절로 떠돌던 유송이라는 남자는 이제 남편이 아니었다. 나는 어느새 결혼 전의 혼자 살던 여자로 되돌아가 버렸다. 나는 유송을 의식하지 않았다. 이제 가게는 내 것이었고 나는 창고처럼 쓰던 가게 뒤쪽을 개축해 다도 강좌를 열었다.

결혼한 지 오 년 후, 나는 다도문화를 주도하는 인물이 되어 있었고, 유송은 어쩌다 객처럼 내 이층방에 머물다 돌아갔다. 어디로 가는지…… 내가 알지 못하는 곳으로.

그와 살던 집을 처분하고 나는 가게 이층을 사서 그곳으로 거처를 옮겼다. 꽤 큰 방이었다. 그곳에 욕실과 작은 거실을 만들고 안쪽에 침대를 들여놓았다. 나는 그렇게 오랫동안 혼자 살고 있었다. 몇 년 동안이나.

그러나 내 주위에 몰려든 사람들-여자들- 때문에 나는 늘 바쁘고 번잡스러웠다. 그리고 일군의 제자들이 변함없이 내 곁에 모여 늘 붙어 있었다. 허나 밤 열 시, 혹은 아홉 시, 혹은 열한 시부터 몸이 오싹거리도록 찾아오는 외로움을 이겨내지는 못했다. 나는 삼십삼 년 동안 계속 혼자였다.

그런 어느 날이었다.

다도문화 홍보를 위한 다기 전시와 차 시식회가 열렸다. 나는 내 충실한 제자들과 함께 행사관계자들과 문화센터 홀에 앉아서 생활한복을 차려입고 사람들에게 차를 대접하고 있었다.

그때 어떤 남자 둘이 가까이 왔다. 머리를 묶은 남자와 모자를 쓴 남자. 무심코 그들을 쳐다보다가 나는 깜짝 놀라 자리에서 일어섰다.

안녕하세요?

안녕하세요?

두 남자가 똑같이 인사를 했는데 머리를 묶은 남자가 어? 하고 눈을 크게 떴다. 그때 내 옆에는 며칠 전 산에서 내려온 유송이 앉아 있었다. 유송이 듣건 말건 나는 머리 묶은 남자를 향해 말했다.

여기 앉으세요.

그들은 다탁 앞에 앉았다. 머리 묶은 남자는 생글생글 웃었다. 나는 그들에게 차를 대접했다. 유송이 빤히 그 두 남자를 바라보고 있는 걸 곁눈으로 보면서.

내 가슴엔 폭풍이 일고 있었다. 그를 본 순간부터 나는 안절부절못했다. 그들이 일어나서 인사를 하고 가는 뒷모습을 멍하니 바라보다가 그때서야 명함 한 장을 집어 들고 달려갔다. 나는 머리 묶은 남자에게만 그것을 건네주었다.

아는 사람들이야?

돌아오니 유송이 의아한 눈으로 물었다.

그런 것 같아요. 둘 중의 한 사람. 내가 십오 년 전부터 그리워했던 사람이에요. 드디어 오늘…… 만났어요. 지금까지 한 번도 잊어본 적이 없는 사람이었어요.

나는 유송의 귀에 대고 단내를 풍기며 말했다. 유송이 얼굴을 피하며 눈을 찡그렸다.

그런 사람이 있었어? 오늘 당신은 굉장히 다르군.

그럴 거예요. 나도 꿈을 꾸는 것 같으니까.

정화가 가게 문을 열고 안으로 들어온다.

고모 벌써 내려왔어요?

응. 채만규 씨가 온댔거든. 생활도자기 용품을 다락방에서 전시하고 싶다는데 다음 주 일주일 간. 괜찮을까?

다음 주는 차회 없어요?

없어. 다음 주까지. 여행 계획이 있거든.

언제요?

금요일 토요일. 난 안 갈 거야. 몸이 안 좋아. 실은 내가 가줘야 되는데 자기들끼리 잘 하니까. 경주 문화행사에 참석하러 가.

차마실 언니들요?

응. 너도 같이 가.

가게는요? 고모 몸이 안 좋잖아.

괜찮아. 가기 싫어서 그러는 거니까. 이젠 사람 만나고 북적대는 게 싫어.

'단 한 사람만 만나고 싶단다.' 나는 속으로 중얼거린다. '그와 단둘이 아무도 없는 곳에서 살고 싶어. 이 끝없는 갈증을 채웠으면.'

늘 하던 대로 다락방에 앉아서 나는 차를 마신다. 황병기의 가야금 산조를 올려놓고 정화가 마주 앉았다.

고모 책 쓰는 거는?

나는 책을 쓰려고 한다. 오랫동안 생각해온 것이었다. 그러나 아직 시작도 하지 못했다.

아직 생각 중이야.

차 향기가 다락방에 알싸하게 퍼질 무렵 댕강- 하고 풍경소리가 났다.

채만규 씰 거야. 이리 오시라고 해.

정화가 나갔다가 채 선생을 데리고 들어왔다.

안녕하세요. 강 원장님.

뭉툭하게 생긴 얼굴에 생활한복을 입은 남자였다. 그 옆에 예쁜 여자가 서 있다.

제자에요. 이번 전시회 하는 동안 안내 맡을 겁니다.

나는 세화라는 여자를 쳐다본다. 전시회를 하는 동안 연우가 온다면 틀림없이 이 여자를 흘끔거리겠군.

나는 눈을 찡그리고 세화를 곁눈질했다. 낮에는 거의 오지 않는 사람이고 또 어제 다녀갔으니 앞으로 이 주 정도는 뜸할 거지만 언제 불쑥 올지 모르는 사람이기도 하다.

일주일……. 나는 고개를 끄덕인다.

다행히 다음 주는 행사가 없어서 채 선생님 전시회를 할 수 있겠네요. 사람들이 많이 와야 할 텐데…… 홍보는요?

예. 아는 사람들은 다 알고 있습니다만. 가까운 사람들한테만 연락했어요. 도자기용품을 일부러 사는 사람은 별로 없어요.

저도 연락을 좀 해 볼게요. 우리 차회 애들한테 홍보 좀 하라고 하고. 늘 오는 애들이니까.

예…….

포스터는 몇 군데 붙이셔야죠?

예. 오늘 중으로 몇 군데만 붙일 겁니다. 전화만 하면 되거든요. 아시다시피 장소 때문에 포스터가 늦어졌어요.

괜찮을 거예요. 다음 주니까.

나는 실눈을 찡그린다. 대관료도 안 받고 빌려주는 건데.

그럼 일요일 오후에 와도 되겠습니까?

아, 그러셔야죠. 제가 오후에 있을게요.

정말 고맙습니다.

채 선생은 예쁜 여자를 데리고 나갔다.

정화가 와서 찻잔들을 치운다. 나는 이층으로 올라갔다. 몸이 나른하다. 요즘 들어 부쩍 몸이 좋지 않았다. 아침이면 얼굴이 붓는다. 결혼 전엔 사십오 킬로그램이던 몸이 육십 킬로그램 가까이 늘었다.

내 몸은 내가 의식하지 못하는 사이에 불어 있었다. 유송을 만나던 시절 나는 몸이 약했다. 아이를 유산하고 나서 선배가 약 많이 먹어야 겠다고 안내한 한의원에서 두어 번 약을 지어다 먹은 후부터였을까. 그때부터 몸이 불어났다. 자그마한 키에 몸이 불어나니 뚱뚱해졌다.

너 뚱뚱이가 됐구나? 전엔 말라깽이었는데.

그와 첫 밤을 보내게 되었을 때 그의 첫 마디였다. 나는 얼굴을 붉혔다. 그러나 아무리 애를 써도 이제 몸은 가늘어지지 않는다.

나는 이층까지 올라와 창문가에 어른거리는 은행나무 잎을 본다. 잎은 노랗게 물들기 시작했다. 처음 이곳에 왔을 때는 나무가 창문까지 올라오지 않았다. 웬일인지 콘크리트로 온통 박칠을 해놓은 골목 안에 보물처럼 은행나무 두 그루가 남겨져 있었다. 한 그루는 뒤쪽 양치과 건물 옆에 남아있었는데 둘 다 은행 열매는 열리지 않았다.

골목으로 난 창은 통 열질 않으므로 그저 나는 햇빛이 이동함에 따라 어른거리는 나뭇잎 모습만 볼 뿐이었다. 골목을 사이에 두고 이훈 사진관이 오래전부터 있었다. 이름만 이훈 스튜디오로 바뀌었을 뿐.

나는 침대에 입은 옷 그대로 눕는다.

男

　그는 오래전에 한 여자를 만난 적이 있었다.

　이십 대 때, 한참 한량으로 떠돌던 때. 아버지가 돌아가시고 어머니가 방 다섯 개짜리 초라한 여인숙을 맡아 하던 때였다. 스물한 살이던 누이는 일찌감치 시집을 갔고, 그는 고교시절 학교를 두 군데나 전학하면서 겨우 졸업을 했으므로 대학은 아예 갈 형편이 되지 못했다. 아예 공부 같은 건 팽개친 문제아였다.

　어머니는 그러거나 말거나 점점 손님이 주는 여인숙을 운영하느라 그에게 관심이 없었다. 그는 고만고만한 여인숙들이 붙어 있는 좁고 음험하고 불결한 내음으로 가득 찬 그 골목이 싫었다. 청춘여인숙이란 촌스런 간판 옆을 지나다닐 때면 온몸에 소름이 돋았다.

　그는 어느 날 친구를 따라 집을 나가 막연히 다른 도시를 떠돌았다. 어머니는 이미 그에게 용돈 같은 걸 주지 않았다. 시집간 누이가 어쩌다 만나면 손에 몇 푼의 돈을 쥐어주었을 뿐.

　그는 간간이 배워두었던 드럼으로 나이트클럽에서 돈을 벌기도 했다 사물놀이 패에 끼어들어 장고와 꽹가리를 두드리며 기생들과 어울리기도 했다.

　그 시절엔 곳곳에 기생이 남아 있었다. 요정이라는 이름의 으슥한 집안에. 그녀들은 창을 했다. 그는 술을 마시며 북을 두드리고, 여자는 창을 했고 끈적끈적한 섹스를 했다. 그보다 나이가 많았던 그녀들은 항상 목말라하는, 남자를 맞이하고 떠나보내는, 천생 기녀들이었다. 그녀들이 갈 곳은 없었다. 노래 부르고 가야금 뜯는 재주를 지닌 그녀들이 양지로 나설 곳은 없었다.

　그는 몇 명의, 창을 하는 여자들과 놀고 뒹굴며 그녀들의 한스런 인생 이야기를 들었고 같이 슬퍼해 주었다.

그는 그때 몇 살이었을까.

나이는 스물둘이었지만 벌써 마흔이 넘은 사람처럼 살았던 시절. 돈이 떨어졌던 것일까. 깊은 심연 속에 자신도 모르게 깔려 있던 무엇이 그를 건드렸던 것일까. 문득 집으로 돌아가야겠다는 생각이 들었다. 자신의 몰골이 미치광이처럼 보였다.

그는 친구를 구슬려 집으로 돌아왔다. 돌아와 보니 어머니는 여인숙을 처분하려 하고 있었다. 그는 끔찍하게 싫었던 그곳을 떠나는 게 좋아 열심히 어머니의 새 가게 터를 찾아다녔다.

여인숙은 오랫동안 팔리지 않았다. 어쩔 수 없이 어머니는 임대를 놓고 새로 들어선 시장에 이불가게를 열었다. 열다섯 평짜리 낡고 좁은 아파트가 만족스럽진 않았지만 여인숙 골목으로 더 이상 들어가지 않아도 된다는 사실에 행복감까지 느낄 정도였다. 어머니도 더 이상 그를 홀대하진 않는 눈치였다.

그렇게 놀고먹어서 어떻게 장가가려고 그러냐. 대학 안 가면 돈 벌기도 어렵다는데 너는 어쩔래.

마냥 그 소리였지만 그때 그는 아무도 몰래 국악원에서 대금을 배우면서 연극계를 흘끔거리고 있었다.

참으로 이상했다. 밤새워 놀다가 거리의 여자들과 서슴없이 잠을 자곤 하면서도 그는 연극이 자신을 잡아끈다는 걸 막연히, 정말 막연히 느꼈다. 여자보다 자신을 더 잡아끄는 것이 있다는 것이 세상에 있으리라곤 생각하지 못했던 그때.

그때 대금을 배우던 친구를 따라 국악원을 들락거렸고, 국악원 게시판에 붙은 '단원을 모집합니다'란 포스터를 보고 가슴에 짜르르 통증이 온 것.

그런 어느 날이었다. 십여 일의 기한이 남아 있는 단원모집 광고를 보고 사흘이 지난 날 그는 대금 부는 친구를 따라서 국악연주회를 보고 나오는 중이었다. 친구가 반강제로 수강증을 끊어주었으므로 세 번쯤 대금을 불고 난 주말이었던가.

어머, 안녕하세요?

키가 작고, 그리 예쁘지 않아 얼핏 봐서는 그냥 얼굴을 돌려버리게 될 것 같은 그런 여자.

아, 성자 씨. 연주회 보러 온 거야?

예.

재밌었어?

재밌었어요.

친구는 그때 의대 본과 이 학년이었고 나는 여전히 날건달이었다.

이 친구 모르던가? 대금 같이 배우는데.

네. 한번 뵌 것 같기도 한데.

그럼 인사해. 자네가 안 나온 때 나온 모양이군. 신연우라고 내 오랜 친구야. 이 쪽은 강성자 씨. 대학 이 학년 생이야.

강성자예요.

신연웁니다.

별로 나이차도 없어 보이는데 정호라는 이름의 그의 친구는 성자라는 별로 매력 없어 뵈는 여자애한테 턱턱 반말을 썼다.

십오 년여 전 이야기.

그후 성자는 그가 대금을 배우는 날 같은 시간에 꼬박꼬박 나왔다. 두 주가 지나면서 그는 정호처럼 성자에게 반말을 썼다. 그때 잠깐, 그는 매일이다시피 다니던 술집 행차를 멈추었다. 그것은 성자 때문이었다기보다 몰래 찾아가 본 연극 오디션 때문이었을 것이다.

성자와는 정말 잠깐, 대금을 배우는 몇 달 동안 만났다. 연극을 시작하면서부터는 성자를 만나지 않았다. 처음 봤을 때부터 그는 성자라는 여자에게 별 호감을 느낄 수 없었다. 성자는 달랐다. 성자의 눈빛은 항상 그를 향해 열려 있었다.

그러나 연극에 몰두하면서 그는 성자라는 여자는 더욱 안중에 두지 않았다. 그의 주위에 더 많은 여자들이 모여들었기 때문이기도 했고, 성자에게서 처음부터 그랬던 것처럼 여전히 별 매력을 느끼지 못했기 때문이다.

그는 성자를 잊었다. 까마득히.

일 년 정도 연극을 하면서도 여전히 그는 날건달이었다. 밤이면 어떤 여자든 그의 옆에 여자가 있었고 그는 인기가 좋았다.

그러던 어느 날 스무 살 이전부터 몇 년 동안이나 같이 떠돌며 지냈던 친구가 갑자기 죽어버렸다. 한동안 뜸해졌던 친구였는데 오토바이를 타고 질주를 하다 즉사해버렸다.

그는 바짝, 정말 바짝 정신이 들었다. 아니 존재하지도 않은 것 같았던 영혼이 눈을 뜬 기분이었다. 그는 날건달인 자신을 돌아보았다. 형편없는, 텅 빈, 겉늙은. 그가 그때 가야 할 곳은 군대밖에 없었다. 스물 셋의 겨울에 머리를 깎았다.

군대를 갔다 와서도 희망 같은 건 보이지 않았다. 그는 무작정 서울에 올라가 대학안내 같은 것을 읽다가 예술전문대학이 있다는 걸 알게 되었다. 일 년 동안 지방에서 연극을 했다는 것이 그가 연극영화과에 입학할 수 있는 기회가 될 줄도 알지 못했던 사실이었다.

그는 그렇게 예술대학에 입학했다.

그는 그때서야 공부를 왜 하는가에 대한 답을 찾은 기분이었고 참으로 열심히 공부했다. 마치 여자의 질 속에 빠져들 때처럼.

그는 담배를 피우지 않는다. 그런데도 옷에서 담배 냄새가 났다. 동료교수 채희영의 차에서 금방 내린 후였다. 희영이 골초였기 때문에 차 안에 담배 냄새가 배어 있었다.

그는 눈을 찡그리며 가방을 어깨에 메고 백미러를 보며 손을 흔든다.

이렇게 일찍 들어가는 것도 얼마만인가. 집에 일찍 들어가는 것은 타인의 얼굴을 보고 웃는 것처럼 어색하다. 텅 빈 집에 일찌감치 들어가야 할 일은 없었다. 혼자 저녁을 챙겨먹는 일도 싫었고, 긴 밤을 일찍부터 텔레비전 앞에 앉아 보내기도 싫었다.

그는 가능하면 늦은 시간에 귀가하려고 한다. 그래서 별다른 일이 없어서 일찍 들어가야 하는 날은 짜증이 났다. 그렇다고 갈 데가 없는 건 아니었다. 이런저런 핑계를 대며 늘상 전화를 해대고 와달라고 애원하는 성화에게 갈 수도 있었다.

그러나 그는 성화의 집에 가고 싶지 않았다. 항상. 정말 어쩔 수 없이, 저녁 먹을 사람이 없다거나 무언가 부탁할 일이 있다거나 여자 생각이 나서 견딜 수 없으면 전화를 하고 성화의 이층방으로 간다.

그녀는 항시 대기상태였다. 무릎을 꿇고 고개를 숙인 채 방문을 열고 주인님이 들기를 기다리는 종처럼.

성화 생각을 하다니. 문득 짜증이 나서 괜히 아직도 담배 냄새가 나는 것 같은 옷을 한번 털고 엘리베이터를 탄다.

희영은 오늘따라 담배를 피워댔다. 희영은 자신보다 일 년 늦게 학교에 온 대학 후배였는데 서른여섯의 노처녀였다. 차가 없는 그는 희영의 차로 카풀을 한다. 희영이 같은 학교로 오기 전엔 버스를 타고 다녔다. 미국에서 대중교통에 익숙해졌던 터라 버스 타는 것은 별 어려움이 없었다. 그러나 그처럼 버스를 타고 다니는 동료교수는 한 명도 없었다.

여자들은 왜 그럴까. 그는 문득 그런 생각을 한다.

엘리베이터가 차랑, 하고 멎었다. 그는 잠시 자기 집 문 앞을 멀리서 바라보았다. 희영이 그런 고백을 하다니. 도도하고 약간은 별난, 그러면서도 천진한 데가 있지만 예쁘지는 않았다. 물론 성화보다는 나은 여자다. 나이도 두엇 아래고. 작년 이맘때였을까.

선배님, 나 선배님 좋아해요. 아세요?

글쎄, 어쩌려구.

어쩌기는. 그냥 좋아한다는 거지. 알고나 있으라구요.

알면 어떻게 되나? 난 유부남이야.

피이, 혼자 사는 유부남이 뭐 유부남인가.

그래도 엄연히 아내가 있다구. 딸도 있고.

옆에 없는 건 없는 거나 마찬가지지.

그렇지 않아.

부인 생각하고 연애도 못 한단 말예요?

글쎄. 그건 잘 모르겠어. 옆에 있을 때보다 더 신경 쓰이는 것은 왠지 나도 모르겠어.

그는 연애라는 말에 속으로 피식 웃으면서 희영을 바라보았다. 옆에 있을 때는 더 심하게 연애를 한 적도 있었다. 희영에게 말할 필요는 없는 이야기였다.

그런 말을 슬쩍 한 후론 전혀 의식되지 않았던 희영이 가끔 의식되었다. 오늘도 그랬다. 그는 희영의 차에 오르면서 자신도 모르게 무뚝뚝해지는 걸 느꼈다. 그가 있을 때는 피우지 않던 담배를 오늘 희영은 한 대 피워야겠어요, 하고 차를 몰면서 피웠다. 그는 그런 희영을 힐끔 쳐다보고는 아무 말도 하지 않았다.

어제 집사람이 미국서 왔어. 저녁은 집에 가서 먹어야 할 것 같군.

어머, 그래요? 불쑥 오셨네요.

그런 건 아니야. 내가 일부러 말할 필요를 안 느껴서 말 안 한 거지. 한 달 전에 오늘 오겠다고 했거든.

맛있는 저녁식사를 하시겠군요.

그러겠지. 원래 음식을 잘 했거든. 같이 들어갈래?

무슨 말씀?

내가 평소에 차 신세지고 있는 사람이라고 하고.

아이고, 쫓겨나시려구요.

당장 미국 들어가서 운전면허증 갱신해가지고 나오라고 그러겠지.

여기선 못해요?

미국 들어가서 해야 돼. 차 사준다는 여자도 있는데 그래서 못사는 거야.

정말요? 혹시 그 보살?

농담이야. 내일 아침에 봐.

딩동, 벨을 누른다.

커다란 박스 티에 긴 치마를 입은 등치 큰 여자가 문을 열어서 깜짝 놀라는 자신을 보고 피식 웃음이 치밀었다.

당신 왔어요?

응. 뭐하고 지냈어?

뭐 시장보고 청소 좀 하고 그랬어요.

졸립겠는데?

슬슬 졸립기 시작해요. 밥 먹고 나면 자려고 해요. 괜찮죠?

그럼. 시차 때문에 그러는 걸 어떡해.

그는 모자를 벗고 옷을 갈아입고 대충 씻은 다음 아내 지숙이 저녁을 차려놓은 식탁으로 간다.

아내는 음식을 잘 만든다. 일주일에 한두 번 동생이 와서 봐주기는 하지만 거의 비어 있다시피 한 냉장고도 채워놨을 것이고 청소도 했을 것이다. 너무 깔끔해서 잘못하면 살을 벨 것 같은 성격이었다. 그는 육 개월여 만에 온 아내와 부딪히는 일이 생기는 불상사를 막으려고 미리 조심하고 있는 중이었다.

아내는 깔끔한 성격만큼 날카롭고 대가 센 편이었다. 그도 만만치 않았으므로 한번 말꼬리가 꼬이기 시작하면 서로 상처를 입고서도 끝이 나지 않았다.

그는 아내가 전화에 대고, 한 달 후쯤 들어가려고 해요, 하던 그날부터 스트레스를 받았다. 그러나 방학도 아닌데 당신 뭐 하러 나오려고 해? 라는 말을 할 순 없었다.

오고 싶으면 와. 세리는 어떡하고?

언니가 옆에 있으니까 괜찮아요.

알아서 해. 얼마나 있을 건데?

한 이 주 정도? 그리고 겨울휴가 때 연극할 수 있는지 알아봐 줄래요?

그럼 겨울에나 오지 왜?

아니 지금은 그냥 좀 쉬고 싶어요. 일월에는 세리랑 같이 휴가를 보내러 가는 거고.

알았어. 알아봐 놓을게.

겨울방학을 두 달이나 같이 지내야 한다는 생각을 하면 끔찍했다. 그는 겨울이 오기 전에 아내가 오지 않을 방법을 생각해내야만 한다. 세리를 오지 않게 윈터스쿨 같은 걸 보내라고 할까.

그는 노릇노릇한 느타리버섯전과 고기산적을 집어먹으면서 바지락을 넣은 된장국 맛이 정말 일품이라고 지숙에게 엄지를 들어보였다. 매운 것을 잘 먹지 못하는 그로서는 부드러운 나물요리나 생선구이를 좋아했다. 지숙은 숙주나물과 미나리무침, 갈치 한 도막을 구워놓았다.

당신 몸이 좀 불었어요.

지숙이 갈치 살을 얹어주며 말한다.

그래? 맨날 밖에서 고기를 먹으니까 그런가봐. 뭐 먹을 만한 게 있어야지.

나 내년쯤에 들어올까?

지숙이 느닷없이 말했다. 그는 깜짝 놀란다.

아니 왜?

여기 와서 가게 열까 하고.

여기는 그게 잘 안 될 텐데…… 미장원이나 되지 손톱 예쁘게 하려고 하는 여자는 없을걸.

그렇긴 한데… 이제 내 가게 차리고 싶어. 사실은 돈이 좀 필요해요. 좋은 가게가 나왔거든. 일층 이층 연결된 삽인데 놓치기가 아까워서. 사실은 당신한테 상의하려고…….

어떻게 하게? 그러면서 겨울에 나온다는 건 무슨 소리야? 또.

만약 가게 인수하면 못 나오죠. 세리나 보내야지.

당신이 꼭 해야 한다면 대출을 해볼게. 얼마나 필요한데?

내가 모은 돈이 조금 있지만 적어도 칠팔천은 필요해요. 언니가 약간 투자하기로 했고.

그 정도로 가게 열 수 있나?

그래서 언니 돈이 필요한 거죠. 다행히 언니가 부자니까. 동업하는 셈 치고 투자하겠대요.

그는 젓가락질을 하면서 부지런히 머리를 굴린다.

그래. 내가 그 정도는 해주고 떠나야지. 차라리 그러면 마음이 편해지겠지. 대출한 거 갚으려면 몇 년은 걸리겠지만 그로서는 아내에게 줄 돈이 한 푼도 없으니 은행 힘을 빌리는 수밖에 없다.

말은 안 하지만 아내와 그는 이미 이혼을 염두에 두고 있었다. 재작년에는 공원에 나가 진지하게 이혼 얘기를 한 적도 있었다. 지숙이 미국으로 다시 들어간 것도 그와의 그런 미묘한 문제 때문일 것이다. 지금은 떨어져 있으니 이혼이고 뭐고 거론할 일이 없었다. 다만 아이 방학 때 자신도 휴가를 내 와서 머물 때면 마치 치질처럼 서로 간에 그것들의 문제가 도지곤 했다.

그는 제발 지숙이 바빠서 휴가를 오지도 못할, 그런 자신의 가게를 빨리 갖는 것이 오히려 낫겠구나 싶었다. 빚은 살면서 갚으면 될 것 아닌가. 혼자 남은 자신이 얼마나 쓸 일이 있을까. 자식도 그쪽에 있으니 지숙이 책임질 것이고. 지금까지는 세리의 학비를 보내주고 있었지만 빚을 얻어 보내면 지숙이 책임져야 할 것이다.

그는 속으로 박수를 친다. 은행에 내야 할 귀찮은 서류 같은 건 그녀와 투닥거려야 할 스트레스에 비하면 아무것도 아니었다. 그래, 제발 그쪽에서 살 궁리를 해. 다 대줄 테니까. 그럼 이혼서류도 필요 없고 세리 대학 갈 때까지 서로 편하게 살 수 있잖아. 이혼은 그때 가서 해도 되니까.

그는 큰소리를 친다.

당신 그것 때문에 나왔구나? 전화로 말 못 하고.

그렇기도 하고 향수병도 도졌고. 며칠간 좀 이리저리 돌아다니고 싶어요.

그렇게 해. 돈은 내가 바로 알아볼게.

고마워요.

설거지를 끝내자마자 지숙은 방에 들어가더니 이내 얇게 코고는 소리가 났다. 여태 졸린 것을 참고 있었으니 코를 골만도 하다.

그는 한숨을 푹 쉬고 텔레비전 앞에 앉아 이리저리 생각을 굴린다.

큰소리는 쳤는데 어디서 돈을 구하나.

거의 반년 만에 만나 아내와 그는 아직 잠도 같이 자지 않았다. 아내는 어제 도착했지만 공항 근처에 산다는 친구 집에서 자고 오늘 내가 없는 빈 집으로 들어왔다.

그는 지숙에게 성욕이 일지 않는다.

어제 지숙이 자고 온다는 소리에, 아내가 오는 줄도 모르고 저녁 같이 하게 오시라는 전화를 두 번이나 건 성화에게 갔었다. 밖에서 저녁을 먹고 성화의 이층방으로 올라가 차를 마셨고, 안마해드릴게요, 하는 그녀의 말에 옷을 벗고 침대에 누웠다.

성화. 전엔 강성자라는 이름이었는데 십오 년 후에 만나보니 성화라는 이름으로 바뀌어 있었고 작았던 몸이 퉁퉁 분 것처럼 살이 쪄 있었다.

안마를 한 시간씩이나 하다보면 졸리운 법이다. 그는 엎드려 누워 안마를 받으면서 졸기 일쑤였다. 그러다가 돌아누워 앞부분을 문지를 때면 졸음에서 바짝 깨어난다. 눈을 떠보면 성화는 그의 다리 사이를 열심히 애무하고 있었다. 그는 그런 성화를 쳐다볼 수가 없어 눈을 감고 있다가 성화를 와락 밀어내 버렸다. 그리고는 눈을 감은 채 삼십 분 이상 섹스를 했다.

그는 여자가 오르가슴에 올라 만족감에 몇 번이고 몸을 부르르 떠는 것을 보면서 사정없는 정복감을 맛보았다. 거의 매번 그랬다. 그러면서도 성화의, 황홀경에 젖은 몽롱한 눈과 살찐 몸의 뒤틀거림이 환멸

스러워서 그는 눈을 뜰 수가 없었다. 그는 성화의 그런 몰골이 싫었다. 그는 눈을 감고 자신의 몸이 쾌락의 날개를 타는 것을 쫓다가 경멸스런 기분으로 성화의 몸을 밀쳐내버리곤 했다.

강성화. 나의 적. 그는 고개를 내젓는다. 며칠 동안은 전화를 안 할 것이다. 그의 몸이 가까이 가기만 해도 몸이 떨린다는, 아니 그의 생각만 해도 오르가슴에 오르는 것 같다는 여자. 미친년. 오늘 아내가 온다는 소릴 하지 않았다면 벌써 전화가 왔으리라.

저녁은 드셨어요? 목소리 듣고 싶어서 전화했어요. 사랑해요.

질리는, 항상 똑같은 말. 사랑해요, 라는.

그는 거실 불을 끈 다음 텔레비전 전원을 끄고 노곤한 몸을 이끌고 딸 방으로 들어간다. 아내와는 지난 봄부터 잠자리마저 서먹서먹했다. 아내가 시차 때문에 계속 일찍 잠자리에 들 것이므로 그는 슬쩍 딸 방으로 들어가면 되는 일이었다.

그때 그 여자 이름은 강성자였다. 작고 마르고 볼품 없는 얼굴에 대학생이면서도 건달이었던 그를 졸졸 따라다니던.

그가 연극을 하면서부터 성자는 이내 주변에서 사라졌다. 사라졌다기보다 그가 슬그머니 다른 여자들의 장소로 말없이 옮겨버린 것이다. 그만큼 성자와는 만나면서도 느낌이 없었다. 여자라는, 혹은 허리를 감고 싶다거나 키스를 하고 싶다거나 하는 그런 느낌이.

그런 강성자를 다시 만난 것은 삼 년 전이었다.

그러니까 그가 오랜 동안 먼 산허리를 돌다가 제자리로 돌아와 비로소 제자리를 찾게 된 지 겨우 몇 해 지난 어느 날, 동료교수와 우연히 문화센터 옆을 지나는 길이었는데, 한복을 입은 여자들이 입구에서 리플릿을 내밀었다. 휴일이었으므로 그와 동료교수는 여자들이 끄는 대로 활짝 열린 일층의 홀 안으로 들어서서 차 문화 전시 및 시식회가 열리는 그곳을 대충 둘러보던 중이었다.

마지막 순서에 차를 시식하는지 키 낮은 의자들이 놓여 있고 한복을 입은 여자들이 차를 따르고 있었다. 그때 어떤 여자가 일어서더니 그를 향해 눈을 번쩍 떴다.

안녕하세요?

그 여자 음성이 떨려나왔다고 하면 과장일까. 그는 처음엔 그 여자를 알아보지 못했다. 뚱뚱하고 한복 때문인지 나이가 들어보였기 때문이고, 여전히 그는 젊은 여자들만 알고 지냈기 때문에 나이 든 중년의 여자가 아는 척을 할 리 없다고 생각했다.

여자는 잠깐 다른 젊은 여자에게 귓속말을 하더니 그의 앞에 앉아 차를 따르기 시작했다. 여자들 틈에 섞여서 웬 머리 깎은 중이 두 명 앉아 있었다. 그중 하나가 그를 힐끔 쳐다보았다.

차를 따르면서 그 여자가 작은 소리로 말했다.

저 모르시겠어요?

그는 그때도 딴 여자들을 쳐다보다가 그 여자의 말에 고개를 돌렸다.

네?

저 강성자예요. 강, 성, 자.

그는 눈동자를 굴렸다. 강성자? 얼굴을 자세히 보니 예전 윤곽이 남아 있음을 알 수 있었지만 잘 생각나지 않는 여자.

강성자 씨? 근데 좀 달라지셨나?

그는 그렇게만 말했다.

맞아요. 뚱뚱해졌어요. 기억은 나시죠?

아, 예.

성자는 홍조를 띤 채 그에게 계속 차를 따랐고, 그는 어색해서 동료 교수를 재촉해 일어났다. 그가 막 홀을 나와 계단을 내려설 때 강성자가 헐레벌떡 뛰어왔다.

저…….

그가 뒤돌아보았을 때 성자가 무언가를 내밀었다. 받아보니「다루」라는 큰 글자에 차와 다기전문점이라고 써 있고 그 밑에 원장 강성화라고 써 있었다.

차에 관한 것이 필요하시면 찾아주세요.

강성화?

그가 중얼거리자 성자가 말했다.

이름을 바꿨어요. 꼭 한 번 들려주세요.

아, 그랬군요. 그러죠.

그는 그 명함을 바지주머니에 넣고 잊었다. 그때가 여름이 막 시작되려는 때였던가. 봄에 딴 차로 시식을 마련했다고 하던 기억이 났다.

우연인지 학과장에 임명되면서 학장에게 선물할 걸 찾던 중 다루 생각이 났다. 다기를 선물하면 어떨까, 라는 생각 속에 불쑥 다루라는 상호가 생각났던 것이다. 명함을 아무리 찾아보았지만 찾을 수가 없어서 전화안내 서비스를 받고서야 다루라는 데와 통화를 할 수 있었다.

여보세요?

다루입니다.

앳된 목소리여서 강성자, 아니 강성화는 아닌 듯싶었다.

거기 강성화 씨라고 계십니까?

네, 누구시라고 전할까요?

신연우라고 합니다.

잠깐 기다리세요. 원장님은 이층에 계시니 돌려드릴게요.

그는 성화와 통화를 했다.

제가 물건을 갖고 그곳으로 갈게요.

그래 줄래요? 그럼 고맙고.

이튿날 그가 오라는 시간에 성화는 다기 두 세트를 갖고 학교로 찾아왔다.

한 세트만 필요한데?

그가 의아해서 묻자 성화가 낯을 붉히며 말했다.

한 세트는 연우 씨 선물이에요. 차도 우전으로 한 봉지 가져왔어요. 거의 십오 년 만에 만났는데 너무 기뻐서요.

그는 잠시 난감했다. 이 여자가 아직도 나를 좋아하고 있나보군. 그때 강성자가 날건달인 자신을 무척 좋아했다는 걸 기억하고 있었으나 다시 그것을 생각하고 싶지는 않았다.

뚱뚱해진 중년의 모습으로 만난 지금에 와서 더욱 강성자, 아니, 강성화라는 매력 없는 여자와 다시 만나는 일 따위는 없을 것이다.

그런데 저 얼굴을 보라. 얼굴에 홍조를 띠고 무거운 다기를 두 세트나 들고 이층 계단을 올라온 여자의 얼굴엔 기쁨이 가득 차 있다. 그는 어이가 없어 허허허 웃어버렸다.

그는 설레설레 고개를 젓는다.

왜 그때 다시 그 여자를 만나게 됐는지 모르겠군. 전혀 그의 의도와는 상관 없는 장소에 저절로 떠밀려 들어간 것처럼 그는 그 여자와의 끈끈한 관계에 젖어 들어갔다. 마치 전생에 그랬던 것처럼 낯설지 않는……. 때로 보기 싫은 얼굴도, 음성도, 지겨운 관심까지도…… 이미 익숙해져버린.

안방에서 콜콜 자고 있는 지숙이 오히려 낯설게 느껴진다.

그는 잠들기 위해 이불을 뒤집어쓴다.

女

오후 세 시까지는 할 일이 없다.

나는 책상 앞에 앉아 컴퓨터를 켜고 딱 한 면의 글을 썼다. 더 이상은 써지지가 않는다. 몇 년 동안 차회를 운영하면서 차 이야기와 모임에 얽힌 에피소드를 섞어 써내려갈 생각으로 책을 쓰겠다고 장담을 했지만 쉽게 되지 않는다.

나는 항상 느닷없는 손님이 올 것을 대비해 놓아야 했다. 나는 느릿느릿 몸을 움직이며 물걸레로 두 개의 방을 닦고 욕실 청소를 한 다음 흩어진 대로 놓여 있는 시디들을 정리한다. 며칠 전 그를 위해 쓰여진 것들이었다.

그.

옆구리가 저린다. 나는 시디랙을 한번 쓰다듬고 침대에 엎드린다. 그를 생각하면 눈물이 난다. 오래전에, 정말 오래전에 처음 만났을 때부터.

그를 십오 년 만에 다시 만난 날 나는 유송에게 말했다.

내가 사랑하는 사람이에요.

유송은 질투하지 않았다. 그때 이미 그는 반 중이었다. 하지만 이혼은 하지 않은 상태였다.

그를 처음 이곳에, 나의 이층방에 이끈 것은 어느 정도는 계획적이었다. 나는 그와 가까워지기 위하여, 아니 다시는 놓치지 않기 위하여 그에게 접근했다. 어떻게든지 그를 갖기 위하여.

무거운 다기를 혼자 들고 그의 연구실을 찾아간 것이 나의 첫 시도였다. 누구에게도 다기 따위를 직접 가져간 적은 한번도 없다. 그가 처음이었다.

저…… 언제 들러주시면 차를 대접하고 싶어요.

나는 내가 하고 싶은 말을 하기 위하여 그곳에 간 것이다. 다기 값도 받지 않고 나는 그의 그러죠, 언제 한번 전화하고 갈게요, 라는 대답만을 받았다. 사흘 후 오후 다섯 시쯤 그의 전화가 왔다. 나는 그렇게 빨리 전화가 오리라곤 생각을 못했으므로 정화가 돌려주는 전화를 받으며 홀로 얼굴을 붉혔다.

일이 없는 날은 정화를 일곱 시에 퇴근시켰지만 내가 일이 있는 날은 문 닫는 아홉 시까지 정화가 가게일을 본다. 그날도 그런 날이었다.

저녁이나 같이 할까요? 지난번 다기도 고마웠고 하니.

나는 더듬거렸다.

저녁……이요. 그러세요. 그럼 저녁 먹고 제가 차를 대접하면 안 될까요?

그러죠. 뭐. 그럼 그 근처로 가는 게 낫겠군.

네. 이 근처에 괜찮은 음식점이 있어요.

그럼 여섯 시 삼십 분쯤 다루로 가겠소. 어디로 갈 건지 생각해 놓으세요.

네. 알겠습니다. 그럼.

첫 번부터 기선을 잡은 건 그다. 전화에서부터 그랬다. 아니 십오 년 전부터. 마치 내가 개미처럼 느껴진다. 그의 다리에, 배꼽에, 가슴에 기어올라 가기 위해 안간힘을 쓰는 개미.

그는 여섯 시 삼십 분에 정확하게 다루의 가게 문을 열고 들어왔다. 긴 머리를 뒤로 묶고 반팔의 헐렁한 회색 윗도리에 같은 색 바지를 입고 어깨에 가방을 메고 거침없이 들어왔다. 정화에겐 미리 말을 해 두었으므로 인사를 시켰다.

신연우 교수님이야. 얘는 제 조카에요.

안녕하세요? 정화라고 해요.

안녕.

나는 작은 손가방만 들고 그의 뒤를 따라 다루를 나온 다음 예송이라는 음식점으로 그를 안내했다.

어떻게 저를 알아봤어요? 스타일도 달라지고 나이도 들었는데.

고기를 씹으면서 그가 물었다.

전 한 번도 연우 씨를 잊은 적이 없어요. 얼굴을 본 순간 알았죠. 아, 신연우 씨구나. 사실은 기절할 뻔했어요.

나는 얼굴을 붉히며 고백했다.

몇 마디 말이 오고 간 다음 자연스럽게 그의 입에서 반말이 흘러나왔고 나는 오히려 그것이 기뻤다.

왜 그렇게 뚱뚱해진 거요.

모르겠어요. 제가 좀 아파서 한약을 먹었는데 아마도 그때부터 그런 것 같아요. 지금은 아무리 살을 빼려고 해도 안 돼요.

이름은 왜 바꿨어?

나도 선생을 하려니까 이름이 너무 그래서 바꿔버렸어요.

지금 이름도 별로야.

알아요.

가끔씩 말투에서 느껴지는 차가움. 비로소 신연우라는 사람이 그랬었지 하는 예전의 기억이 되살아났다. 때로 모멸감을 느끼게 했던 그의 말투와 행동. 그러나 나는 상관없었다. 그가 내 옆에 있다는 생각에.

가게 문을 통하지 않고도 이층을 오를 수 있다. 나만을 위한 나의 통로였다. 그러나 간혹 나의 충실한 노처녀들은 나와 통화 후 곧장 골목에 있는 그 문을 통해 이층으로 오른다. 계단은 건물 안쪽에 있고 지하로 내려가는 계단과 이어져 있다. 지하에는 얼마 전에 '마술상자'라는 작은 공방이 생겼다.

가게 내부에 있는 계단은 이층을 쓰기 시작하면서 편하게 오르내리기 위해 내가 만들어 낸 것이다. 그것 또한 오르는 사람은 나와 친밀한 사람들뿐이었다. 기타 손님들이나 다락방을 주기적으로 이용하는 모임들은 계단하고는 상관이 없다.

정화가 밥을 먹었는지 궁금해 하면서 나는 양치과 쪽으로 돌아들어서 나의 이층으로 그를 안내한다.

어? 좋은데?

거실에 방석을 깔고 국악이 흐르는 시디를 올려놓고 차를 따랐다. 그때까지 나는 그가 말하는 걸 보며 빙긋 웃기만 했다. 그의 반응이 어떨지 몰라 사실은 초조해 했을 것이다.

결혼은 안 했어? 혼자 같은데?

기분이 좋은지 차색 한지로 바른 방을 연신 돌아보면서 웃으며 물었다.

결혼했어요. 연우 씨는요?

우리가 지금 나이가 몇인데 결혼 이야길 하나. 마흔이 넘었어. 내 기억으로는 그대가 나보다 두어 살 아래고. 맞지?

그래요.

근데 왜 혼자야? 이 방도 그렇고.

아, 문화센터에서 처음 봤을 때 옆에 중 차림 한 남자들 있었죠? 그중 하나가 내 남편이었어요. 유송이라고.

중이야?

아직은 아니예요. 곧 입산할 것 같아요. 왔다 갔다 하는 중인데.

무슨 사람이 그래? 중도 아니고 남편도 아니네?

그래서 이혼하려고 해요. 다음 번에 나오면 이혼하기로 합의했어요.

그래? 그런 건 빨리 해결해버려야 해. 결국 혼자 사는 거네?

오래전부터 거의 그래요. 아니 사실은 결혼해서부터 집에 있는 적이 셀 수 있을 정도였죠.

근데 어떻게 살았어?

직장 그만 두고 다도하면서 잊었어요.

애도 없어?

없어요. 연우 씨는요?

나야 다 큰 딸이 있지. 미국에 있어. 미국서 공부하고 나올 때 같이 나왔는데 거기서 하던 일이 있어서 집사람만 다시 들어갔어. 여기 온 지는 이 년 정도 됐고. 나도 혼자 산 지 이 년이 넘었어. 집사람은 일 년에 서너 달씩 나오기도 해. 휴가인 셈이지. 애 겨울방학 때.

…….

차맛이 좋군.

지리산 최고의 차예요.

아, 피곤해.

안마해드릴까요?

나는 어깨를 만지며 아, 피곤해, 하는 그의 뒤로 얼른 돌아가서 목과 어깨를 주무르기 시작했다.

잘 하네.

유송에게 배웠어요.

남편 해줬어?

아니. 남편이 나를 해줘요. 지극히 잘 해줘요.

그럼 왜 이혼하려고 해.

그것만 갖곤 살 수 없잖아요.

어깨를 주무르다가 나는 그를 안아버렸다. 숨이 막혔다.

어, 왜 그래. 안마해준다더니.

나는 그의 어깨를 안고 그대로 눈을 감았다. 그는 잠시 가만히 있었다. 나는 오랫동안 갈구했던 그의 살 냄새에 파묻혔다.

침대로 가요.

침대가 어딨어?

옆방에요.

나는 그의 손을 끌고 침실로 들어갔다. 나는 정신을 차리지 못할 정도로 흥분했다. 그와, 그와 사랑을 나눈다. 그는 말이 없었다. 옷을 홀랑 벗고 옷 다 벗어! 하고 명령하더니 내 벗은 몸 위로 올라왔다.

나는 끝없이 그를 갈망했다. 그의 눈을 쳐다보았지만 그는 눈을 감고 있었다. 마침내 그가 그렇게 좋아? 하면서 내 몸에서 내려왔을 때 나는 눈물을 흘렸다.

십오 년 동안 당신을 잊지 못했어요. 다시 당신을 만난 것은 우연이 아니라고 생각해요. 절대로 당신을 놓지 않을래요.

당신, 당신, 하지 마. 안마해준다고 해놓고선……

미안해요.

남편한테나 잘해.

그는 처음 만났을 때보다 퉁명스러워져 있었다.

닦아드릴게요.

나는 대야에 물을 떠다가 찬물에 적신 수건으로 그의 몸을 꼼꼼히 닦았다. 그가 어떻든 상관없다. 나는 그의 발가락까지 닦으면서 속으로 중얼거렸다.

가야겠어.

그가 벌떡 일어나 옷을 입더니 가방을 맸다.

자고 가도 돼요.

싫어.

대담해진 걸까. 그런 말을 하다니……. 그러나 나는 용기를 짜냈다.

전화해도 되죠?

전화? 그래.

나는 이층 현관 앞에서 계단을 내려가는 그와 일별했다.

그는 나를 안지 않았다. 키스는 더욱. 나는 그와 키스하고 싶었다. 그의 품에 안기고 싶었다. 그러나 그는 그저 섹스만을 했을 뿐이다. 육체는 만족 이상이었지만 영혼은 쓸쓸했다.

너 왜 이렇게 뚱뚱해졌어?

그가 물었다. 그래서, 뚱뚱해져서 쳐다보기 싫을까. 그는 날 쳐다보지 않았다. 옷을 입은 후에야 쳐다보았다. 어쨌든 그가 내 집에 왔고, 나와 잤고, 그리고 앞으로 나는 그를 만날 것이다.

유송이 왔을 때 나는 말했다.

당신 이대로 왔다 갔다 할 순 없어요. 이제 결정할 때가 된 것 같아요. 더 이상은 못 참겠어.

유송은 말이 없었다. 말없이 나를 안으려 했으나 나는 그를 거부했다. 내 몸에 연우의 감촉이 남아 있었다. 유송에겐 미안한 감정도 생기지 않았다. 유송은 단 한 번 도시를 스쳐지나가다가 내 집에 들어온 객과 같았다. 이제 나는 주인을 찾았고 그 주인은 유송이 아니었다. 그런 말을 유송에게 할 필요는 없었다. 유송은 떠나면 그만일 테니까. 나에게도 또한 그에게도.

완벽한 스님이 되세요. 어차피 당신에게 나는 없는 거였으니까.

거실에서 자고 일찍 일어난 유송은 아직 침대에 누워 있는 내 머리맡으로 와서 조용히 말했다.

미안해. 당신 말이 맞아. 이번에 들어가면 완전히 옷을 벗겠어. 서류는 당신이 알아서 처리하고.

어디로…… 들어가느냐고 물으려다가 나는 입을 꾹 다물었다. 어차피 알 필요도 없지. 나는 눈을 감고 침대에 누운 채 유송이 떠나는 소리를 들었다. 다른 날들과 똑같은 모습이었다. 단지 그와는 더 이상 부부가 아니라는 것만 다를 뿐.

나는 그날로 바로 이혼서류를 정리해 버렸다.

샤워를 하고 옷을 갈아입어야 할 시간이다.

대학부설 문화센터에서 하는 다도강좌에 일주일에 한 번 나가는 강의 일이었다. 그것 외에는 모든 강좌를 끊었다. 그러나 두세 개의 차회가 매월 열렸고, 행사마다 연락을 해오는 바람에 쓸데없이 버리는 시간들이 더 많아졌을 뿐이다.

몸이 특별한 데 없이 붓거나 아프기 시작한 건 유송이 떠난 후부터였다. 가슴이 아픈 것 같기도 하고 심장이 뛰는 것 같기도 했다. 쉬 피곤해지고 살찐 몸이 무거웠다.

정화는 고모, 운동을 하셔야 해요. 운동부족이에요, 라고 말했으나 딱히 그런 것 같지도 않았다. 그러나 정화 말을 듣고, 라면 어폐가 있지만 연우를 만나기 시작했으므로 아파서는 안 되겠다 싶기도 하고 살도 좀 빼야겠다는 생각이 들어 새벽 수영을 하기도 했다. 그러나 그것도 힘에 부쳐서 그만 두고 지금은 시간이 나는 대로 때때로 걷는 일만 한다.

아플 때마다 병원에 가면 내과의사가 많이 걸으세요, 라는 소리를 했다.

심장이 좀 약해지셨네요. 조심하면 괜찮아요. 상비약 좀 드리죠.

의사가 말해준 건 그뿐이었다.

혈액순환이 원활하지 못해요. 혈압체크도 좀 하시구요. 지금은 괜찮지만 오를 가능성이 있습니다.

그것은 한의사가 해준 말이다. 결론적으로 구체적인 병 같은 건 내게 없다.

문화센터는 걸어서 갈 수 있는 거리였다. 나는 가게로 내려가 정화에게 문화센터 간다, 라고 말하고 거리로 나선다. 가게에 손님이 한 명 있었다. 정화는 고개만 까닥거리고 손님에게 다시 고개를 돌렸다.

목요일 오후 서너 시쯤 차마실회 노처녀들이 몰려왔다. 남주와 미란, 연수.

남주는 작은 찻집을 하고 있었고 미란은 수영복과 헬스복 등을 파는 스포츠 매장 사장이고 연수는 무당의 양녀였다. 그들은 일곱 명의 회원 중 유난히 내게 충성스런 처녀들이었다. 손님이 없는 틈을 타 정화가 다락방으로 들어와 살짝 끼어든다.

연수는 사람의 속을 느닷없이 헤집는 버릇이 있어서 상당히 회원들의 눈총을 받는 편이었지만 정화는 무척 그녀를 좋아했다.

언젠가 너는 삼 년 후면 근사한 남자가 나타날 거야. 그때까지 얌전히 있어야 그 남자를 만나. 촐랑대고 다니면 나타나지 않을 거다, 라고 말한 적이 있었다.

왜 삼 년이나 기다려야 돼요?

그건 원장님을 도와야 하기 때문이지.

정화는 그래도 기대를 하는 모양이었다. 연수만 나타나면 옆에 앉아 턱을 괴고 뭔가를 기다리는 것처럼 빤히 쳐다보았다.

그러나 연수는 다른 사람들과는 잘 지내지 못했다. 다소 성깔이 있지만 다식이나 특별한 음식 만드는 것에 소질이 있어서 곧잘 깜짝 파티를 열곤 하는 유정에게 불쾌한 말을 던져서 특히 사이가 좋지 않았다. 다들 나이가 들어선지 만만치가 않은 여자들이었다. 유일하게 남주나 미란이 연수를 가까이 하는 편이었다.

그들이 오늘 온 이유는 내일 모래 경주에 가려는 것 때문이다.

정화 씨 같이 갈 거야?

연수가 묻는다.

정화가 나를 바라보았다.

응, 그래 정화 데리고 가.

정화가 나를 살짝 껴안았다.

그들 중 두 명이 장을 봐온다고 나가더니 돌아와 버섯전골을 만들어 저녁을 차렸다. 다락방엔 금세 버섯향기로 가득 찼다. 다락방엔 간단하게 식사준비를 할 수 있는 도구가 갖춰져 있다. 정화가 가끔 점심을 만들기도 하고 때로 나를 위해 저녁을 차려 같이 먹기도 한다. 그러나 대부분 나는 손님하고 나가서 외식을 하는 게 보통이어서 정화는 라면을 끓여먹거나 돌솥밥을 시켜먹었다.

노처녀들은, 특히 연수는 유정 못지않게 음식 솜씨가 좋았다. 유정이 특별한 음식을 잘 만든다면 연수는 가끔 와서 내 쓸쓸한 식탁을 가득 채워주곤 했다. 무당 엄마를 돕긴 하지만 유일하게 시간이 많이 남아도는 처녀였다.

그동안 나한테 배웠던, 회원수가 사십 명 가까이 되는 미초회라는 모임이 있는데 그들 대부분은 다소 괴팍스런 인물인 연수를 그리 좋아하는 것 같지는 않았다. 그러나 나로서는 개성이 좀 강해서 그렇지 뭐…… 그런 생각이었다. 정화도 좋아하는 것 같고.

그저 다 똑같은 제자들일 뿐이다. 개성이 강한. 노처녀의 특성을 고스란히 내뱉는.

나는 버섯전골을 긴 원목의 탁자로 가져와서 상을 차리는 처녀들을 본다. 정화는 가게에 있다가 연수가 부르는 소리에 다시 들어와 저녁 식사에 합류했다. 버섯요리는 아주 맛있었다.

처녀들이 돌아간 뒤 정화를 퇴근시키고 나는 다루에 앉아 있었다. 저녁을 먹고 차도 마셨고 얘기도 할 만큼 했다. 막막한 피로감이 몸을 감돈다. 그 사이 아홉 시가 다 되어 있었다.

나는 꼬박 아홉 시 정각까지 다루의 작은 소파에 앉아 있다가 셔터를 내리고 이층으로 올라갔다. 샤워를 하고 옷을 갈아입다 말고 나는 멍하니 멈추어 선다. 나도 모르게 전화기에 손이 간다.

여보세요.

저예요. 목소리가 듣고 싶어서 전화했어요.

아, 네. 알겠습니다. 내일 제가 전화드리지요.

사랑해요.

내일 연락드릴게요.

딸깍 전화가 끊긴다. 나는 뚜뚜뚜뚜 끊긴 전화선에서 흘러나오는 소리를 들으며 눈물을 흘린다. 알고 있다. 그의 옆에, 가까이 혹은 몇 발짝 떨어진 곳에 그의 부인이 있다는 것을.

나는 전화기를 내려다보다가 가만히 내려놓고 이불을 뒤집어썼다. 그는 꼼짝도 못하고 덫에 걸린 짐승처럼 집에 들어가 있구나. 아홉 시쯤이면 거의 밖에 있는 남자였다. 그가 오리란 건 기대하지 않는다. 그에게 전화를 해서는 안 되는 일이었다. 후회가 가슴을 찢었지만 이미 전화선 너머로 내 갈망이 날아간 후였다.

당분간 전화하지 마. 이 주 정도? 알아들었지?

그의 당부를 잊은 건 아니다. 나 자신도 어쩔 수 없었다. 그의 목소리를 듣지 않으면 죽을 것 같았다. 눈물이 쏟아진다. 나는 이불을 적시며 소리죽여 울다가 잠이 들었다.

너 미쳤니? 그 시간에 왜 전화를 하고 난리야. 너 혹시 바보 아니야? 내가 전화하지 말라고 한 거 잊었어? 와이프가 바로 옆에 있다가니 목소리 들었단 말이다. 난리가 아니었어. 와이프 의심 안 사려고 퇴근하자마자 들어가서 꼼짝도 안 하고 있는데 왜 분란을 일으켜. 너 또 그러면 절대 나 못 만날 줄 알아. 알아들었어? 내가 전화하기 전까지 전화하지 마.

아침 열 시.

너 죽으려고 환장했니.

나는 숨을 죽이고 그의 분노로 씩씩거리는 목소리를 들었다. 귀에 불화살처럼 꽂히는 빠르고 거친 목소리는 나를 무릎 꿇게 했다. 나는 전화기를 귀에 대고 눈을 감고 무릎을 꿇었다.

미안해요. 미안해요. 너무나 보고 싶어서. 보고 싶다는 말 한 마디만 하려고…… 용서해 주세요.

시끄러. 너 땜에 아주 미치겠다. 끊어. 끊어, 이년아.

때때로 그가 정말 교수인가 의심스럽다. 그의 하이톤으로 내뱉는 비난의 말들이 내 가슴을 찢는다. 평소엔 낮고 허스키한 멋진 음성이었다. 그러나 화가 나거나 소리를 높이게 되면 전혀 음성이 달랐다.

나는 그가 짜증을 내지 않게 하려고 몸가짐을 늘 조심한다. 매우 공손하고 다정하고 애교스럽게. 그러나 안다. 그가 나의 그런 점까지도 못마땅해 한다는 걸.

그리고 나는 그걸 무시해왔다. 애시 당초 그건 육감으로, 온몸으로 느껴오던 거였다. 그는 나를 사랑하지 않는다. 그러나 나는 그의 안에 존재한다. 이미 제시되어진 명제처럼 그것은 분명한 사실이었다. 그가 나를 사랑하지 않는다는 사실처럼 분명한 것.

'그는 내 것이다.'

그 생각 하나로 존재하는 나.

그것이 나이다.

나는 아직도 머릿속을 배회하는 그의 거친 말들을 쏟아내 버리려고 골목길의 은행나무 아래를 성큼성큼 걸어 다녔다. 노란 은행잎이 우수수 떨어진다. 두 그루의 커다란 은행나무는 벌써 반은 떨어지기 시작했다.

나는 눈물을 자르르 흘린다. 그런 다음 자괴감에 빠져 웃기 시작하는데 갑자기 이훈 씨가 골목을 걸어 들어왔다. 하루에 한두 번은 얼굴을 마주치는 사람이었다. 사십 대 후반의 남자치곤 젊고 키가 멀쑥한 잘생긴 남자여서 보면 기분이 좋았다.

그는 종종 오후 티타임에 다락방에 와서 차를 마시는데 합류했고, 정화는 가끔 젊은 청년이 앉아 있는 이훈스튜디오에 불쑥 놀러가곤 했다.

안녕하세요?

안녕하세요. 가을 속에 계시네요.

네. 제 집 마당 같아요.

은행잎이 너무 예쁘군. 잠깐 나갈 일이 있어서요.

네.

이따 오후에 차 한잔 주십시오.

그러세요.

이훈 씨는 골목에 세워둔 차를 향해 걸어간다. 나는 은행잎을 밟으며 다루의 내 자리로 돌아와 청량한 목탁 소리를 들었다. 마음이 가라앉았다. 정화가 끓여놓은 물로 큰 찻잔에 가득 차를 따르고 눈을 감는다.

그가 나의 이층방에 두 번째 온 것은 한 달이나 지나서였을까.

한여름의 그날은 사범교육이 있어서 늦게까지 차회를 열고 열 시쯤 막 다락방 불을 끄려던 참이었는데 전화벨이 울렸다.

늦은 시간인데 혹 그곳에 가서 차를 마실 수 있어요?

대뜸 그렇게 물었다. 어느 누구도 나에게 그런 식으로 묻는 사람은 없었다. 그러나 내 가슴은 사정없이 뛰기 시작했다. 한 달은 기다리기에 너무 길었어. 차라리 나는 그를 포기하려고 했었어.

물론 전화를 몇 번이나 건 것은 나였다. 그러나 그는 오지 않았다. 그런 그가 느닷없이 밤 열 시에 전화를 걸었다.

그럼요. 언제든지…….

그래요? 사실은 서울에서 손님이 왔거든. 늦게 와서 밥을 먹었는데 마땅히 갈 데가 없어서 그래요. 그럼 지금 그리 가도 되겠지?

아래층 골목 문으로 들어오세요. 다락방으로요.

오케이. 나까지 세 명이에요.

알았어요.

나는 부랴부랴 이층으로 올라가 옷을 갈아입고 약하게 화장을 했다. 그를 만날 때를 대비해 사 놓은 새 한복이었다. 평소엔 잘 선택하지 않는 서양풍 소매 없는 푸른색 원피스에 칠부 소매의 흰 덧저고리. 소재는 모두 모시였고 약간 둥 뜬 느낌이 났다.

나는 현관의 미등만 켜놓고 얼른 아래층으로 내려갔다.

찻잔을 준비하고 다식을 접시에 담아내고 오 분쯤 앉아 있으니 두런두런 말소리가 났고, 골목을 향해 난 미송으로 만든 나무문이 삐걱하고 열렸다.

그 문은 매우 육중했고 진한 갈색으로 칠해져 있었다. 나는 그 문을 어디선가 얻어다가 맞춰 달았는데 귀중한 공예품처럼 애착이 갔다.

손님은 키가 크고 모자를 쓴 약간 눈이 사팔인 남자와, 비슷하게 뭔가 부족해 뵈는 여자, 그리고 신연우, 였다. 그들은 술에 취해 있었다.

밤늦게 죄송합니다.

여러 의례적인 말들이 오갔고, 차를 마시면서 다락방과 차에 대한 얘기들을 했다. 끓여놓은 물이 바닥이 날만큼 차를 많이 마신 다음에야 그들은 일어섰다.

이 근처에 잘만한 데 있어요?

연우가 가까이 와서 물었다.

네. 모텔이 하나 있을 거예요.

그럼 같이 좀 가줄래?

그래요.

나는 다락방 문을 잠그고 그들을 따라나섰다. 이제 내가 그들을 인솔해야 할 판이었다.

강 원장이 앞장서시오. 나는 이 근처를 잘 모르니.

그러지요.

나는 공손하게 대답하고 그들의 앞에 서서 모텔을 찾아 나섰다. 모텔은 근처에 있었다.

인도문화를 연구하고 인도 물건들을 현지에서 갖다가 판매한다는 그들에게서는 먼지 냄새가 났다. 뭐랄까. 마치 인도의 흙 냄새 같은. 그들은 인도에서 가져온 사리의 멋진 빛과 스카프, 악세사리에 대해 얘기했다. 모텔에 들어가 방을 잡아주고 나올 때 세명이라는 남자가 잠깐, 하고 불렀다.

이걸 드리려고 했는데 깜박 했네요. 여기요.

배낭 앞주머니에서 무얼 꺼내주었다. 그러자 여자가 거들었다.

아, 그거 금속 목걸이 세트 중의 하나예요. 예쁠 거예요. 우리 가게 오시면 다른 세트가 있어요.

커다란 코끼리 주석 목걸이었다. 줄은 나염된 천연의 섬유를 꼬아 만들었고 인도 냄새가 물씬 났다.

고맙습니다. 그럼…….

내일 아침 강 원장이 아침식사 안내를 해드릴 겁니다. 저는 출근을 해야 하니까. 며칠 후 서울 가서 뵙지요.

나는 연우를 쳐다보았다. 연우가 눈을 찔끔 했다.

그래요. 저희 땜에 피곤하시겠네요. 그럼.

네. 안녕히 주무세요.

모텔을 나와 걷는 길에 연우가 말했다.

내일 아침 저 사람들 해장국이라도 대접해야 할 텐데, 그대가 좀 해주시오. 괜찮지? 가게 근처에 해장국집 있지?

콩나물국밥이면 되겠네요. 걱정 마세요. 연우 씨 대신 대접 잘 할게요.

연우는 피곤한 듯 하품을 했다.

차 한잔 더 하고 가세요.

집과 다른 쪽으로 가는 길이 나왔을 때 나는 멈춰 서서 말했다.

차? 시간이 몇 신데. 아까 실컷 차 마셨잖아. 안마나 좀 해줄래? 많이 피곤하네.

그래요. 들어가요.

나는 연우를 이층으로 이끌었다. 골목의 가로등이 끄덕끄덕 조는 듯 보였다. 나는 방으로 올라가서 에어컨을 틀고 시원한 오미자차를 준비했다.

샤워 좀 해도 될까?

연우가 모자를 벗으면서 물었다.

네. 샤워하고 거기 걸어놓은 가운 입으세요.

가운?

네.

연우가 다시 물으려다가 고개를 끄덕이고 들어갔다. 나는 미소를 지었다. 유송과의 결혼을 청산하던 날, 유송이 어쩌다 입곤 하던 목욕가운을 없애버리고 새 가운을 사다 놓았다.

자정이 훌쩍 넘어가 있었다. 나는 내 옷을 준비하면서 함께 마련해 놨던 연한 물빛 모시옷을 꺼내 놓았다. 그를 위해 준비한 옷이었다. 혹시 그가 내게 다시 온다면…… 하고.

샤워를 끝내고 흰 가운을 걸친 연우가 어이, 시원하다, 하면서 나왔다. 긴 머리채를 풀어서 마치 광적인 연주가 같았다. 나는 미소를 띠고 연우 앞에 서서 모시옷을 내밀었다.

이건 뭐야?

당신 옷이에요. 여기 오시면 입을 옷.

내 옷? 샀어?

네. 갈아입으세요.

뭐 조금 있다 갈 건데.

한번 입어보기라도 하세요.

그럴까? 뭘 이런 걸 샀어. 난 안 좋아하는데. 다음부턴 사지 마. 나 한복 안 좋아해.

알았어요.

연우는 물색 옷으로 갈아입었다. 나는 음악을 틀어놓고 오미자차를 대령했다.

어– 시원해. 마치 내가 올 줄 알고 있었던 것 같군? 옷까지 준비해놓고.

그래요. 연우 씨가 오길 눈이 아프게 기다렸어요. 옷이 잘 어울려요. 멋진 서방님 같아요.

시원하고 좋긴 하네. 강 원장 옷도 시원해 보이는군.

예쁘죠?

나는 덧옷을 벗어보였다.

어이, 그건 아니야. 뚱뚱해서 보기 안 좋아.

살찐 팔이 드러나니 연우가 기겁을 했다. 나는 얼른 덧옷을 걸쳤다. 연우가 껄껄껄 웃었다.

이제 안마하게 누우세요.

나는 침대를 가리켰다. 연우가 아이고, 내가 오늘 팔자 좋군, 하면서 침대에 누웠다.

옷을 벗으시는 게 좋겠어요.

그럼 벗겨봐.

나는 연우의 윗저고리와 바지를 벗겼다.

다 벗기면 어떡해.

팬티 입으셨는데요, 뭘. 엎드리시면 고맙겠습니다.

나는 다시 덧옷을 벗고 연우의 머리를 묶은 다음 어깨를 주무르기 시작했다.

아이고, 시원하다.

나는 어깨로부터 시작해서 서서히 아래쪽으로 내려갔다. 삼십 분 이상을 끈질기게 하려니 팔이 아파왔다. 나는 땀을 흘리면서 연우의 몸을 돌렸다.

졸립네. 조금 잠이 든 것도 같은데?

연우가 게슴츠레한 눈을 뜨면서 말했다.

졸리면 주무세요.

나는 연우의 다리를 주무르기 시작했다.

속옷도 벗으세요.

나는 연우의 팬티를 벗겨버렸다.

맘대로 해.

연우는 낮은 목소리로 말하고 눈을 감아버렸다. 그의 페니스가 조용히 일어났다.

누워.

나는 깔깔한 옷을 벗고 누웠다. 나는 그를 갈망했다. 그러나 연우는 눈을 감고 허리만 움직일 뿐이었다. 그러나 나는 상관없었다. 그는 이제 내 서방님이니까.

나도 모르게 여보, 라는 소리가 나왔다.

여보라고 하지 마. 내가 왜 여보야.

가지 말고 여기서 사세요.

미쳤군. 미쳤어.

연우가 내 몸을 밀쳐버렸다. 그러나 나는 열락에 겨워 땀으로 번들거리는 얼굴을 연우의 등에 대고 말했다.

사랑해요. 정말 이 순간을 기다렸어요.

그만해. 그러고 보니 나를 함정에 빠뜨렸군.

맞아요. 이제 당신은 내 서방님이에요.

당신이라고 하지 말라니까.

알았어요. 하지만 둘이 있을 때는 하게 해줘요. 사랑할 때하고.

사랑할 때는 무슨. 섹스야. 그냥. 그것도 니가 추근대서 하게 된 거야.

어쨌든 좋아요. 너무 좋았어요.

그래? 나는 골병들고…….

연우가 흐르는 땀을 손으로 닦으면서 투덜거렸다.

제가 약 해드릴게요. 언제든지 피곤할 때 오시면.

안마해준다고 꼬시고선 또 섹스하려고?

나는 연우의 발가락을 쓰다듬었다.

그렇게 좋아?

네.

넌 너무 뚱뚱해. 내가 눈감고 있는 것 이해하지?

네.

살 좀 빼라.

그럼 나 좋아해주실래요?

그때 봐서. 가야겠다. 또 씻어야겠네.

연우가 귀찮은 듯 일어났다.

침대에 누우세요. 내가 닦아드릴게.

그럴까? 그래, 그럼.

나는 미지근한 물과 수건을 가져와서 물수건을 만들어 연우의 몸을 정성스레 닦았다. 그리고 옷을 입혀주었다.

지극정성이군. 나한테 이럴 필요 없어.

제가 좋아서 그러는 거예요. 당신을 섬기고 싶어요. 그냥 받아주기만 하면 전 행복해요.

정말 넌 이상해. 내 어디가 그렇게 좋다는 거야.

연우가 가방을 메고 모자를 쓴 다음 현관문을 나섰다.

서방님. 잘 가세요.

서방님이라고 하지 마. 전하라고 해. 차라리.

그럴게요. 전하.

내일 아침 잊지 말고.

네. 전하.

그는 아래까지 내려가려는 나를 제지하고 어둑한 계단을 내려갔다. 나는 휘파람을 불고 싶은 심정이었다. 행복했다. 나는 물색 모시옷을 침대 머리맡에 놓고 그가 누웠던 베게를 끌어안고 잤다.

아침 아홉 시에 나는 그들을 깨우러 갔고 콩나물국밥을 사준 다음 헤어졌다. 열 시쯤 되어 연우가 전화를 했다.

잘 보내고 간다고 전화 왔더군. 잘했어.

뭐하는 사람들예요?

그냥 돌아다니는 팔자 좋은 사람들이지. 몇 년 전 무대의상 땜에 돌아다니다 만난 사람들인데 요즘은 인도를 들락거린다는군. 책도 내고 물건도 갖다 팔고 그렇게 사는 사람들이야.

아이들은 없나요?

없어. 둘이도 인도에서 만났을 거야. 아마.

네…….

다음에 봐.

네. 전하. 사랑해요.

사랑……이라는 말 도중에 전화가 달칵 끊겼다. 끝까지 들었다면 이 여자 또- 할 사람인데 차라리 잘 됐다는 생각이 들었다.

'앞으로 그대는 계속 그 말을 듣게 될 것입니다. 저는 그 말을 당신에 대한 사랑의 징표로 삼겠어요.'

찻물이 다 식어버렸다.

나는 식은 차를 가득 마신다. 그렇게 그와의 관계는 시작되었다.

男

일주일 동안 아내 지숙 때문에 시집살이를 했다.

지숙은 남아 있는 나흘은 서울에 있는 언니 집에서 보내다 갈 모양이었다. 전화 사건이 아니었다면 지숙은 언니 집엔 하루 전날 갈 생각이었다. 그러나 뜻하지 않게 일이 꼬였다.

희영은 여전히 출근 시간에 그의 아파트 앞에 와 있었다. 지숙이 다른 아내들처럼 문 밖까지 따라 나와서 손을 흔드는 여자가 아니라서 다행이라는 생각을 하면서도 뭐, 보면 어떤가, 하는 생각이 들었다. 동료교수 차 얻어 타고 다닌다는데……

지숙은 밖에 나가길 좋아하지 않았다. 그는 뭐 하러 미국에서 멋진 휴가를 보내지, 여기까지 와서 집 안에만 있는지 모르겠다는 생각을 했다. 그와 잘 지내지도 못하면서.

지숙은 그가 방학하기 며칠 전 출국했다. 두어 번 새벽녘에 그의 침대로 쑥 들어오는 지숙과 섹스를 했다. 그것만으로도 지숙의 표정이 밝아졌다는 것이 퍽 다행스러웠다. 아직 우리는 부부 사이로구나, 라고 안도했을 것이다. 그러나 출국 전날 밤 뜬딴지같은 성화의 전화가 막판 조율을 엉망으로 만들어 버렸다.

아, 원수. 나의 적.

저예요. 목소리 듣고 싶어서 전화했어요.

그때 지숙이 옆에 있었다. 아내가 와 있으니 전화하지 말라고 당부를 했으므로 무심코 여보세요, 하고 앉은 자리에서 전화를 받았다. 소파에 막 엉덩이를 걸치던 지숙의 눈이 둥그레지는 성싶더니 얼버무리고 전화를 끊는 그에게 물었다.

무슨 전화를 그렇게 받아요?

응. 동료교순데 골치 아픈 이야기를 하려고 해서.

여자 목소리던데?

응. 덜 떨어진 여자가 하나 있어.

그 다음부터 말이 이상해지기 시작했다. 지숙이 느닷없이 말꼬리를 잡고 히스테리를 부렸다. 내 모르는 줄 알고 그러냐, 당신 혼자 있는데 왜 여자가 없겠냐, 어떤 사이냐, 등등. 지숙은 끝내 울고불고 난리를 피웠고 출국 며칠 전의 고요는 깨진 사기그릇처럼 산산조각 나 버렸다.

퇴근하면 곧장 집으로 가서 지숙이 차려준 저녁을 먹고 가능하면 평상시에도 별일 없이 조용히 보낸다는 인식을 심어주기 위해 각고의 노력을 했다. 그것이 순식간에 물거품이 되고 말았다.

그는 히스테릭을 일으키다가 스스로 스러지는 지숙이 방으로 들어가자, 밖으로 나와서 전화를 걸었다. 성화는 쩔쩔매고 빌었지만 그녀가 옆에 있다면 죽여 버리고 싶었다.

이튿날 새벽 예전처럼 냉랭해져버린 아내가 떠나고 그는 다시 혼자가 되었다. 희영의 차에 올라 학교로 가는 동안에도 분노가 들끓었다. 희영이 눈치를 챘는지 힐끔힐끔 그를 쳐다보았다.

선배님, 몹시 안 좋아 보여요.

지금 나 건들면 재미없어.

왜 그래요, 오늘 아침?

아내가 출국했어.

그럼 신바람 나잖아.

안 좋게 헤어졌어.

왜요?

어떤 망나니 땜에.

여자문제구나. 그치? 선배님 감춰놓은 그 여자 땜에…….

맞아.

그는 불쑥 말해버린다.

그 여자가 사모님 계신데 전화했어요?

그래. 그래서 들통 날 뻔 했어.

그래서 어쨌는데?

어쩌긴……. 된통 싸웠지. 어차피 이혼할 거니까 상관은 없지만 그래도 안심시켜 주고 싶어서 노력했는데 산통 깨버린 거지.

정말 힘들게 했나 보구나.

그렇다니까.

희영이 잠시 입을 다물었다.

오늘 수업 몇 개 있어요?

오후 세 시까지 풀이야.

그래요? 그럼 저랑 오후에 날라요.

나르다니, 어디로?

제가 네 시에 끝나니까 그때 나오세요. 강가에 가서 기분 풀게.

그럼 전화해줘. 잊어버리니까.

희영이 고개를 끄덕였다.

끝이라고 말한 적이 몇 번이던가.

그는 자신이 냉혹한 듯하면서도 끝내는 다시 받아들이곤 하는 마음 약한 남자라는 걸 알고 있었다. 그를 위해서 하루를 시작하고 그가 저녁을 먹지 않았다고 하면 자신도 굶고 마는 여자, 무슨 일이든지 그를 위해 준비하면서 행복하다는 그런 여자를 그는 끝내 버릴 수 없었다.

그렇게 여기까지 왔구나. 그는 자신이 좋은 남자라고 생각해본 적은 단 한 번도 없다. 그는, 나쁜 남자였다. 때로 성화를 기만하고 거의 늘 퉁명스럽게 대했으며 자신이 필요할 때만 그녀를 의지했다. 그것을 그녀를 이용했다고 말할 수는 없다. 그럴 생각은 추호도 없었다. 단지 그녀의 도움을 받았을 뿐이다.

성화의 이층방을 드나들기 시작했을 때부터 이미 그녀는 그를 자신의 치마폭 안에 끌어다 놓았다. 단지 그는 큰소리치면서 받았을 뿐이고, 그녀는 제발 받아주옵소서 하는 자세로 그에게 가지고 있는 자신의 모든 것, 그가 필요로 하는 모든 것을 주려고 했다.

일 년 정도 지난 어느 날, 성화는 이렇게 고백했다.

당신을 차지하려고 갖은 애를 다 썼어요. 당신을 내 지아비로 만들려고. 당신은 지금도 무슨 소리냐고 펄쩍 뛰고, 물론 다른 데 여자가 있는지는 모르지만 당신을 놓아주지 않을 거예요. 당신이 날 죽인다 해도요.

기가 찼다. 자신에게 필요할 때, 만날 여자도 없고 시간이 남아돌 때나 혹은 도움이 필요할 때나 찾곤 하는 여분의 여자라고 치부했던 여자가 거꾸로 자신을 길들여왔다는 사실이 황당했다.

그는 껄껄껄 웃었다.

그래. 니 뜻대로 되어 좋겠구나. 너 좋아하는 내 몸뚱이 맘대로 가져. 그것밖에는 줄 게 없으니.

그러나 성화의 마치 허기진 거지의 식욕과 같은 끝도 없는 집착 때문에 진절머리가 난 적이 한두 번이 아니었다. 끊임없는 끈적끈적한 애정, 행여나 자신에게 더 이상 오지 않게 될까 하는 두려움과 질투심, 그리고 기다림…… 생각만 해도 지겨웠다. 물론 그는 안다. 자신이 그녀를 똑같이 사랑한다면 그것은 행복일 거라는 걸. 그러나 추호도 그녀를 좋아할 수 없는 그로서는 고역이었다.

그는 왜 그녀를 버리지 못하는가.

그도 그게 의문이었다. 오로지 자신만을 사랑하고, 사랑하고 사랑하는 여자를 차마 비참하게 할 수 없어서? 그 자신도 모르는 대답.

성화를 만나기 시작한 일 년쯤 된 두 번째 여름, 일본 공연을 기획한 적이 있었다. 오디션을 거쳐 일곱 명의 단원을 모집하고 유월과 칠월 두 달 동안 연습하고 팔월 중순에 일본으로 떠났다.

대사가 없는 무언연기라서 대본도 없는 연극이었다. 머릿속에 있는 대본만으로 갑작스레 모집한 단원들을 훈련시켰다.

일본 초청공연이었지만 비행기표와 일본 체류중 숙식비 외에는 그의 돈이 필요했다. 그때 성화가 선뜻 돈을 내놓았다. 월급의 절반을 미국에 가 있는 딸 교육비로 보내야 하는 그로서는 은행잔고가 항상 비어 있었다.

그런 식으로 두어 번, 아니 그가 필요할 때마다 성화는 말없이 그에게 봉투를 내밀었다. 문예진흥기금만으로는 턱없이 모자라는 공연자금을 그녀가 충당해 주었으므로 몇 번의 외국 공연을 탈없이 마칠 수 있었다.

성화는 그것에 대해서는 입도 뻥긋 하지 않았다. 오히려 그에게서 돈을 갚지 못하게 될까봐 신경질적인 반응이 때때로 흘러나와 성화를 긴장시켰다. 특히 성화의 끈끈한 애정이 지겨울 때 그의 신경질은 극에 달했다. 성화가 돈에 대해 언급한다거나 생각조차 하지 않는다는 것은 그 자신이 더 잘 알고 있었기에 더욱 화가 났다.

너는 보살이다. 내가 그렇게 못되게 굴어도 화도 안 나니?

지쳤다는 말이 옳다.

작년 봄 하반기에 잠깐 만났던 여자가 있었다. 지난여름 공연 때 의상을 맡았던 스물여덟의 처녀였다. 눈빛이 어두운 것만 빼면 꽤 괜찮았던 주희라는 이름의 그 여자애를 바래다 준 적이 있었다. 대문 앞까지 바래다주고 돌아서는데 문득 주희가 말했다.

저 오늘 저녁부터 모래까지 쉬는데요.

어, 그래? 그래서?

저랑 시간 좀 보내주실래요?

그는 깜짝 놀랐다. 금요일 저녁이었다.

그럼 나랑 같이 갈래?

그렇게 시작되었다.

누군가 그에게 당신은 도덕심이라곤 없어요, 라고 말해도 할 말이 없다. 그러나 성화라는 여자의 지극한 사랑을 얘기한다면 그로서는 말할 수 있었다.

나는 그녀를 좋아하지 않아요. 사랑은 더구나.

그는 성화를 생각하지 않는다. 눈앞에 있을 때나 보게 될 뿐이었다. 그는 거부감을 주지 않는 한 절대로 여자가 가까이 오는 걸 막지 않는다. 그가 여자를 만나는 것은 물을 마시는 것만큼이나 자연스러운 것이었다.

당신 연애하고 싶으면 하세요. 그 대신 이십 대하고 하는 건 괜찮지만 나 같은 또래하고는 안 돼요.

니가 뭔데 하라 하지 마라야. 내가 연애하면 너한테 말할 거 같니.

그러니까 당신 맘이지만 부탁하는 거예요. 저 같은 삼십 대 후반이나 사십 대 유부녀는 안 돼.

제발 웃기지 좀 마라.

때때로 성화는 줄을 친다. 혼자 치고 있는 줄.

그는 그것을 비웃으면서도 여자의 집착에 소름이 끼쳤다. 그러면서도 그 여자를 떠나지는 않는다. 그로서도 알 수 없는 묘한 관계의 끈끈한 지속성.

주희는 성적 감각이 대단한 여자였다. 그를 매우 흥분시키는 신음소리와 몸놀림, 그리고 팽팽한 젊음. 이틀에 한 번씩 만나고도 미칠 듯이 보고 싶어 했다. 그는 거의 이삼일에 한 번씩 주희의 집과 모텔을 드나들었다.

처음엔 주희를 만난 날도 성화의 전화가 오면 밤에 이층방으로 갔다. 그때 잠깐 지숙이 온 적이 있었는데 하룻동안 세 여자와 관계를 하는 날도 있었다. 그의 육체가 지칠 때쯤 돼서 지숙이 미국으로 갔고, 성화의 집엔 가지 않는 날이 많아졌다.

그후, 주희와 불을 뿜는 것 같은 섹스를 한 석 달 동안 그는 성화의 집에 가지 않았다. 지금으로선 성화의 전화를 어떤 식으로 피했는지 모르겠지만 아무튼 주희와 불 같은 시간을 보냈다. 아무도 모르는 일이었다.

그때 그의 힘이 소진되었는지 모르겠다. 주희가 결혼문제 때문에 고민을 털어놓고 끝낼 시기가 왔다는 걸 깨달았을 때 그도 어느 만큼 지쳐 있었다.

주희는 결혼하기 위해 시골로 내려갔고 그는 다시 성화에게 갔다. 성화는, 당신 몸이 약해진 것 같아요. 그동안 그렇게 힘들었어요? 하면서 보약을 지어오고 차 목욕을 시켜주고 난리였다. 뭐랄까, 폭풍을 겪고 난 후 성화와의 섹스는 싱겁기 짝이 없었다. 그는 수동적이었고 성화가 모든 걸 다 했다. 성화는 혼자 오르가슴에 올랐고, 혼자 만족해서 울었다.

때때로 불쌍한 생각이 들었다.

왜 나 같은 남잘 좋아해. 나같이 너 좋아하지 않는 남자 만나서 행복하다는 게 말이 되냐? 바보천치가 아닌 담에야……

그래요. 어떨 땐 바보천치 같고 당신 앞에 초라한 내가 싫어요. 다른 사람들은 다 나를 존경하고 선생님, 선생님 하는데 당신 앞에만 있으면 초라하고 꼼짝 못하고…….

그러니 나를 떠나. 그게 최선이야. 다른 남자 만나.

하지만 그게 행복한 걸. 당신 생각만 하면 눈물이 나고 행복해요. 초라해도 좋아. 당신이 잘난 남자라서 그런 거니까 상관없어요.

석 달을 안 만나고도 아무 일도 없었다는 듯 다시 관계는 시작되었다. 그는 전하였고 성화는 시녀로.

그렇다. 그 사이에도 한 해에 한 번씩은 다른 여자가 있었다. 모두 일 때문에 만났기 때문에 신경 쓸 일은 없었다. 그는 가만히 있었고 여자들이 다가왔다. 그는 시간이 있었고 그를 얽어매는 공식에서 자유로운 싱글이었기 때문에 연애라는 유희는 매우 자연스러웠다.

그에게 그보다 더 자연스러운 일이 있을까. 그의 행위에 민감한 것은 성화였다. 행여 다른 여자와 바람을 피울까 하여 늘 신경을 곤두세우고 있는. 그러나 그는 그런 성화가 우습기 짝이 없다. 그는 코웃음을 친다. 그러다가 문득 정신을 차린다. 코웃음을 칠 일만은 아니었다. 작년 가을에 소름끼치는 일이 일어났다.

여름에 일본 공연을 준비하는 과정에서 비행기를 타기도 전에 그는 지쳐 버렸다. 단원 중 세 명이 빠져 버렸고, 비행기를 탄 사람은 무대와 의상을 맡은 여자 한 명과 연기자 세 명이었다.

그는 비행기를 타고 가면서 대본을 수정해야 했고, 갑자기 자신을 물먹인 여자 단원 두 명 때문에 화가 나서 음식을 먹을 수도 없었다. 다행히 몸짓만 필요한 연기였으므로 일본 친구를 투입해 교토를 비롯한 다섯 군데의 작은 사찰공연을 마쳤다.

사찰공연.

우리나라에선 한 번도 해보지 못한 특이한 공연이었다. 몸과 마음이 지칠 대로 지친 상태였으나 의외의 성과와 뜻밖의 경험들 때문에 후반부는 마치 그곳에 있던 사찰의 고요함, 뜰의 나무들, 석양의 애잔함 같은 아름다움으로 채워졌다. 그리고 일본 친구들은 최선을 다해 주었다.

사찰공연.

아무리 생각해도 특별한 공연이었다. 그가 미처 생각해보지 못했던 무대를 일본 친구가 준비해 놓았던 것이다. 가서 해보고 나니 그가 원하는 것이 그런 것이었다. 열린 공간, 사방이 트인 자연 속에서의 공연.

두 번째 공연 장소로 옮기던 도중이었다. 초청자인 마루가 말했다.

도쿄에서 미야란 무용수가 올 거야. 두 번째부턴 그녀가 당신과 같이 공연할 거야.

예정에 없던 일이었으나 마루 대신 그녀가 춤을 춘다는 얘기여서 별문제 없었다. 묻지도 않았는데 마루가 미야에 대해 얘기를 해주었다.

스물아홉의 기혼녀인데 아직 애기는 없어. 가끔 우리와 같이 공연을 해.

미야라는 여자를 만났다. 기차역에서 만난 미야는 이제 이십 대 초반으로나 보이는 작고 연약해 보이는 여자였다. 그녀를 기다렸다가 다음 공연 장소로 옮기는 도중 금세 친해져 버렸다.

미야는 영어를 조금 할 줄 아는 여자였다. 그는 단원들 때문에 지친 몸과 마음을 그녀와 깔깔거리고 웃고, 장난하면서 달랠 수 있었다. 밤이면 일본 술과 맥주를 마셨다. 그는 술을 좋아하는 편이 아니었으나 미야와 같이 앉아서 히데와 마루, 마루의 여자친구, 또는 단원 한두 명이 섞여서 밤마다 술을 마셨다.

공연은 5회 예정이던 것을 늘려서 작은 사찰공연을 3회 더 했다. 모든 방석은 마루가 깔아놓았고, 일본의 사찰은 우리나라보다 개방적이었다. 산 속 깊이 있는 것도 아니고 도시 근처에 있으면서도 고즈넉하고 뜰이 넓으며 편안했다.

미야.

미야가 곁에 있었다.

그는 미야의 입맞춤과 포옹, 그리고 노래를 들으면서 출국 전의 고통들을 잊었다. 아, 그녀는 선禪을 했다. 공연 시작 전에 가부좌하고 앉아 눈을 감고 명상을 하는 모습은 인상적이었다. 미야처럼 편안한 여자를 만나본 적이 없었다. 조용하고 명랑하고 차분했다.

I love you.

마야가 사랑한다고 말했을 때, 그는 주저 없이 그래, 나도 널 사랑해, 라고 말했다. 아무에게도 해 본 적이 없는 말을 이국어로 말하면서 그는 편안했다.

이별은 약간 고통스러웠다. 고통스럽다기보다 가질 수 있는 것을 놓고 와야 하는 것에 대한 아쉬움 같은 것이었을까. 그렇다고 미야를 데리고 올 수는 없는 노릇이었다. 그녀는 결혼한 여자고 또 일본사람이었다.

그가 오기 전에 이미 가을학기는 시작되었으므로 돌아오자마자 학교에 나갔다.

선배님 살이 많이 빠졌어요.

고생해서 그래. 나 얼마나 고생한 줄 알아? 가기 전에 단원들이 속을 어찌나 썩이던지 딱 취소해버릴 뻔했다니까.

그런 줄 몰랐어요.

어떻게 알겠어. 가서 술만 된통 마셨지. 잊어버리려고. 그랬더니 위도 펑크 나고 살도 빠지고 그랬지.

공연은 어땠어요?

좋았지. 나중에 테잎 오면 비디오 보여줄게.

다른 일은 없었고?

다른 일? 뭐?

일본 여자와 연애를 했다든가…….

그는 잠시 생각했다. 희영에게 말해도 될 것인가. 뭐, 어때. 미야와는 섹스도 하지 않았는데…… 그저 좋아하기만 했지. 미야를 생각하니 싸 하니 가슴이 아려왔다.

했어.

뭘요?

연애 말이야.

그 짧은 기간에?

그럼. 두 주나 됐는데.

말해 봐요.

저녁을 먹던 도중이었다. 젓가락을 입에서 떼며 희영이 얼굴을 앞으로 내밀었다.

말하기 싫은데.

아이, 뭘 그러세요. 아무한테도 얘기 안 할게.

그런 줄이야 알지.

예쁜 여자였어?

많이 예쁘지는 않아. 귀엽고 깨끗해. 조용하고. 일본 여자들이 입 모양이 좀 그렇잖아. 입이 좀 큰 거 외에는 괜찮았어. 눈이 크지.

사랑에 빠졌어요?

그런 것 같애.

아, 그럼 지금……?

희영이 가슴에 손을 얹고 눈을 감아보였다.

그래. 이게 보고 싶은 건지 어떤 건지 모르겠는데 아무튼 허전해.

그랬구나. 데리고 와버리지.

유부녀야.

안됐네.

안될 것도 없어. 금세 잊을 텐데 뭘.

희영의 눈에 잠시 고독한 빛이 어리는 것을 그는 보았다.

저 선배님 좋아해요…… 했던가. 저녁을 먹고 그의 아파트 앞에서 내리면서 그는 처음으로 희영의 손을 한번 잡아주었다. 부드럽고 따뜻했다.

그가 성화를 만난 것은 이주일 후였다. 거의 매일 학기 초 모임으로 바빴고 또 성화를 만나는 걸 가능하면 미루고 싶었다. 가슴에 있는 미야 때문에 그것은 더욱 심했다. 그것을 짐작하기라도 했는지 어느 날 열 시쯤 집에 들어가는데 전화가 왔다.

여보세요.

저예요. 저 연우 씨 집 앞에 와 있어요.

뭐? 어디?

그는 단지 앞을 눈으로 훑었다. 아무도 보이지 않았다.

당신 집 들어가는 입구예요.

뭐야? 어쩌려고.

당신 집에 좀 들어가면 안 될까요?

그야……. 말도 없이 와버리면 어떡해. 잠깐 거기 있어. 내가 들어가서 문 열어놓을 테니까. 오 분 후에 들어와.

성화가 그의 집에 온 건 두어 번 되었던가. 그가 싫어했으므로 오지 못했지만 간혹 몸에 좋은 건강식품이나 맛있는 음식 같은 걸 준비해서 갖다 준다는 핑계로 온 적이 있었다.

그는 차마 성화에게 화를 내지 못했다. 일본에서 온 후 처음이었고 보고 싶어서…… 견딜 수가 없었어요. 전하, 라고 울먹이는 성화를 집으로 들어오게 할 수밖에 없었다. 성화는 차 한 봉지와 색색의 다식을 가져왔다.

유정이가 만들어 온 거 좀 가져왔어요.

그래?

그가 샤워를 하는 동안 성화는 자기 집에서처럼 차를 끓였다. 막 차를 마시려던 참이었다. 핸드폰이 울렸다.

여보세요?

하이, 신상. 아임 미야.

아, 미야.

그는 당황한 기색을 보이지 않으려고 애쓰며 방으로 들어가 살짝 문을 닫았다. 전화는 삼십 분 가까이 계속되었다. 미야는 거의 밤마다 전화를 했고 늘 삼십 분 이상씩 통화를 했다.

남편 몰래 잠깐 나와서 공중전화로 걸고 있어요.

남편은 잠깐 외출했어요.

매번 그런 식이었고, 대부분 늦은 시각이었다. 그는 성화에게 화가 났다. 이렇게 방에 들어와 전화를 받아야 하다니. 그러다가 미야와 통화하는 사이에 성화라는 존재를 잊어버렸다. 방문을 열고 나오다가 우두커니 앉아 있는 성화를 보고 깜짝 놀랐다.

어? 있었어?

그의 말에 성화가 어이없다는 듯 웃었다.

무슨 전화가 그렇게 길어요? 미야라는 이름은 여자 이름 같은데……
혹시 일본 여자?

그는 잠시 당황했으나 말해 버리는 게 빨리 불을 끄는 거라는 생각
에 고개를 끄덕였다.

그래. 공연 같이 한 여자야. 출국할 때 두 명이 빠져버렸잖아. 그래
서 일본 친구 마루가 대신 끼었는데 두 번째부터 미야를 넣었어. 고마
워서 한국서 가져간 부채랑 선물로 주고 왔거든. 그랬더니 가끔 전화
가 와. 자기 공연한 얘기 해주느라고 전화가 길었어. 영어로 말을 하는
데 잘 못하니까 말이야.

성화가 이것저것 꼬치꼬치 캐어물었다. 그는 조금씩 화가 나기 시작
했다. '끔찍한 여자.'

나 잘 건데 지금 가는 게 좋겠어.

갑자기 불쑥 나온 말에 성화가 입을 딱 다물었다.

알았어요. 안마해 드리고 갈게요.

안마 안 해도 돼.

그래도…… 피곤해 보여요.

그래. 그럼. 조금만 해.

그는 성화의 속셈을 짐작하고 있었다. 일본 여자에 대한 궁금증과
질투심으로 가득 차서 어쩔 줄 모르는 그 여자의 속을. 그러나 이대로
몰아붙여서 내보내 버리면 몇 날 며칠이고 잠을 못 잘 것이다. 그에겐
적어도 성화라는 여자에 대한 연민이 남아 있었다.

그는 남방을 벗고 누웠다. 샤워 후 팬티 차림 그대로 남방만 걸친 채
였으므로 더 벗을 게 없었다.

안마를 하는 동안 그는 졸다가 깨어나서 정해진 수순처럼 섹스를 했

고 성화는 만족해서 돌아갔다. 적어도 일본 여자에 대한 궁금증은 더 이상 겉으로는 안 나타날 것이다.

일은 구월 말에 터졌다. 그가 일본 공연을 같이 갔던 팀하고 참석했던 춘천세계연극제에 마루가 참석했고 미야가 공연 팀에 끼어 있었다.

미야가 온다고? 그럼 그 여자를 며칠 전에 보내라.

얘기해 보고.

미야를 꼭 미리 만나고 싶어.

오케이. 주선할게.

일본에서 헤어질 때 미야와 그의 사이를 알고 있던 마루가 전화를 했고 일을 추진했다. 그리고 공연 일주일 전에 미야가 그에게 왔다.

그로서는 첫 연애하는 것처럼 미야와의 시간이 순수하고 즐거웠다. 그녀는 순하고 맑고 깨끗했다. 화를 내거나 할 일이 전혀 없었다. 그의 집에서 같이 잠을 자고 밥을 시켜먹고, 첫 관계를 했고 학교까지 택시를 타고 가서, 연구실에서 키스하며 강의에도 데려가 학생들에게 공연 차 온 일본 여성을 소개했다.

그동안 성화에게서 전화가 두어 번 왔지만 춘천연극제 관계로 바쁘니 나중에 전화하라고 일렀다. 미야가 온 것은 비밀이었다. 희영에게는 일본서 손님이 와서 동행해야 하니 택시나 다른 걸 이용하겠다고 얘기해 두었다. 그러나 희영이 연구실로 찾아와 미야와 부딪힌 날이 있어서 어쩔 수 없이 말을 해 주었다. 미야가 온 지 나흘째 되던 날이었다.

내 차 같이 타도 괜찮아요.

싫어. 키스를 못 하잖아.

괜찮다니까. 나 알잖아요. 선배님 좋아하긴 하지만 신경 안 써요.

그래도 싫어.

돈 들겠네.

별 수 없지 뭐. 같이 살아버릴까?

그러세요.

너무 편하고 좋아. 날 신경 쓰게 하질 않거든.

처음이니까 그렇겠죠. 시간이 지나면 달라질 걸요. 모든 다른 사람들처럼.

그래도. 같이 살까 하는 생각이 들어.

기혼녀라며?

그게 문제지. 내가 이혼하고 오라면 올 여자야.

그럼 그렇게 해요.

근데 이곳에서 나를 가만 놔두지 않겠지. 일본 여자하고 사는 남자라고 손가락질할 거야.

그게 뭐 대순가요? 근데 밥이랑 잘 해먹을 거 같애? 혹 선배님이 해야 되는 거 아냐?

그것도 문제야. 순 놀기만 할 건데 돈이 많이 들겠지.

지금은 말도 잘 안 통하고 서로 좋아하니까 그렇지, 같이 살면 시들해지잖아요. 그럼 그때 어떡하게? 말도 안 통하는 곳에서 그 여자가 견딜 수 있을까. 곧 돌아간다고 할 걸. 아마.

이것저것 생각하면 아무것도 못해. 아무튼 지금은 정말 좋아. 이십대 때 연애하는 거 같다니까.

참, 늙은 사십 대 남자가 이십 대하고 연애하니까 그렇지.

미안해. 그러니 춘천 공연 끝나고나 봐. 속 안 상하게.

알았어요.

결국 희영도 미야의 존재를 알게 되었다.

희영에게는 아무런 부담도 없었다. 나 선배를 좋아해요, 라고 말한 거 외에는 거리낄 게 없었으니까.

춘천에 가서는 공연 시간 외에는 늘 호텔에 들어가 있었고 끊임없이 서로를 쓰다듬으며 지냈다. 사실 미야는 말이 별로 없었다. 몸도 약한 편이었고 육감적이진 못했다. 그러나 지금까지 누구와도 나누지 못한 정신적인 평화로움을 주는 여자였다. 편안한.

춘천 공연이 끝난 후, 마루는 C에서 공연을 하고 싶어 했으므로 그와 함께 일본 친구들 모두 C로 내려왔다. 일본 친구들 때문에 성화의 힘을 빌리지 않을 수 없었다. 그는 성화에게 연락해서 그녀의 기와집에서 잘 수 있는가 물었다.

모두 네 명이야.

성화는 노후에 쓸 한옥 한 채를 얻어놓고 있었다. 어쩌다 한 번씩 가서 잠을 자기도 하고 먼데서 손님이 오면 그곳에 묵게 했다. 시내버스 종점 근처의 산자락에 있는 조용하고 아늑한 시골집이었다. 근처에 집 몇 채가 있었지만 군데군데 떨어져 있고 정씨 문중의 사당만 옆에 붙어 있었다.

그들은 밤에 도착해서 한정식을 먹은 다음 다락방에서 차를 마시고 민속주를 마셨다. 마루와 히데, 마루의 여자친구와 미야. 성화는 미야를 의식하지 않은 척했지만 얼굴에 초조함이 묻어났다. 무엇보다 젊은 여자라는 이유 때문이 아니었을까. 구체적인 관계는 알지 못했으므로.

미야는 전혀 성화와의 관계를 모르고 있었으므로 서슴없이 행동했다. 모두 같이 있을 때는 그저 공연 같이 한 정도로의 친밀도만 나타냈기 때문에 상관 없었다.

마루와 히데가 그의 학생들 앞에서 공연하던 날이었다. 미야는 몇 시간 후 성화와 함께 택시를 타고 학교로 왔다.

신상 방 저기예요. 저 가봤어요.

미야가 영어로 말했다. 성화는 깜짝 놀라 물었다.

언제 와봤어요?

아, 며칠 전에 여기 들렀어요. 그때 왔어요.

성화는 더 이상 묻지 않았다.

두 번째는 작은 절에서 공연이 이루어졌다. 그것 또한 성화의 인연으로 이루어진 일이었다.공연할 때까진 아무런 낌새를 느끼지 못했다. 그도 일본 친구들 공연에 끼어 악기 연주를 맡아 바빴고, 친구들 뒤치다꺼리에 신경이 날카로웠기 때문에. 또한 미야 때문에. C에 내려온 후론 둘이 보낼 시간이 없었다. 이제 성화까지 늘 옆에 붙어 있으니 더욱 그랬다.

첫날은 성화 때문에 같이 시내로 돌아가야만 했다.

두 번째 날은 그도 기와집에서 묵었다. 마루와 히데가 미야와 그를 위해 부엌으로 몰아서 그들은 공공연하게 한밤을 같이 보냈다. 그러나 섹스는 하지 않았다. 그녀에게 생리가 온 탓도 있었고 새벽에 떠나야 하는 미야의 비행기표 탓이었다. 그들은 꼭 껴안고 밤을 새웠다. 미야는 새벽에 떠났고 다른 사람들은 하루 더 묵고 다른 도시로 떠날 예정이었다.

마지막 공연 후엔 기와집으로 갔는데 성화의 노처녀 제자들이 차를 몰고 쫓아와서 수다를 떠는 통에 화만 났다. 그는 성화를 조용히 불러 빨리 데리고 가라고 명령했다.

차를 쓸 수 있어서 좋긴 하지만 이제 좀 돌아가야 쉬지. 안 그래?

성화는 뾰루퉁했다. 평소엔 없는 표정이어서 그는 더욱 화가 났다.

니 도움 많이 받고 있는 거 다 생각하고 있으니까 걱정 마. 오늘은 정말 피곤하다.

성화는 얼굴을 찡그린 채 말이 없었다.

음식도 만들어 오고 고맙긴 해. 내 말 알아들었으면 빨리 가.

찬바람이 나게 성화가 안으로 들어가더니 제자들을 데리고 돌아갔다. 한 번도 그에게 그런 식으로 대한 적이 없는 여자였다. 그는 무척 피곤했으므로 성화의 태도 같은 것은 신경 쓰지 않았다. 그렇지 않다 해도 늘 신경을 쓰는 건 성화였지 그가 아니었다.

그렇게 일본 친구들을 보냈다. 미야에 대한 사랑이 아니더라도 힘든 몇 주였다. 기와집에 그냥 놔두고 온 악기 몇 개도 가져오기 싫었고 성화의 뾰루퉁한 얼굴이 생각나서 가능하면 시내에는 나가지 않았다.

우리 술이나 한잔 할까?

거의 늘 하던 대로 희영과 저녁을 먹고 그의 집 앞에서 내리던 참이었다.

그래요. 요 근처에 뭐 있어?

오 분만 걸어가면 카페가 있어. 차 여기 놔두고 가지.

그러죠.

노랗고 탐스런 등이 네 벽에 하나씩 켜 있어서 보름달 네 개가 떠 있는 것 같은 카페였다. 동료교수가 찾아온다거나 해서 두어 번 들어가 봤을 뿐 별로 갈 일이 없는 곳이었다.

할 말 있죠?

눈치 빠른 희영이 대뜸 물었다.

할 말? 그래. 할 말이라기보다 여름 동안 힘들었던 거며 일본 친구들 대접하느라 좀 지친 거에 대한 푸념을 하고 싶은데…… 마땅한 사람이 없어서.

잘 하고 갔나요? 그 여자는?

일행보다 일찍 갔어.

그래요? 즐거웠잖아요?

마야만 왔을 땐 그랬지. 나중에 춘천 공연 끝나고 여기 와서 공연을 두 번 했잖아. 그때 그 여자, 아, 보살이라고 하지.

보살?

그래. 나한테 보살처럼 구는 여자가 있어. 끔찍히 나만 생각하는 여자. 나는 전혀 반대고.

그때 언젠가 한번 얘기한?

맞아. 언젠가 한번 얘기한 적도 있을 거야. 그 보살 집에 머물었거든. 미야하고 관계는 눈치를 못 챘는데 그렇게 나를 짜증나게 하는 거야. 이 여자가 왜 이러나 했더니 학교에 왔을 때 말이야. 일본 여자가 자기도 모르는 내 연구실을 알고 있더라고 어떻게 된 거냐고 따지는 거야. 마지막 날. 그래서 그렇게 얼굴을 잔뜩 찡그리고 전전긍긍한 거지. 나는 어이가 없어서 입을 다물어 버렸지.

눈치를 챈 거 같아요?

그래. 하지만 확실한 게 없으니까 불안한 거지.

신경 쓰이세요?

아니, 그냥 싫은 거지.

그럼 잊어버리세요. 미야는 어때요?

전화해서 울고 그래. 정말 사랑하는 것 같다고.

선배님은?

나도 싫지 않아. 미야와 있으면 편하고 순수해지고 그래. 근데 사랑인지는 모르겠어. 같이 있고 싶고, 마음이 싸하고 그런 것도 있어. 그런 게 사랑인가?

저한테 물음 어떡해요.

별안간 어두운 조명등 아래의 희영의 얼굴이 쓸쓸하게 다가왔다. 늘 상 보면서도 그녀의 감정 같은 건 전혀 의식해보지 못했던 그였다. 직장 동료, 후배, 그 정도였을 뿐.

그러나 오늘 그는 희영에게서 여자를 보았다. 또 하나의. 그의 눈길을 의식했는지 희영이 갑자기 표정을 바꾸었다.

그 여자분, 아니 보살은 어떻게 됐어요?

아직 안 만났어. 악기도 가지러 가야 되는 데 만나기 싫어서. 아, 내일 같이 좀 가자. 퇴근하는 길에 열쇠 받아 갖고 가서 희영이 차에 싣고 집에 바래다주면 되겠다.

그러세요.

맥주를 세 병 마시고 카페를 나왔다.

선배님 집에 가보고 싶다. 나 차 한잔 줘요.

우리집에? 정말 가보고 싶어?

그렇다니까. 처음 여기 왔을 때 저 재워준 거 기억하세요? 벌써 삼년 전이네.

맞아. 집을 못 구해서 이틀간 있었지. 깜박 했네.

집에 들어가서 차를 마시면서 희영이 처음 하는 이야기를 들었다.

선배님도 숨겨놓은 여자가 있지만 저한테도 있었어요.

근데 왜 있었어요, 야? 있어요, 가 아니고.

지금은 없거든요. 사실은 봄까지 있었어요. 아니 실은 겨울에 날아가 버렸지만.

계속해봐.

미국서 만났던 사람인데 사진하는 사람이에요. 내가 돌아오면서 그도 들어왔는데 쭉 제주도에 머물고 있었어요.

아, 그래서 제주도를 그렇게 갔었구만.

많이 간 건 아니에요.

무슨, 제주도엘 간다고 몇 번 그런 것 같은데.

그래요. 그 사람이 제주도를 떠나기 싫어해서 내가 가곤 했죠. 근데 작년 겨울 호주로 훌쩍 가더니 돌아오지 않았어요.

왜 같이 가지.

실은 같이 가고 싶었는데 타이밍이 맞지 않아 가지 못했어요. 그곳에서 새 여자를 만났대요. 호주 여자…… 그게 봄이었어요.

그는 라틴 춤곡이 모여 있는 시디를 얹었다.

춤이나 추자.

그는 희영의 눈물을 보고 깜짝 놀랐다. 모두 다른 걸 원하고 있구나. 누군가 바라보면 달아나 버리는 것. 진한 열정이 묻어 있는 라틴음악을 따라 희영과 춤을 추었다.

어? 잘 추네?

나 춤 배웠거든요. 라틴댄스요.

그래?

이건 혼합 춤도 아니고 아무것도 아니지만 말예요.

희영이 지그시 머리를 기대며 웃었다. 그는 저, 선배님 좋아해요 하던 희영의 말을 의식한 이래 클로즈업되어 다가오는 희영의 여자를 보고 곤혹스러웠다.

며칠 후였다.

열쇠를 다루에 가서 갖다가 악기를 찾아오고 다시 열쇠를 되돌려 주려고 전화를 한 그에게 불쑥 제가 당신 집에 갈게요, 라고 성화가 말했고, 열쇠를 갖다 주기가 귀찮았던 그는 아무 생각 없이 그래? 그러든지, 라고 대답했다. 성화는 탐스런 포도 한 바구니를 들고 왔다. 그러나 표정은 밝지 않았다.

왜 그래? 표정이.

술 좀 주세요.

술? 잘 마시지도 못하면서 왜?

좀 마셔야겠어요. 못 견디겠어요.

왜 그런데 도대체?

그는 화가 나는 걸 참고 낮은 목소리로 물었다.

그냥은 말 못해요. 술 좀 마시면…….

그는 찬장에 있는 와인 한 병을 들고 와서 내밀었다.

자, 맘대로 마셔. 그리고 얘기해봐. 왜 그러는지.

성화는 혼자서 와인을 석 잔 들이켰다.

낮에 집에 청소하러 갔었어요. 근데 그곳에서 뭘 발견했는지 알아요?

뭔 이야기야?

음모, 여자의 음모를 발견했어요. 당신 그, 미야하고 거기서 그 짓을 했어요. 말해 봐요. 아니라고…….

이 여자가 느닷없이 내 집에 와서 한다는 소리가……. 그 음모가 그 여자 거라는 거야? 나는 옷도 벗지 않았어. 그 여자하고 잠도 안 잤고. 당신 거겠지. 당신이 거기서 잠을 자니까.

저는 방에서 자지 부엌에선 안 자요. 왜 그 털이 부엌 바닥에 있죠?

내가 그걸 어찌 아나. 사람 잡지 말고 돌아가. 그 여자는 공연하러 온 거야. 왜 생사람 잡고 난리야. 그리고 니가 뭔데 지금 나에게 따지는 거야. 내 마누라도 안 그러는데.

그러나 성화는 남은 와인을 꿀꺽꿀꺽 마셔버렸다. 그는 황당했고 화가 머리끝까지 났다. 여자의 머리채를 잡고 밀쳐버리고 싶은 잔인한 욕구가 생겨났다. 그러나 여자는 술에 취해 있다. 그리고 질투에 눈이 멀어 있지 않은가. 이 여자를 왜 떼버리지 못하는가. 그는 끝없는 후회와 분노에 빠져들어 취한 채 울고, 웃고, 원망의 말을 쏟다가 거실 바닥에 토해버리는 여자의 몰골을 바라보았다.

'나의 적.'

토하기까지 하는 데는 참을 수가 없었다. 여자를 화장실로 몰아넣고 거실을 닦는데 눈물이 날 지경이었다. 이런, 내가 왜 이런 상황 속에 들어와 있는 건가. 취한 여자를 쫓아낼 수는 없었다. 성화는 소파에 쓰러져 잠이 들었고 그는 잠을 이루지 못했다. 새벽 세 시였다. 그는 뜬 눈으로 밤을 새우고 새벽 다섯 시에 성화를 깨어 쫓아버렸다.

너, 다시는 나 볼 생각 하지 마. 알았어? 너 같은 여자는 처음 봤다. 오늘 끝을 내야겠어. 니가 잘못한 거니까 나 원망하지 마. 알았냐?

그는 모른다. 성화의 몰골이 어땠는지, 어떤 참혹함에 갇혀 집으로 들어갔는지. 다시는 그 여자를 보고 싶지 않은 것만이 분명한 점이었다.

그는 생각도 하기 싫었다. 끔찍한 밤이었다. 그렇게 가을이 끔찍하게 지나갔다.

女

일요일, 채만규 씨의 도자기들이 다락방에 도착했다. 도자기라는 느낌보다는 그릇들이라는 느낌이 강한 생활소품들이었다.

가슴은 쭉쭉 찢어진 채 나는 그릇들이 놓여지는 것을 지켜본다. 두 명의 젊은 남자들과 세화라는 여자애가 와서 무명천을 깔고 다락방 가장자리 창문 밑으로 그것들을 진열했다. 나는 채만규 씨와 차 한잔을 하고 방으로 올라왔다.

얼굴이 부어있었다. 이틀 밤을 울었다. 눈만 부은 게 아니라 심장도 부었는지 몸이 무척 무거웠다.

'그가 내게 욕을 했어.'

화가 나면 물불을 가리지 않는 그였지만 욕설을 듣는 것은 수치였다.

작년 가을 일본 여자 때문에 견디기 힘들었을 때 나는 죽고 싶었다. 그를 떠나자, 떠나자 해봤지만 되지 않았다. 사실 부엌 바닥을 유심히 살피려고 한 것은 아니었다. 물걸레질을 하다보니 평소에 가는 먼지밖에 없던 바닥에서 꼬불꼬불한 음모 두 개가 걸레에 붙었고, 순간적으로 뇌리에 스쳐간 것은 그 일본 여자였다.

나는 밤이 되기를 기다렸고 연우의 전화가 오자마자 그의 집으로 달려갔다. 그가 아무리 나를 사랑하지 않는다지만 내 집에서 그럴 수는 없다는 생각. 그것이 나를 극도로 흥분시켰다.

그것으로 끝이 났다면 차라리 나았을까. 가슴이 뛰기 시작한다. 나는 화장대 위의 약을 얼른 삼키고 물을 집어넣는다.

사흘 전 그의 욕설 섞인 거친 말을 숨죽여 듣다가 뚝 끊겨버린 전화선 너머의 무서운 침묵의 참담함에 눌려 나는 또다시 기절할 뻔했다. 다행히 상비약은 있었다. 별 도움이 되지 않으리란 걸 알면서도 나는 약을 삼킨다.

그때, 연우의 집에 간 건 어쩔 수 없는 일이었다. 나 자신을 제어하기 힘든 어떤 분노가 내 발을 잡아당겼다. 마실 줄 모르는 술을 연우에게 달라고 할 만큼 그것은 나를 대담하게 만들었다. 그런 나를 연우가 빤히 바라보았다. 어? 이 여자가 왜 이래? 하는 그런 눈. 내 마음속에 냉소가 찾아들었다. 저 눈에 조금이라도 나를 걱정하는 빛이 서려 있다면 나는 지금 하려던 말을 중지할 것이다. 저 눈에 먼지만큼이라도 나를 사랑하는 빛이 보인다면 나는 그냥 웃고 말 것이다. 그러나 그의 눈은 여전히 나를 경멸하고 있었다. 그래? 뭔지 해봐라, 라는 듯이.

나는 자꾸 술을 들이켰다. 그리고 취했고 마침내 말했다.

당신과 그 어린 일본 여자가 내 집에서 그 짓을 했어요.

그의 깜짝 놀라는 얼굴을 보고 나는 덤볐다. 자, 빨리 고백해.

한 번도 그에게 대어든 적이 없는 여자가 눈을 크게 뜨고 말하니 기가 막혔을까.

너 미쳤니? 지금 무슨 소리를 하는 거야.

내겐 연우의 말이 귀에 들어오지 않았다. 술의 힘은 매우 컸으나 끝은 참담이었다.

당신 나를 뭘로 보느냐, 나는 순간순간을 당신을 위해 보내는 사람인데 나를 짓밟았어. 나는 당신을 위해, 일어나는 순간부터 자리에 드는 순간까지 기도한다. 당신이 밥을 먹지 않았다고 하면 나도 밥을 못 먹어. 당신을 위해 비단팬티를 사고, 보약을 지으면서 행복을 느껴. 근데 당신은 그 젊은 일본 여자와 내 집에서 보란 듯이 잔거야. 인간이 어떻게 그럴 수 있어. 당신이 필요하다고 하면 없는 물건도 찾아냈어. 근데…… 그런데…….

탁!

연우의 손이 내 얼굴을 때렸다.

나는 그 순간 토하기 시작했다. 거실 한쪽에 울컥 토하다가 화장실로 밀어넣는 연우의 손에 끌려 화장실의 변기에 꾸역꾸역 토했다. 그런 다음 나는 정신을 잃었다. 두런두런 하는 연우의 중얼거림을 들으며 그가 눕히는 대로 누워 쓰러졌다.

머리가 깨어질 듯 아프고 끊임없이 무슨 냄새가 나서 눈을 뜨려는데 누군가 몸을 흔들었다. 연우였다.

일어나서 가.

연우는 나를 내려다보며 낮은 소리로 내뱉었다.

너 때문에 한숨도 못 잤다. 빨리 가. 앞으로 절대로 나 볼 생각 하지 마.

나는 눈을 뜨고 멍하니 누워 있었다.

빨리 일어나서 꺼져.

나는 있는 힘을 다해 일어났다. 입술이 마르고 냄새가 났다. 내가 무어라 말하려 하자 연우가 눈을 부릅뜨며 소리쳤다.

시끄러! 가기나 해. 밀어내기 전에. 그리고 확실히 하자. 나는 거기서 그 여자와 섹스한 적 없어.

나는 문 앞으로 밀려났다. 새벽의 어둠 속으로.

끔찍하다. 끔찍하다.

나는 심장을 손바닥으로 타닥타닥 두드렸다.

그 새벽에 나는 귀신처럼 휘청거렸다. 무엇이 나를 이렇게 추락시키는가. 그에 대한 사랑이, 그에 대한 욕망이……

나는 그의 말을 믿지 않는다. 그러나 또한 믿는다. 믿지 않으면 그를 죽일 수밖에 없으니까. 지금까지 그래왔다. 그의 모든 것을 믿는다. 그의 거짓까지도.

나는 그날 새벽, 귀신처럼 어둠 속을 걸어 지나가는 택시에 손을 들고 숨죽인 채 이층방으로 기어들어 가면서 참담의 극을 경험했다. 끔찍했다. 나의 존재가.

그의 앞에 서면 나란 존재하지 않는다. 나는 그의 몸을 닦고 그를 위해 밥을 짓고 그를 위해 시디를 고르며 그를 기다린다. 그가 나를 사랑해주기를 기다린다. 그러나 그는 나를 사랑하지 않는다. 그는 나를 조롱하고, 퉁명스럽게 조종한다.

그런데 왜 나는 그를 기다리는가.

나는 이층방이 지옥 같다고 생각했다. 그는 이곳에 와서 모든 걸 누린다. 욕정을 품고 갖고 싶은 걸 가지며 내가 주는 걸 받는다. 그러고도 투정을 하다 날 버리고 간다.

그러나. 그러나.

걸레처럼 구겨진 채 잠이 들었다가 늦잠을 잤고, 그 다음날 정화가 깨워 일어났을 때 확연히 나는 깨달았다. 내가 그의 종이라는 걸.

나는 어떻게 그에게 빌어야 하나 생각하기 시작했다. 손님들과 얘기하면서도, 다도 강의를 나가서도, 차마실회를 열면서도 나는 오로지 그 생각에 매달렸다. 그리고 아팠다. 나는 병원을 찾아가야 했다. 마치 쓰러질 것처럼 힘이 없고 어지러웠다.

안정을 취하고 쉬세요.

나는 의사의 말대로 집 안에 푹 박혔다.

나는 강의만 나가고 일체 외출을 삼갔다. 일반 다도 강좌는 다른 선생을 불렀고 차마실회의 사범교육은 쉬어버렸다. 연수와 유정 등이 드나들며 나를 챙겨주었다.

두 주가 지나면서 나는 정신을 차렸다. 시월이 거의 갈 무렵이었다. 밤 아홉 시 가게 문을 닫고 정화를 보낸 후 곧 전화를 넣었다.

저예요.

전화가 뚝 끊겼다. 나는 다시 번호를 꼬박꼬박 눌렀다.

죄송해요. 용서해줘요. 다신 안 그럴…….

다시 전화가 끊겼다. 나는 다시 번호를 눌렀다.

제발 전화 끊지 마세요. 다신 안 그럴게요. 용서해줘요.

이번엔 전화가 끊기진 않았다. 그러나 대답이 없었다.

전하……. 제가 정말 잘못했어요. 당신한테 드릴 것도 있는데…….

필요 없어. 너나 가져.

그러지 마시고 내일 저녁, 제가 밥 준비해 놓을게요.

나는 눈물을 뚝뚝 떨어뜨리며 울먹였다.

넌 도대체 어떤 애가…… 나이가 몇인데 그렇게 행동을 해. 그리고 또 뭐야. 지금 우는 거야? 나 참.

내일 오실 거죠?

안 가. 가고 싶은 맘 없어.

이렇게 빌게요. 앞으로는 그런 일 없을 거예요. 내일 당신 기다리고 있을게요.

안 간다니까. 당분간 나 만날 생각하지 마.

전하, 부탁이에요. 사랑해요. 몇 주 동안 잠도 못 자고 아팠어요. 한 번만 들어주세요.

내 울음소리가 그의 맘을 움직였을까. 잠시 대답이 없었다.

알았어. 내일 가면 가고 안 가면 그런 줄 알아.

사랑해요.

나는 속삭이듯 말하고 전화를 끊었다.

나는 그날 밤 잠을 이루지 못했다. 아아, 사랑은 얼마나 힘이 드는가. 혼신을 다 해도 늘 허무하기만 하고, 임은 내 손에 없다. 그를 잡기 위해 나는 안간힘 한다.

나는 밤새도록 그가 내일 오지 않을지도 모른다는 생각에 시달리며 뜬눈으로 밤을 새웠다. 그러나 아무튼 나는 마트에 가서 저녁준비에 쓸 부식을 사고 돌아와서 오랜 시간 반찬을 만들었다. 정화는 내가 그를 상전으로 모시고 있음을 알고 있었다. 정화는 조카였지만 모든 나를 알고 있는 사람들이 그러하듯 나를 다루 원장님으로 대해주었다. 둘이 있을 때만 고모라고 불렀고 차회 회원이나 손님들이 있을 땐 깍듯이 원장님으로 불렀다.

정화가 연우와의 관계를 묵시적으로 존중하는 것이 참으로 고마울 때도 있었다. 연우는 차마실회 처녀들 사이에도 알려져 있지만 나와 사회적인 친한 친구 정도로만 통했다. 그러나 연수는 늘 내 곁에 붙어 있다시피 다락방을 드나드는 애여서 연우와 나의 관계를 알고 있었다. 연수와 셋이서 저녁을 먹는 경우도 있었으므로 그런 때 자연스럽게 당신이란 말이 나오곤 했다.

나는 연수를 신경 쓰지 않았다. 나 또한 연수의 남자를 알고 있었으므로 정화처럼 그 애도 나를 지켜주었다.

다른 사람 있는 데서 당신, 당신 하지 마.

연우는 무척 화를 냈다. 그러나 나는 나도 모르게 당신, 이란 말을 다시 쓰곤 했다.

나는 정화에게 여섯 시 이후에 아무도 안에 들어오지 못하게 일러놓고 음식준비를 마쳤다. 나는 이층방에서 연우의 전화를 기다렸다. 그러나 전화는 오지 않았다. 나는 옷을 갈아입고 일곱 시까지 방바닥에 앉아 꼼짝도 하지 않았다. 여덟 시……. 나는 전화를 걸었다.

저예요.

왜?

퉁명스런…….

가슴이 무너져 내렸다. 간신히 나는 말했다.

저…… 저녁준비 해놓고 기다리고 있는데…… 안 오세요?

못 가. 이미 저녁은 먹었어. 안 간다고 했잖아. 혼자 맘대로 그러지 마.

저 기다리고 있었어요. 늦게라도…… 오시면 좋겠어요.

혼자 다 먹어.

못 먹어요.

왜 자꾸 이래. 끊어.

나는 방바닥에 널브러졌다.

나는 다시 아프기 시작했다. 아무도 내가 아픈 이유를 알지 못했다. 나는 계속 강사를 썼고 사범교육은 뒤로 미루어졌다.

다시 이 주가 지났다. 저녁때면 나는 그에게 전화를 걸었다.

저예요. 저녁 드셨어요? 안 드셨으면 기다리고 있을게요.

이틀에 한 번씩 나는 전화를 넣었다. 그러나 아직도 그는 무섭게 무뚝뚝했다.

저…… 오늘은 꼭 같이 있고 싶어요.

왜? 누구 맘대로? 난 아직도 니가 끔찍해.

사실은 제 생일이에요. 오늘만이라도……

……

꼭 오실 거죠?

생각해보고 전화할게. 한 가지 약속을 해. 한 번만 더 그러면 그땐 정말 끝이야.

명심할게요. 전하. 당신 사랑해요.

십일월 둘째 주. 금요일의 오후 다섯 시. 나는 그날 전화를 끊고 오랫동안 흐느껴 울었다. 낮에 차마실회 처녀들이 케이크를 갖고 와 생일잔치를 열어주었고 점심을 만들어 먹었다. 나는 계속 아팠고 견딜 수 없이 외로웠다.

미초회 회원 몇이 저녁을 산다는 걸 거절하고 나는 연우에게 전화를 걸기 위해 목욕을 하고, 옷을 갈아입고, 두 시간쯤 누워 안정을 한 다음 약을 먹었고, 다섯 시에 전화를 걸었다.

기다려. 전화할 테니까.

나는 연우에게서 전화가 올 때까지 누워서 잤다. 전화는 여섯 시와 일곱 시 사이에 왔다.

　일곱 시 삼십 분에 나와. 저녁이나 같이 하게.

　고마워요. 전하. 황공하옵니다.

　거기 어디지? 그 한정식 잘하는데?

　예찬이요.

　그래. 거기서 기다려.

　알겠사옵니다. 전하.

　이제 됐다. 나는 재빠르게 외출 준비를 하고 정화에게 내려갔다.

　저녁 먹어라.

　고모, 이제 괜찮으세요? 아까보단 좋아 보이는데…….

　그래. 괜찮아. 나 나갈 거거든.

　저녁 먹을게요.

　나는 정화가 저녁을 먹는 동안 다루에 앉아 있다가 예찬을 향해 걸어갔다. 예찬은 걸어서 오 분 거리에 있었다.

　그렇게 나는 간신히 그를 다시 만났다. 나는 일본 여자 이야기는 입도 뻥긋 하지 않았고, 그는 무뚝뚝했다. 하지만 나는 그가 나를 버리지 않으리라는 사실을 알았다. 그리고 그는 다시 나에게 왔다. 나머지는 충분히 기다릴 수 있었다. 그렇게 십일월이 가고 있었다.

　나는 한숨을 푹 쉰다. 이번에는 정말 쉽지 않을 것 같구나. 그는 정말 화가 많이 났어. 나는 그에게 어떻게 해야 할지 암담하다. 그는 이제 정말로 돌아오지 않을 것 같아.

　나는 물건들이 팔리기 전에 괜찮은 자기 몇 점을 골라 놓을 생각으로 아래로 내려갔다. 채만규 씨는 보이지 않았고, 조수들만 남아 있다. 그들은 가격표를 붙이느라 바쁘다. 나는 연우를 위해 소품 몇 개와 길쭉한 도자기 목걸이 한 개를 고른다. 언제든 그가 오면 주리라.

나는 채만규 씨의 조수들과 점심을 같이 시켜먹고 그릇을 들고 올라왔다. '그릇을 들고 찾아가 볼까? 아직은 안 돼.' 나는 그릇을 거실 다탁 위에 올려 놓고 목걸이는 벽에 걸었다. 그리고 그릇들을 쓰다듬으며 앉아 있었다.

그때, 그러니까 뜻하지 않은 어느 날이었다. 나는 연우에게 전화 거는 일을 삼가며 매우 조신하게 기다리고 있었다. 마음을 비우려고 애쓰며 그가 전화하기를 기다렸다. 간신히 가라앉힌 연우의 마음을 건드리지 않기 위해서 나의 고통은 저 밑으로 꾹꾹 눌러졌다.

두 주 정도 소식이 없던 어느 날이었다. 갑자기 전화가 왔다.

우리집으로 잠깐 와.

나는 깜짝 놀랐다. 내가 간다고 하면 마지못해 승낙하던 사람이 오라는 소리를 하는 건 믿지 못할 말이었다. 나는 다락방에 모여 있던 사람들을 부랴부랴 내보내고 연우에게 달려갔다.

니 말이 맞아. 일본 여자 말이야.

……?

이제 끝났다. 방금 끝났어. 시원하니?

나는 아무런 대꾸도 하지 않았다. 연우는 괴로워하는 것 같지도 않았다. 나 또한 시원하지 않았다. 내가 막을 수 없는 땅에서 일어난 일이었다. 질투심에 불탔지만 감히 말조차 꺼내지 못했던. 그가 스스로 얘기를 하는 건 이제 끝났기 때문이다. 아무런 일도 일어나지 않는다는 걸 보여주고 싶어서? 너의 짐작이 맞았노라는 인정의 의미와 미안함도 들어 있을 것이다.

나는 연우의 다기로 차를 만들어 참으로 모처럼 나란히 앉아서 평화롭게 차를 마셨다. 연우는 웬일인지 다정했다. 일본 여자와의 이별 때문에 힘이 없는 걸 내가 착각했는지도 모른다. 평소의 퉁명스러움이 그날만은 없었다. 오히려 나는 조심스러웠다. 나는 말을 삼갔고 가능하면 차만 마셨다.

이제 가.

너무 차분해서 차갑게까지 느껴지는 목소리. 퉁명스럽기는 해도 차가움은 없는 남자였다. 나는 그 찬 목소리에서 그가 약간은 아파하고 있다는 것을 느꼈다. 시간이 필요하겠지.

나는 잠시 일본녀에 대한 열등감에 사로잡혔다. 그녀의 젊음과 외모와 재능에 대해. 나는 뭔가. 나는 그의 여자로서 아픔의 대상이 되지 못하는가. 그에게. 그에게 여자이기나 한가. 그러나 나는 말없이 그의 집을 나왔다. 그가 가라면 가야 한다. 그의 품에 안겨서 자고 싶은 충동을 없는 척하고.

집에 돌아와 나는 침대에 기대고 앉아 엉엉 울었다. 그가 나를 존재케 한다. 나 혼자서는 자신의 존재를 알지 못한다. 그가 나를 지배한다.

한동안 연우에게서 전화가 없었다. 나는 날마다 전화를 넣어 안부를 물었다.

왜?

날씨가 쌀쌀해요. 집에 잘 들어갔는지 궁금해서.

자기 걱정이나 해.

식사는 하셨어요?

먹었어.

그러면서 연우와의 관계는 회복이 된 듯 싶었다. 연우는 나와 한두 번 저녁을 먹고 이층방에 올라가서 차를 마셨고, 섹스를 했다. 옛날처럼.

그러던 어느 날이었다. 십일월이 중순에 접어들 무렵 꽤 쌀쌀해진 토요일 아침이었다.

빨리 와봐.

다 죽어가는 목소리였다.

왜 그러세요. 아파요?

그래. 나 죽겠다.

알았어요. 지금 갈게요.

나는 만사를 제쳐놓고 연우에게 달려가기 위해 정신없이 옷을 입고 정화의 자동차를 몰았다.

男

전화벨이 울린다.

강의가 약간 늦게 끝나서 막 의자에 앉으려던 찰나였다.

여보세요?

저예요.

전화하지 말랬잖아.

죄송해요. 도자기 몇 점 구해왔는데 한번 들르시라고…….

너 미쳤냐.

오늘 시간 없으시면 내일…….

도대체 생각이 있는 여자야? 이제 꼴도 보기 싫다구. 알아들었어?

그는 성화가 무참해할 것을 생각하면서 전화기를 탁, 하고 놓아버렸다. 성화의 흐느낌 소리가 들려오는 것 같다.

'그러나 그렇게 해야 해. 그래야 정신을 차리지.'

머리가 돌아버릴 것 같았다. 아이들 말로 기분이 무척 꿀꿀했다. 도대체 이 여자를 어떻게 해야 할 건지.

그는 의자에 가부좌를 하고 앉아 눈을 감는다. 아내는 이를 갈면서 눈물을 닦고 있을까. 아니면 드러누워서 체념하고 있을까. 드러누울 여자는 아니다. 밤잠은 못 자겠지만 일을 열심히 하고 있을 것이다. 게으름 피우는 성격이 아니었다. 차라리 게으름도 좀 있고 느슨한 여자였다면 그렇게 힘들지 않았으리라.

한심한 놈. 그는 자신을 질타했다. 다 버려야 할 것들. 마음이 가라앉기도 전에 전화벨이 따르릉 울린다. 이번엔 또 뭐야. 그는 신경이 곤두서는 걸 누르느라 한참 지나서야 전화를 받았다.

선배님, 왜 전화를 그렇게 늦게 받으세요?

희영이 건 전화다. 그제서야 아까 네 시에 나가자고 한 말이 생각났다.

아, 뭐 좀 생각하느라고.

지금 나오세요. 밑에 와 있어요.

알았어.

눈을 감고 앉아 있는 사이 시간이 훌쩍 지나가 버렸지만 마음은 가라앉지 않았다. 연구실 밖으로 나가 희영의 차에 올라탄다.

어디로 갈까. 잘 아는데 있어요?

몰라. 아무데나 가.

그는 눈을 감아버린다.

알았어요.

잠이 들었을까. 선배님, 하고 부르는 소리에 눈을 떠보니 희영이 바짝 얼굴을 대고 그를 바라보고 있다.

아이쿠, 어디야?

강가에 왔어요.

몇 신데?

이제 겨우 다섯 시.

그럼 차나 한잔 해야겠군.

그래요.

차에서 내리니 눈앞에 '리버 사이드'라는 간판이 보인다. 라벤더향일까. 희영이 부쩍 가까이 다가와 있었다. 그는 희영의 머리를 쓰다듬었다.

고마워. 나를 위해 여기까지 달려와 주고.

고맙긴. 나도 때로 같이 놀 사람이 필요할 뿐이에요.

그뿐이야?

솔직히 말해요? 선배님 좋아하니까 그렇지. 같이 있으면 즐거우니까.

그럼 한번 놀아볼까?

그래요.

그런데 뭘 하고 노나?

그는 찜찜하고 칙칙한 기분 때문에 어디론가 달아나고 싶었다. 희영과 어디로? 그는 고개를 내젓는다. 가을강이 어두웠다.

이렇게 해요. 차 마시고 저녁 먹고 강가를 산책하다가 밤이 깊으면 돌아가요.

너무 평범해.

하지만 별다른 게 있어야지.

그렇군.

희영과 늘상 저녁을 먹곤 했으므로 강가에 나왔다고 했지만 코스는 다른 날과 다를 게 없다.

밤의 강가를 거닌다는 게 설레지 않아요?

글쎄. 나도 오랜만이긴 한데……사실 이런 데이트는 몇 년 만인 것 같은데? 생각해보니. 강가에 나와 본 기억이 없어. 아주 오래전에 연애할 때 외에는.

사모님과?

아니야. 결혼하고도 딴 짓을 많이 했거든. 그때 한 처녀애와 일 년 가까이 연애를 했는데 그때 밖으로 많이 싸돌아다닌 것 같아. 연극 말고는 하는 일이 없어서 늘 놀았거든.

늘 여자가 있었어요?

늘 여자들이 다가왔어.

선배가 아니고?

맞아. 난 늘 가만히 있었는데 여자들이 다가와.

여자를 좋아하잖아. 나 빼고.

그렇긴 해. 하지만 맹세컨대 내가 먼저 가진 않아.

그게 그거죠.

그런가? 지금은 피곤해. 특히 그 여자 때문에 아주 지쳐버린 느낌이야. 그러니 여자 이야긴 그만 해.

알았어요. 강 이야기 하다가 나온 거지.

그는 새로운 뭔가 신선한 어떤 것을 그린다. 성화의 끈끈한 그물에서 멀어지고 싶었다.

우리 밥이나 먹지.

조금 이르지 않나?

그냥 먹자. 차 여기 놓고 옆에 아무데나 가서 먹기. 오케이?

그래요.

바로 옆에 카우보이라는 양식집이 보였다. 그는 희영의 손을 잡고 그곳으로 들어간다. 희영의 손을 잡아보긴 처음이었다. 그저 악수하는 정도는 있었지만. 희영이 힐끔 그의 얼굴을 쳐다보았지만 아무런 말도 하지 않았다.

그는 희영과 스테이크를 시켜 말없이 먹는다.

내가 고맙다는 말을 했던가?

무슨 뜻이에요?

몇 년 됐지? 희영이 차를 탄 지. 언젠가 꼭 원수 갚을게.

괜찮아요. 어차피 나도 가고 오는 길이고, 밥 맨날 사주잖아요. 그럼 된 거지. 나 그렇잖으면 늘 혼자 저녁 먹어야 되는데.

그래도 고맙지.

괜찮대도. 나 여자로 안 보는 거만 빼면 다 괜찮아요.

내가 희영일 여자로 보면 차 못 얻어 타지. 소중한 후배로 있는 게 더 낫지 않을까?

글쎄요…….

그는 희영의 얼굴에 스쳐가는 외로움을 놓치지 않는다. 그러나 여태 몇 년간 지켜온 희영과의 사이에 소리 없이 존재했던 룰을 버리고 싶진 않다. 그것이 몇 년 동안이나 그녀와 같이 차를 탈 수 있는 변함없는 우정을 갖게 해준 까닭에.

그러나 오늘 밤은 알 수 없는 밤이었다. 그는 무척 자신을 깨버리고 싶은 자괴감에 시달린다. 그는 자신의 행동이 어떻게 나올지 알 수 없었다. 지금 이런 심정이라는 것을 안다면 희영이 자신을 피해야 옳다. 그러나 희영은 그에게 가까이 오려고 애쓰고 있지 않은가?

강이 어두운 색을 띠기 시작했다. 그는 희영과 강가를 거닌다. 음식점과 찻집의 불빛 때문에 강가는 어둡지 않았다. 비릿한 물 내음이 났다. 찰박찰박 부딪는 물소리도 났다.

기분이 좀 나아지는군.

이제 고맙다고 하세요.

고마워.

그는 희영의 기대어 오는 어깨를 비키지 않는다. 속으로는 어, 어, 왜 이래, 하는 소리가 났지만. 가을 냄새가 물 냄새보다 진하게 났다.

선배님……

희영이 갑자기 몸을 밀착해 온다.

이번에는 어? 왜 이래? 하는 소리가 입 밖으로 나왔다. 그가 최소한 지키려 하는 룰을 희영이 부수고 있는 중이었다. 희영의 입술이 다가 왔다. 그는 희영을 밀쳐내지 못한다. 또 다른 룰이 그를 희영의 여자에 게 적용하도록 부추겼다. 그는 희영의 머리를 밀쳐내는 대신 안아버린다.

이러지 마. 희영일 안으면 나같이 근무 못해. 알아?

그 정도까지 바라진 않아요. 그냥 키스해요.

희영이 얼굴을 어깨에서 떼고 그의 입에 살짝 입술을 댄다. 그는 참 오랜만이라는 생각이 들었다. 작년 미야와의 만남 이후 여자와 키스해 본 적이 없었다. 성화와는 키스 같은 건 하지 않는다.

아, 미야.

문득 미야 생각이 났다. 그는 희영의 입술을 받아들인다.

우음―.

희영이 소리를 냈다.

그는 얼른 희영의 몸을 떼어놓는다.

가자.

왜, 좋은데.

희영이 찰싹 달라붙었다.

나 작년부터 혼자였다는 거 알아요? 나도 여잔데 남자 생각 안 하겠어요? 오늘 너무 좋아요.

나도 작년 가을부터 혼자야.

선배님은 그 여자분 있잖아요.

그 여자는 여자로 안 쳐.

한 가지 조건을 제시할게요. 오늘 보니까 뭐 어려울 것도 없겠어요. 선배님 나한테 고맙다고 했죠? 때때로 제 남자가 되 주심 안 될까? 물론 구속력은 없는 거고.

어느 정도까지?

대중없어요. 제가 연애 경험이 별로 없어서 요구 사항의 강도는 깊지 않을 겁니다. 그저 이 정도? 어때요?

겁나지 않아? 소문 나면 곤란해.

차 같이 타고 다니는 건 다 아는 사실인데 뭘.

그거야…… 좋아. 때때로 밖으로 나오자구. 됐어?

지금은…… 좋아요. 하지만 제가 선배님, 오늘 같이 자고 싶어요, 한다면 어쩔래요?

사양해야지. 나의 룰을 부수지 마. 나 여자 좋아하긴 하지만 희영인 내 룰 안에 있어. 알지? 그걸 지키자구.

선배님답지 않아. 이상해요. 나를 여자로 보지 않는다는 게.

그게 아냐. 이제 막 여자로 보이려고 해. 하지만 그것만은 지키자는 거지.

알았어요.

그는 희영이 안쓰러워 손을 꼭 잡아준다. 말은 그렇게 하면서도 그의 속에서 무언가 꿈틀대는 걸 느꼈다.

이렇게 하자. 우리집에 가서 차 한잔 하고 돌아가. 지금 가자.

그럴까요?

좋은 후배를 놓칠 수도 있다. 그러나 그는 저울질 같은 건 하지 않는다. 집까지 달리는 동안 둘 다 말이 없었다. 그릇을 달그락거리며 차를 만드는 동안에도 말이 없었다.

희영은 말없이 자기 집인 듯 시디를 시디플레이어에 건다. 요란한 라틴 춤곡이었다. 제자가 사다준 리키마틴. 희영이 그를 향해 싱긋 웃는다. 그는 그릇을 식탁에 놓고 희영에게 가 엉성하게 머랭게를 추었다. 세 개의 곡이 끝날 때까지 춤을 추다가 그가 먼저 지쳐 주저앉았고 희영은 혼자 몸을 흔들었다.

이리와. 이제 차 마시자.

다시 또 침묵이 흘렀다. 차 마시는 소리가 흐릅, 흐릅 하고 났다.

이제 갈게요. 샤워하고 자야겠어. 내일 봬요.

그래. 잘 가.

아, 간신히 룰을 지켰다는 안도감에 웃음이 터져 나왔다. 그는 땀을 닦아내고 옷을 벗는다.

희영이 마지막 보루처럼 느껴지는 것. 희영이 마치 그의 도덕심을 건드려보듯 오늘 밤 갑작스레 밀고 들어왔다. 샤워를 하면서 오늘 밤 희영이 게임을 건 것이라고 결론지었다. 자신도 모르게 그녀의 게임에 걸려든 것이라고. 마음이 편치가 않다. 그는 희영에게 핸드폰을 넣는다.

들어갔나? 나야. 우리 선후배 맞아? 선배 대접 잘 못하면 상대 안 할 거야. 무슨 말인지 알지?

선배님, 신경 쓰여요? 걱정 마요. 오늘 이상의 트릭은 안 쓸 테니까. 나는 기분 좋은데.

그럼 됐어. 낼 봐.

238

네. 잘 주무세요.

女

나는 운다. 이제 더 이상 돌이킬 수 없다.

나는 그릇들을 움켜쥔다. 그릇들은 깨질 듯하지만 강하다. 흙이란 강한 것이다. 깨지는 것은 사람, 사람의 관계……일 뿐.

그러나 연우는 나를 버릴 수 없다. 나는 안다. 나는 그를 놓지 않을 것이다. 그러므로 그는 나를 버리지 않는다. 그는 다시 내게로 올 것이고…….

나는 열 수 없는 문에 아른거리는 나무그림자를 본다. 나뭇잎은 아직 많이 달려 있다. 노란 잎들이 살랑거린다. 오후 햇살이 기울고 있었다. 갑자기 무엇인가가 바짝, 하고 뇌리를 스쳐갔다.

가끔 가는 포교원에서 행사가 열린다. 나는 사흘 뒤 회의에 참석해서 어떤 답을 해야 하는 입장이었다. 차마실회 애들을 데리고 다도시연 공연을 하기로 되어 있고, 신도들과 함께 하는 연극에도 참여하게 되어 있었다. 그 연극을 지도할 사람을 바로 내가 추천해야만 하고 사흘 후 회의에서 발표할 예정이었다.

큰일났네.

나는 벽에 부딪쳐 머리를 찧고 싶은 심정이었다. 연우에게 얘기해야 되는데 어떻게 하나. 연극 연습 시간은 열흘밖에 없다. 시연회 첫 연습은 내일 오후에 할 예정이었다.

나는 정화에게 차마실회 애들에게 연락하라고 일러놓고 이층으로 올라왔다. 저녁엔 미초회 회원 몇 명과 저녁 약속이 있었다. 나는 한복을 꺼내놓고 외출준비를 한다. 머릿속엔 온통 연우를 어떻게 만나나 하는 생각뿐 오늘 만날 미초회 남자들 따위는 안중에도 없었다.

나는 벽에 걸어두었던 도자기 목걸이를 한지로 싸서 핸드백에 집어넣는다. 그리고 천천히 거울 앞에 앉았다. 불현듯 그날이 생각나서 가슴이 뜨거워졌다.

그러니까 그는 그때 무척 아팠다. 그가 전화를 했었다. 다 죽어가는 목소리로.

이봐. 빨리 좀 와봐. 나 죽어.

나는 깜짝 놀라서 전화기를 들고 멍하니 서 있다가 황급히 대답했다.

네? 네. 알았어요. 지금 갈게요. 조금만 기다리세요.

정화의 차를 몰고 정신없이 달려갔을 때 그는 문을 열어주고는 곧장 거실 바닥에 드러누워 버렸다. 거실에 요가 깔려 있는 걸 보니 그곳에서 잔 것 같았다. 긴 머리는 정돈되지 않았고 어딘가 무척 아파보였다.

당신 어디 아파요? 연우 씨…….

그는 눈을 감았다가 뜨고는 다시 감아버렸다.

병원에 가야 할 것 같은데…… 어젯밤 갑자기 어깨와 팔이 우두둑하더니 무지 아파.

그럼 병원에 가야지. 옷 어떻게? 그냥 갈래요?

거기 가봐. 재킷 아무거나 갖고 와. 걸치고 가게.

나는 연우에게 옷을 입히고 머리를 묶어준 다음 엘리베이터를 탔다. 연우는 무척 아파보였다.

어쩌다…….

운동한다고 팔을 돌리는데 갑자기 뼈가 우두둑하는 소리가 나더니 어깨에서 왼팔 쪽으로 짜르르 통증이 오는 거야. 너무 심하게 했나봐.

연우가 기어들어가는 소리로 말했다.

어떡해. 아파서…….

차를 타고 병원으로 가는 동안 연우는 눈을 감고 끙끙 앓았다. 나는 의자를 뒤로 젖혀주고 가까운 통증클리닉으로 갔다. 의사는 어깨 부위의 신경이 부풀어 올랐다고 말했다. 전문용어로 견골 무어라 말을 했는데 나로서는 알아듣기 힘든 말이었다. 연우는 긴장하고 있다가 얼굴을 잔뜩 찡그리고 엎드려 물리치료와 전기자극치료를 받았다.

치료는 한 시간이 지나서야 끝났다. 옆에서 기다리기에는 긴 시간이었다. 그러나 연우의 아픈 모습을 바라보며 나는 내가 대신 아팠으면 하고 생각하고 있었다. 그걸 알기나 하는 것일까. 연우는 간간이 눈을 뜨고 나를 바라보고는 눈을 감고 하다가 문득 신경질을 내기도 했다. 아픈 것이 마치 내 탓인 것처럼.

나는 그것마저도 행복했다. 연우가 아팠을 때 내게 전화를 했고 나를 필요로 했다는 거, 그리고 지금 내가 옆에 있어줘야 된다는 거, 바로 그것이 내가 바라는 거였다.

연우가 핫팩을 대고 누워 눈을 감고 있다가 잠이 들었는지 가볍게 코를 골았다. 나는 아무렇게나 묶인 연우의 머리카락을 가만히 쓰다듬었다. 저렇게 하루 사이에 변해버릴 수 있을까 싶게 연우는 얼굴이 수척했다.

의사는 한 달쯤 치료를 해야 될 거라고 말했다. 차를 타고 연우의 집으로 달리면서 옆을 바라보니 연우는 눈을 감고 있었다.

저, 당신 아픈 동안 우리집에 와서 계시면 어떨까요?

들었는지 어쨌는지 연우는 대답이 없었다.

일주일 정도만 와서 계세요. 찜질하고 병원 오가고 하려면 누가 있어야 되잖아요. 그러려면 우리집이 편하지 않을까 해서.

쓸데없는 소리 하지 마. 내일 일요일이니까 그때까지만 좀 옆에 있어주어. 월요일엔 좀 낫겠지. 열흘 후엔 종강이야.

더 고집하면 화를 낼 것이다. 누군가에게 종속되기를 싫어하는 사람. 아파도 내 말을 듣지 않을 사람. 나는 이층방에서 며칠 밤을 같이 보낼 은밀한 꿈이 깨어지는 것이 슬펐다. 무참하진 않았다. 적어도 그가 아픈 동안은 나의 보살핌을 받아야 하고 나는 그의 옆에 있을 수 있다.

연우는 다시 거실의 요 위에 누웠다. 나는 그가 편한 운동복 바지로 갈아입는 걸 도왔다 점심을 배달시켜서 연우의 입에 볶음밥을 떠 넣어주기도 했다. 아픈 팔은 왼팔이었지만 연우는 온몸 전체가 아픈 사람처럼 몰골이 형편없었다.

나 웃기지?

연우가 밥을 먹고 바닥에 누우면서 물었다. 나는 고개를 내저었다. 눈물이 핑 돌았다.

당신이 아프니 행복하다고 하면 어쩌실래요? 이렇게 아파 누워 있을 때나 옆에 있게 되니까……. 당신은 아파서 힘들겠지만 나는 좋은 걸요.

참, 남은 아파 죽겠는데 행복하다는 여자 첨 봤어.

하지만 진짜는 마음이 아파요. 차라리 내가 아팠음 좋겠어. 반면에 또 당신이 오래 아팠으면 싶기도 하고.

별 여자야. 그렇게 내가 좋아? 이렇게 보기 싫은 꼴을 봐도?

그럼요. 당신이 아파서 꼼짝없이 내 옆에만 있으면 좋겠어요. 하지만 그러면 안 되고…….

나는 연우의 옆에 허리를 안고 누웠다.

저리 가. 아파. 약이나 주어. 어젯밤 한숨도 못 자서 자고 싶어. 아이고오…… 죽겠다.

나는 연우를 일으켜 약과 물을 입에 넣어주고 다시 눕는 걸 도왔다. 구겨진 운동복 하의와 검은 티셔츠. 연우의 살 냄새가 났다. 나는 연우 모르게 옷 위를 살짝 쓰다듬었다.

나 잠들 동안 안마나 좀 해라. 그리고 오늘은 여기서 자. 니 소원대로.

정말?

나는 소리나게 연우의 볼에 입을 맞췄다. 연우는 눈을 살짝 찡그렸을 뿐 아무 말도 하지 않았다. 그러거나 말거나 나는 기분이 좋아서 연우의 아픈 팔을 주무르기 시작했다.

나는 엷게 화장을 한다. 가슴의 통증을 감추기 위해서. 동그란 얼굴에 수심이 보인다. 나는 내가 스스로 판 구덩이에서 흙에 파묻혀 있는 것만 같다. 공기가 희박한, 그래서 숨을 할딱이며 하염없이 눈물만 흘리고 있는.

미초회 회원 중 나를 좋아하는 남자가 없는 것은 아니다. 그들 중 몇은 꽤 사회적인 명망을 얻고 있는 사람들이었다. 은근히 가끔씩 내 의중을 떠보는 듯한 발언들을 했으나 나는 항상 농담으로 치부해 버렸다.

그들은 나를 정말 보살처럼 생각한다. 연우가 말하는 우스꽝스런 그런 의미가 아니라. 오늘 그들이 나를 초대했고 나는 늘 그랬던 것처럼 기꺼이 그들의 초대에 응한다.

가을이 깊어가고 있었다. 나는 창문에 어른대는 은행잎들이 오래 버티기를 바란다. 그들의 파득거리는 모습을 보면 마치 나를 보는 것 같았다.

나는 내 둥근 배와 굵은 다리를 내려다본다. 그, 연우가 싫어하는 내 몸뚱아리를. 나는 연우 앞에서 쉴새없이 파득거리고 있다. 연우의 입김과 연우의 손짓, 연우의 눈빛에 의해.

걱정이 앞섰다. 어떡해야 하나. 사흘 뒤 연우가 신도들의 연극 지도를 해주기로 했다고 발표해야만 되는데. 나는 한지로 싼 목걸이를 다시 한번 쓰다듬어 본다. 그리곤 핸드백에 다시 집어넣었다.

그래. 오늘 가지 않으면 안 돼. 가서 무조건 빌자.

나는 입술을 깨물고 이층 계단을 내려간다. 그가 다시 아프기라도 했으면…… 그러면 참 쉬울 텐데.

그날 나는 아픈 연우를 잠시 놔두고 집에 돌아왔다가 저녁 준비를 해서 다시 연우의 아파트로 갔다. 소뼈를 좀 사다가 곰국을 끓이고 부추를 얹은 굴밥을 지었다.

당신이 아프니까 안주인 노릇도 하고…… 참 행복하네.

연우는 대꾸 없이 눈을 떴다가 감았다.

식욕도 없는데 뭘 이렇게 차렸어.

그러나 연우는 내가 양념장에 비벼서 넣어주는 굴밥을 잘 먹었다. 저녁을 먹은 후론 줄곧 연우의 팔과 어깨를 마사지했다.

그만해라. 너까지 아프면 어떡 하냐. 그만 자자.

팔이 시큰거렸다. 두 시간 가까이 안마를 계속 했으니까. 나는 연우의 허리를 감고 누웠다.

이봐, 나 힘들어. 떨어져서 자.

연우가 죽어가는 목소리로 말했다. 나는 허리에 감은 팔을 마지못해 풀었다. 그러나 연우는 잘 자지 못했다. 아이구, 하는 신음소리에 나 또한 자다 깨면 무의식적으로 연우의 팔을 주무르곤 했다.

일요일도 사정은 같았다. 나는 핫팩을 구해다가 연우의 어깨 아래 깔고 하루종일 옆에 붙어 있었다. 일요일 밤도 그곳에서 잠을 잤다. 그러나 월요일 새벽에 연우는 나를 내보냈다. 동료 여교수 차를 타야 하니까 내가 있으면 안 된다고 연우가 말했고 나는 고개를 끄덕였다. 그가 후배의 차를 타고 다니는 것은 오래전부터 알고 있었으니까. 심중에 약간 걸리는 게 있기는 했어도 아직까지 그 후배와 무슨 일이 있는 것 같지는 않았다. 그러나 불안 요소임에는 틀림이 없는 대상이었다.

알았어요. 지금 갈게요. 그럼 병원은?

내가 알아서 강의 없는 시간에 갈 거야. 차 없으면 부를게. 항상 대기하고 있어.

네. 좀 나아요?

어제보단 나아. 죽는 줄 알았다. 정말. 저녁에나 와.

저녁밥은?

정 아프면 집에 와서 먹을 테니까…… 오후에 전화해 줄게.

알았어요. 그럼 갈게요. 조심하세요.

그래.

연우는 좀 나아보였다.

나는 연우의 머리를 빗어 묶어주고 이른 아침밥을 챙겨 준 다음 아파트를 나왔다. 동료 여교수가 그의 가방을 들어줄까. 이른 아침 길을 나서는데 몸서리가 쳐졌다. 몸살이 든 게 분명했다. 그 생각에 이르자 온몸이 마디마디 아파오기 시작했다. 이틀 밤을 연우의 어깨와 팔을 주무르며 보냈기 때문이었다. 나는 택시에 오르면서 부르르 몸을 떨었다.

男

그는 깜짝 놀랐다. 부쩍 다가오는 희영에게 당혹감을 어찌할 수 없었지만 그녀의 순수한 감정을 느끼기는 했다.

희영의 눈빛은 전보다 더 그를 향해 열려 있었다. 감추고 있던 감정을 드러내기 시작한 것이다. 행동은 여전히 같았다. 강에서와 같은 돌발행위는 없었다. 그러나 간간이 몸을 기댄다던가 그의 머리를 쓰다듬는 손짓, 문득 외로워 보이는 눈빛 같은 것은 그의 경험으로 보면 사랑에 빠진 여자의 행동이었다.

이제 곧 핸들을 놓고 브레이크를 건 다음 느닷없이 두 손을 얼굴에 묻고 울게 될지도 모른다.

그는 희영이 싫은 적은 없다. 단지 같은 대학의 선후배이고 직장까지 같았으므로, 또한 늘 카풀을 하는 사이이므로 최소한의 룰을 지켜야 한다는 생각에. 희영이 자신의 행동반경 바깥에 있었다면 진즉 연애를 했을지도 모른다. 단지 그 이유 때문에 당혹스러운 것이다.

여자들이 남자들은 다 똑같아, 하듯이 남자의 눈으로 볼 때 여자들은 다 똑같아 보인다. 희영의 감추어진 내면의 그에 대한 사랑이, 눈과 손과 몸짓으로 드러나는 것. 그는 그 다음에 올 행동까지 예견하는 자신이 우스웠다. 그러나 그는 희영을 피하지는 않는다. 지금 그에게는 미야 이후로 여자가 없었다. 이제 그다지 여자를 일부러 찾을 필요를 느끼지 않는다.

그도 나이가 든 것일까. 타고난 바람기가 세월을 따라 조금씩 스러진 것인지…… 사실상 성화를 여자로 치지 않는 것 외에 그가 특별히 다른 남자와 다른 것은 아니었다. 그도 똑같다. 그러나 자유롭다는 것 때문에 성화는 그를 의심하고 아내 또한 그를 의심한다.

그러나 지금으로선 그에게 감출 게 전혀 없었다. 단지 희영의 존재가 조금씩 자신에게 커지고 있다는 것 외에는. 몇 년 동안이나 지키고 있던 반듯한 선을 희영이 바꾸려 한다. 유일하게 지키고 있던 것이었는데.

오늘 또한 그랬다. 오늘은 동료교수들하고 당구 게임을 하는 날이었다. 희영에게 먼저 가라고 일렀으나 자신도 끼겠다고 따라나섰다. 다른 동료교수들이 열렬히 환영하는 바람에 그로서는 입을 닫았으나, 약간 불편했다. 전에는 없던 불편함 때문에 게임에서 졌고 그가 밥을 샀다.

몇 잔의 맥주를 마시고 집에 돌아올 때 하마터면 다른 교수의 차를 탈 뻔하다가 선배님, 제 차 타세요, 하는 희영의 말을 듣고 아 참 그렇지, 하고 희영의 차를 탔다. 돌아오는 길에 그는 입을 열지 않았다. 희영이 힐끔 그를 보았으나 말은 걸지 않았다.

제가 있어서 불편하셨어요?

아니야.

근데 왜?

좀 피곤해서 그래. 안 마시던 술 마셨잖아.

오늘 희영과 무슨 일이 생길까 두려웠다. 그러면 소문이 날거고.

선배님, 제가 싫으세요? 같이 있는 게?

아니야. 무슨. 소문날까 봐 그래.

그는 그렇게 대답해 버린다.

무슨 소문요? 아무 짓도 안 했는데. 제가 그냥 좋아할 뿐인데. 걱정마세요. 돌출행동 안 할 테니까.

알았어.

우리 사이좋은 거 다 아니까 괜찮아요.

그래.

그러나 그는 찜찜하다.

잘 가세요.

희영이 손을 내밀었다.

잘 가.

그는 희영의 손을 잡는다. 그 손에 희영의 애정이 묻어 있다, 생각하며. 그것이 결코 싫지는 않다. 그는 아파트 현관을 들어서다 깜짝 놀랐다. 거기 성화가 서 있었다.

너……?

그는 잠시 현관 등 아래 서 있다가 엘리베이터 쪽으로 발을 떼면서 말했다.

돌아가.

성화는 주춤주춤 따라왔다.

갈게요. 조금만 시간을 내줘요.

싫어. 누가 보니까 빨리 가.

그는 차랑, 하고 멎는 엘리베이터에 얼른 올라탄다. 성화가 재빨리 따라 들어왔다. 그는 그런 성화를 밀어내지 못한다. 11층까지 올라가는 동안 그는 눈을 감고 있었다. 일주일 전이었다. 성화라는 존재에 대한 무시무시한 분노. 그것이 사그라지기도 전에 이렇게 불쑥 나타나는 여자의 배짱은 어디서 나오는 걸까.

그는 성화가 무서웠다. 절대 나를 놓지 않을 것이다. 11층 집 앞까지 가는 동안 아무도 만나지 않은 게 다행이었다. 열 시가 넘었으므로 사람이 뜸한 시각이기는 했다. 그는 열쇠로 달각 문을 열면서 옆에 주춤주춤 따라온 성화를 보지도 않고 말했다.

돌아가.

그는 덜컥 문을 닫아버렸다.

안으로 들어가 가방을 놓고 웃저고리를 벗어 걸고 반바지와 티셔츠로 갈아입고 나서 발과 얼굴을 씻고 이를 오랫동안 닦았다. 그리고 소파에 앉아 티브이를 켰다. 가슴에 못마땅한 기운이 퍼져 있었다. 불편하고 짜증이 났다.

그는 벌떡 일어나 현관문을 열었다. 그림자처럼 성화가 그 자리에 못이 되어 서 있다.

들어와.

그는 낮은 소리로 말했다. 성화가 소리 없이 문 안으로 들어왔다. 울고 있던 게 분명한 얼굴. 그는 성화의 흐느낌을 못 들은 척했다. 점점 짜증이 심해질 뿐이다. 이 여자는 왜 나의 심기 같은 건 아랑곳하지 않는가. 질긴 여자. 다른 여자 같으면 벌써 달아나고 말았을 것이다.

그는 마침내, 또다시 성화라는 여자를 지신이 받아들이기 시작했음을 깨닫는다. 다른 방법이 없었다. 죽기 전에는 물러나지 않을 그런…….

성화가 화장실에 들어가서 코를 풀고 나왔다.

앉아.

성화의 풀죽은 모습을 보니 마음이 어느 정도 느긋해지는 성싶다. 많은 사람들로부터 존경을 받는 여자다. 그동안 길러낸 제자들도 많고 그쪽 분야에선 전문가였다. 말도 잘하고 지식도 해박하며 여러 가지 덕을 갖추고 베풀며 사는 여자였다. 그 앞에서만 그 당당함을 압수당해 버리는 여자.

성화가 갑자기 무릎을 꿇는다.

연우 씨, 전하. 제발 저를 용서해 주세요. 정말 다시는 안 그럴게요.

됐어. 일어나. 그렇게 참을성이 없어가지고…… 어떻게 살래? 앞으로도 나만 보고 살 거야? 너 그런 식으로 하면 정말 끝나. 나 인내심 없는 거 너도 알지? 제발 나 괴롭히지 마.

네. 명심할게요.

알았으면 가. 나 피곤해.

성화가 백에서 무언가를 꺼냈다.

이거…… 도자기 목걸이예요. 다락방에서 전시를 했던 건데 연우 씨 드리려고 몇 개 골라 놓았었어요. 그릇은 안 가져왔고……. 나중에 드릴게요.

그는 길쭉한 도자 목걸이를 바라보았다. 웃고 있는 얼굴이 길쭉하게 새겨져 있었다.

성화의 마음 씀이 조금 안쓰럽게 보이기 시작한다. 그는 상아색의 줄목걸이를 받아서 들여다 본 다음 소파 옆 탁자 위에 가만히 놓았다.

이런 신경 안 써도 돼. 가져왔으니 받긴 하겠지만. 자야겠다. 내일 첫 시간 강의가 있어. 일찍 자야 해.

그는 시계를 흘낏 올려다보았다.

뭐야, 이거 열한 시가 다 됐잖아. 얼른 가라.

알았어요. 갈게. 근데 할 이야기가 있어요.

또 뭐야?

내가 잘 가는 포교원에서 행사를 하는데 신도들이 연극을 해요. 불교설화를 소재로 한 건데 대본은 이미 만들어져 있대요. 연우 씨가 좀 맡아서 해주면 좋겠어요.

나 바빠.

연출료도 있어요. 당신도 아는 스님예요. 작년에 왜 한번 뵀죠. 다락방에서. 법운 스님.

아, 그래. 기억 나. 내 운세 봐준 스님.

네. 그분이 당신 이야길 했어요. 연출료도 행사계획에 들어 있어요. 제가 거기 위원이거든요.

대본 갖고 와봐. 아, 그러지 말고 정화한테 맡겨 놔. 퇴근할 때 들를 테니까.

제가 갖고 있다 드릴게요.

그러지 말고, 동료교수 차 타고 갈 거니까 금방 나와야 돼.

성화의 표정이 밝아졌다. 그도 어느만큼 마음이 풀어져 있었다.

언제 시작할 수 있으세요?

대본 보고. 얼마나 시간이 남았나?

열흘 정도밖에 없어요.

그렇게 빨리 연습이 되나? 참. 할 수 없지 뭐. 내 수업 비껴가면서 하루 두 시간씩 하는 걸로 해. 대본 보고 내가 스케줄 말해 줄게. 근데 어디서 연습하냐?

다락방에서 하면 어때요?

알았어. 그게 좋겠군.

성화가 아쉬운 듯 일어났다. 그는 따라 일어나지 않는다. 성화가 갈 때 그는 한번도 배웅한 적이 없었다.

안마해 드리고 갈게요.

성화가 문득 생각난 듯 말했다. 그 말을 할 때 성화의 눈이 반짝 빛나는 걸 그는 보았다. 오로지…… 그는 고개를 저었다.

그냥 가.

조금만 해 드리고 갈게요. 오랜만인데…….

그렇지. 몇 주를 못 만났으니 몸이 타고 있으리라. 자신도 섹스를 해본 지 오래였다. 작년에 미야와 헤어진 후론 성화 이외의 여자가 없었다. 몇 주 전에 아내와 두어 번 이불 밑 섹스를 했을 뿐. 그는 새삼 격렬한 섹스 욕구를 느꼈다. 성화가 아니라 보다 젊고 강하고 신선한 그런 상대.

알았어.

그는 순한 남자처럼 고분고분 윗도리를 벗고 메트 위에 엎드린다. 성화가 그제서야 웃저고리를 벗고 그의 몸을 문지르기 시작했다. 그는 이완되는 근육들이 유발시키는 졸음 속으로 빠져들어 가다가 문득 답답함을 느꼈다.

성화가 그의 벗은 상체 위에 덥석 엎드려 있다.

야, 뭐하냐.

사랑해요. 연우 씨.

알았어. 알았어. 안마나 해.

그는 몸을 뒤집었다. 성화는 그의 다리를 따라 손을 움직인다. 졸음이 왈칵 깨었다.

바지 벗겨.

그는 명령한다.

네.

성화는 그의 반바지를 벗기고 재빨리 손을 움직였다. 성화의 낮은 신음소리가 들린다. 그는 눈을 찌뿌린다. 이 여자와 있으면 왜 귀찮다는 생각이 들까. 귀찮다.

해.

그는 누운 채 다시 명령한다. 성화는 옷을 벗고 눈물을 흘리면서, 빠르게 그의 몸 위로 올라온다. 성화는 혼자서 오르가슴에 도달한다. 그는 그런 성화의 횟수를 센다.

자신이 성화에게 해 줄 수 있는 것이 있다면 바로 그 수많은 오르가슴이었다. 성화와의 섹스에서 자신이 얻는 게 있을까. 바로 그런 여자를 정복한 자로서의 잔인한 즐거움. 그것일까. 그는 몸을 움직이면서도 자신도 온통 휩쓸려 들어가지 못하는 이런 섹스는…… 내가 원하는 게 아니야, 라고 매번 고개를 내젓는다.

252

아, 미야. 갑자기 미야 생각이 났다. 그러나 이 여자를 보라. 그는 눈을 감고 허리를 움직인다. 이 여자의 번들거리는 쾌감이 싫다. 성화는 끝없이 신음하고 있다.

조용히 해.

그는 그렇게 내뱉고, 마지막 춤을 춘다. 그리고는 자신도 기다란 칠 센티미터의 쾌락에 빠진 순간 성화를 왈칵 밀어내 버렸다. 자정이 다 되어 있었다.

그는 성화에게 말했다.

옷 입고 얼른 가. 내 맘 변하기 전에. 내일 대본 준비해 놓고.

알았어요. 당신 정말 최고예요. 그리고 고마워요.

그는 손을 내저었다. 성화는 재빠르게 옷을 입고 정액 냄새 가득한 거실을 떠난다. 그는 옷을 벗은 채 불을 끄고 베란다 문을 활짝 열었다. 시월의 한기가 왈칵 몰려들어 왔다.

女

다락방에 차마실회 처녀들이 모였다. 포교원의 법운 스님이 신도들 몇 명하고 와서 연습에 참가했다. 그녀들은 평소 하던 대로 진지하게 다예를 시연했다. 내 기분은 최고였다. 그것이 얼굴에 드러난 모양이다. 한 시간여의 연습이 끝나고 둘러앉아 차를 마시면서 연수가 내 옆 구리를 쿡 찔렀다.

원장님, 얼굴이 어제하고 달라요. 좋은 일 있어요?

처녀들이 모두 돌아보았다. 법운 스님이 거들었다.

원장님 신수가 오늘 정말 달덩이네요.

나는 얼굴을 붉힌다.

신도들이 저녁을 산다고 해서 모두 따라나섰다. 유정이 시연회 동안 틀어놓았던 음악을 끄고 무거운 나무문을 밀었다. 나는 정화에게 문을 잠그고 예찬으로 오라고 일렀다. 차마실회 모임이 있을 때는 정화도 거의 식사에 합류했으므로 가게에 혼자 두고 가기가 뭐했던 것이다.

다행히 저녁시간이 가까워져 손님은 없다. 연우가 여섯 시에 들르겠다고 했으므로 정화는 먼저 밥을 먹고 서둘러 돌아갔다. 일 분이라도 늦으면 또 불 같이 성질을 낼 사람이다. 전혀 경험이 없는 신도들의 연극 지도를 해준다는 것도 나로서는 감격할 일이었다.

대본을 건네준 법운 스님은 연우를 기억하고 있었다. 그는 시연회 전에 대본을 건네주면서 연우의 연락처를 물었고, 나는 연우의 전화번호를 알려주었다.

사실은 정화 대신 내가 가게에 남아 있고 싶었다. 그를 기다렸다가 쟁강- 하고 풍경소리를 내며 문을 열고 들어오면, 미소를 띠고 다가가서 껴안을 수 있다면. 그러나 오늘은 내가 있어야 되는 자리다. 모두들 열심히 수저를 놀리고 있다.

내 마음은 다루에 가 있었지만 연우를 어제 만난 것으로 충분했다. 나는 지금 행복하다. 저녁시간은 두 시간이 지나서야 끝났고, 나는 천천히 걸었다.

가을이 깊어져 있다. 골목에 은행잎이 수북이 쌓여 있었다. 이훈스튜디오의 불은 꺼져 있다. 나는 가게로 들어가 정화에게 일찍 문을 닫으라고 시키고 이층으로 올라갔다.

현관 등만 켜놓고 밖에서 들어오는 가로등 불빛에 아스라이 비치는 탁자 위의 그릇들을 본다. 나는 재킷을 벗어 걸고 동그란 공기 한 개를 안고 침대에 드러누웠다. 그릇은 작고 둥글고 예뻤다. 아기 밥그릇처

럼 아주 앙증맞았다. 밖에서 들어오는 푸르스름한 빛에 그릇이 푸르게
빛난다.

그는 이 그릇에 아침밥을 담아 먹을 것이다. 그는 늘 나를 거부하고
멀리하는 듯하지만 결국엔 내 안에 있다. 그는 이 그릇에 밥을 담아 먹
으리라.

이제까지 그래왔다. 그는 늘 싫다고 하지만 시간이 지나면 어느새
내가 원하는 대로 한다. 그는 날 여자로 대하지 않는 것처럼 굴지만 나
와 섹스를 한다. 그의 부인은 멀리 있고 그의 곁에 여자란 나뿐이다.
때때로 젊은 여자들이 꼬이긴 하지만 그들은 철새처럼 왔다가 간다.
나만이 그의 곁에 있을 뿐.

나는 소리 내어 웃는다.

심지어 앓아누웠을 때도 그는 나와 섹스를 했다. 그에게 있어 그럴
수 있는 사람은 나뿐이다.

연우가 아팠던 그때 이틀 밤을 그의 집에서 보내고 돌아와 나는 몸
져 누워버렸다. 정화가 몸살 약을 지어다 주었고, 월요일 낮 내내 누워
있다가 연우의 호출을 받고 오후에야 일어났다.

그는 오후에야 시간이 났는데 그의 동료 여교수는 그때 강의가 있었
다. 그는 날 부르고 싶어 하지 않았지만 할 수 없이 날 불러야만 했다.
나는 정화의 차를 몰고 가서 연우를 병원에 데리고 갔다가 한 시간 동
안 치료받는 걸 옆에서 지켜보았고, 다시 그를 집에 데려다주고 돌아
왔다.

차를 정화에게 돌려주곤 나는 다시 초밥을 사서 택시를 탔다. 한주
일 내내 그렇게 정화의 차를 몰고 가야 했지만 나는 어느 때보다 행복
했다.

정말 당신의 부인이 된 기분이에요.

그러면 그는 아이그, 하는 표정으로 곁눈질을 했다.

밤이면 그에게 저녁을 사들고 가거나, 가서 중국음식을 시켜먹었다. 자신이 아프기 때문에 그도 나의 역할을 인정해야만 했는지 신경질 같은 건 내지 않았다. 나는 밤새도록 연우의 팔을 주무르다가 잠이 들곤 했고, 새벽에 일찍 일어나 택시를 탔다.

아주 조금씩 어깨의 통증이 나아지는 듯했다. 그러나 두 주가 지나도록 연우는 죽을상이었다.

나 이렇게 아파보기 처음이다.

연우는 기가 막힌 듯 때때로 그런 말을 뱉었다. 두 주째의 수요일이었던가. 그날 밤도 나는 열심히 연우의 어깨와 팔을 주무르고 있었다. 쿠션에 기대어 티브이를 보던 연우가 낮은 소리로 말했다.

섹스를 하면 좀 나을까? 고통을 잊을 수 있을지도 모르겠군.

좋은 생각이에요.

나는 무척 기뻐서 연우의 옷을 벗겨 내렸고 그의 다리를 문지르기 시작했다. 나는 연우의 몸을 다루는 법을 알고 있었다. 그가 나를 지배하는 것 같지만 사실은 나였다. 나는 고통을 잊도록 그의 말초신경에 자극을 가하기 시작했다.

올라가.

연우가 명령했고, 나는 옷을 벗고 그의 몸 위에 올라 앉았다. 다른 날처럼 긴 시간은 아니었지만, 몰두해 있는 동안은 연우의 끙끙 앓는 소리가 들리지 않았다. 그러나 역시 그의 몸을 따뜻한 물수건으로 닦고 옷을 입혀주는 사이 연우는 다시 끙끙 앓기 시작했다. 실험이 실패는 아니었지만 나는 밤새도록 연우의 팔을 주무르다가 지치고 말았다.

그만 해라.

잠을 못 이루던 연우가 그랬고, 나는 졸음에 겨워 고개를 끄덕이다가 잠이 들어버렸다. 그날 밤은 금세 새벽이 왔다. 나는 그의 누이가 올 시간에 맞춰 일어나야 했고, 싸늘한 새벽길에 나서서 택시를 잡았다.

연우의 팔은 삼 주째부터 서서히 호전을 보였다. 전화를 받는 목소리가 생기를 띠기 시작했고 나는 그의 집에 더 이상 갈 수 없었다.

이제 괜찮으니 오지 않아도 돼. 그동안 정말 애썼다. 나 때문에 몸살까지 나고. 내가 보답할게. 완전히 나으면.

그가 진정으로 고마워한다는 것을 나는 안다. 그는 고맙다는 말이나 미안하다는 말을 잘 쓰지 않는 사람이었다. 그가 뭘 보답한다는 것인지도 알고 있다. 그는 오로지 나와 섹스만을 할 뿐, 나와 같이 외출을 한다거나 여행 따위는 하지 않는다.

내가 원하는 것은 그의 팔을 잡고 산책을 하거나 먼 곳을 여행하고, 노을이 지는 바닷가를 거닐고 근사한 레스토랑에서 분위기를 마시며…….

그러나 그는 위에 열거한 그 아무것도 나와 같이 하지 않는다. 겨우 집 근처 한식집에서 저녁이나 같이 먹는 것…….

그가 다른 여자들과 분위기 좋은 찻집에서 커피나 홍차를 마시고 스테이크를 자르며 목 긴 와인 잔을 부딪고 한적한 교외를 딱 붙어서 걸으리란 생각을 하면 가슴에서 불이 났다.

때때로 나는 그런 상상 때문에 몹시 괴로워했다. 전화를 해보면 그는 짜증을 냈고 아무런 언급도 하지 않았다. 늘 그는 누군가와 같이 있었다. 그가 여자하고 있을 거라는 느낌…… 그것 때문에 나는 식욕을 잃곤 했다. 그의 보이지 않는 영역이 나를 무섭게 덮어버리곤 한다.

그는 사실은 아무것도 내게 말해주지 않았다. 단지 내가 억지로 안

다고 생각하고 있을 뿐인지도 모르는. 그러나 그가 내게 오지 않는 것
은 아니었다. 별일이 없으면 일주일에 한 번쯤은 왔다.

삼 주가 지나고 사 주째 되는 날 연우는 완전히 나아서 내 앞에 나타
났다. 항상 하는 식으로, 오늘 저녁 같이 먹을까? 하고.

네. 어디서 먹을까요?

거기서 그냥 먹자. 갈비하는 데. 미가람인가?

그래요. 지금 오실래요?

삼십 분 후에.

그가 한 달여를 앓는 동안 나는 행복한 시간을 획득했다. 나는 그에
게 말했다.

당신이 아프니까 당신을 온통 독차지할 수 있고 정말 부부처럼 느껴
져서 난 너무 좋은데. 당신은 그 말 듣기 싫죠?

당연하지. 하지만 그대 맘은 이해해. 나를 엄마처럼 보살펴 준 은혜
도 알고.

그가 나를 여자로 부르지 않고 어머니의 손길로 받아들인다는 건 슬
펐다. 그러나 상관없었다. 그는 나의 남자였으니까. 어머니와 섹스하
는 남자는 없으니까. 그가 한 번씩 오는 것은 적어도 나를 그 순간만은
여자로 대한다는 거니까.

그러나……

그가 오지 않는 나머지 날들의 외로움은 뼈를 깎는다. 하루도 그의
음성을 듣지 않고는 견딜 수 없어 하는 나의 여자가 가증스러울 때도
있었다. 그러나 나는 전화를 건다. 그러다가 덜컥 실수를 하고는 끝없
는 회한의 눈물을 흘려야 한다. 이제 방금 또다시 그것이 회복된 순간.
잊지마라. 여자야. 기다리는 것을. 기다림만이 너의 몫이라는 것을.

나는 마치 그의 긴 머리카락을 쓰다듬는 것 같은 느낌에 전율을 느

끼며 잠 속으로 빠져든다.

男

그는 법운의 전화를 받았다.

음성이 컬컬하고 컸다. 언젠가 한번 포교원을 방문했을 때 그의 운세를 봐준 적이 있었다. 여러 권의 불교서적과 위빠사나 선법에 관한 테잎도 몇 개 선물로 받았고 그림도 한 점 받았다. 왜 그렇게 주는지도 모르고 받았는데 이제 갚을 기회가 왔다는 생각이었다.

그때 성화가 한 말이 문득 생각났다.

제가 헌금을 좀 많이 했어요. 당신 자랑도 했고. 제가 사랑하는 사람이라고 했거든요. 스님이 대뜸 아시기에 그냥 말해버렸어요. 그래서 당신한테 그런 선물 하신 걸 거예요.

결국 그는 성화의 남자가 되어버렸다. 성화가 제가 아는 분인데 운세가 어떤지 좀 봐주세요, 하고 생년월일을 적어주니 스님이 대뜸 이사람 보살님과 가까운 사람이구먼, 했다는 것인데 그는 다른 것은 잘 믿지 않는 성미였지만 인연이라던가, 내세라던가, 불교적인 어떤 것들은 미신처럼 믿는 사람이었다.

인정을 하진 않지만 성화의 남자임에는 틀림이 없었으므로 성화에게 화를 내진 않았다. 단지 스님의 견성이 놀라울 뿐이었다. 어쨌든 그는 포교원의 행사에 참여하게 됐다. 시간이 그리 많지 않았다. 강의가 비는 틈틈이 가서 한두 시간씩 할 예정이었다.

그는 여섯 시에 희영의 차를 타고 다루에 가서 대본을 건네받았다. 저녁을 어디 가서 먹을까 생각하고 있는데 대뜸 희영이 말했다.

오늘 우리집에 가요.

어? 왜? 저녁 먹어야지.

좋은 시디를 몇 개 샀어요. 스파게티 어때요? 집에서 그거 만들어 먹으면.

스파게티? 괜찮아. 나 대본 훑어 봐야 돼. 오래 있을 시간은 없어.

스파게티 먹고 음악 좀 듣구 가세요.

알았어.

희영은 미리 계획한 것일까. 거침없이 자신의 집으로 차를 몬다. 희영은 스물세 평짜리 아파트를 임대해 살고 있다. 그의 집에서 별로 멀지 않은 거리였다. 그래서 카풀이 가능했는지도 모르지만. 처음 이곳에 왔을 때 그의 집에 며칠 묵으면서 찾다보니까 가까운 곳이 발견된 것인지도 모르겠다.

그는 희영이 옷을 갈아입고 스파게티를 만드는 동안 거실 소파에 앉아 대본을 훑어 본다. 중생들이 보다 도가 높은 부처님을 만나기 위해 깊은 산의 도승을 찾아 떠나는데, 가면서 만나는 짐승들과 사람들, 도깨비들과 좌충우돌, 그러다가 다시 발걸음을 돌려 자신들의 집으로 돌아와 진리를 깨닫게 된다는 평범한 줄거리였다.

부처는 먼 산에 있는 게 아니라 자신의 마음속에 있다는 진리에, 산으로 가는 도중의 요란스런 말싸움들과 만남들을 통해 조금씩 가까이 가도록 의도했다고 머리말에 쓰여 있었다.

가끔 가다 번개가 치면서 부처상을 보여주게 짜여져 있는데 그걸 어떻게 해야 하나…… 싱거운 불교연극이 주는 단조로움을 피하기 위해선 입체적인 장치를 하나 만들어봐야 할 것이다. 그는 성화를 번쩍, 하고 번개처럼 나타났다가 사라지는 부처님으로 하면 되겠다고 생각하면서 웃음이 터져 나왔다.

그는 살며시 소파에 기댄 채 잠이 든다. 스파게티를 왜 그렇게 오래 만드는지 그로서는 알 수가 없다는 생각을 하면서.

선배님, 식사…….

희영의 목소리에 눈을 번쩍 뜨고 일어나니 희영이 앞에 서서 웃고 있다. 그 사이에 음식을 다 만들고 옷을 또 갈아입었던지 희영은 짧은 갈색 스커트에 겨자색의 푹 파인 헐렁한 티를 걸치고 있었다. 그는 처음으로, 아주 낯선 희영의 옷차림을 보았다. 희영은 화장도 새로 했는지 아주 깔끔하고 예뻤다. 아주 낯선 모습, 평소의 희영과는 다른 여자. 여자 하나가 그 앞에 서 있었다.

어, 누구야? 희영이 동생인가?

그가 짐짓 농담 투로 말했지만 속으론 매우 놀란다. 저렇게 변할 수도 있구나.

도대체 어떻게 된 거야? 왜 이렇게 예뻐졌어?

어머, 그래요? 옷 스타일만 살짝 바꿨는데.

화장도 했잖아.

우리집에 오셨으니까 그냥 한번 해본 건데.

예쁜데? 털털한 여교수가 예쁜 여자로 변했어. 앞으로 그렇게 하고 다녀라.

그는 마음이 동하는 것을 느꼈다. 희영이 의도한 바도 그것이리라. 그는 희영의 손을 잡고 일어난다.

배고프다. 스파게티 먹자.

그러나 희영이 그의 목을 감았다. 그는 끌려들어감을 느낀다. 꼭 거부할 필요도 없다는 생각이 어느새 들어와 있다. 왜냐하면…… 희영이 전과 다르기 때문에. 몇 년 동안 숨겨왔던 자신의 여자를 전혀 숨기려 하지 않는. 그는 희영의 존재를 강하게 느낀다. 그를 향해 열려 있던, 몇 년 동안이나 감추고 있던 그녀의 욕망들이 와락 달려들어옴을. 그는 그 욕망에 훌쩍 빨려들어간다. 이건 또 뭔가. 새로운 감정이다. 미야의 그 촉촉한 느낌도 성화의 끈적거림도 아닌 가뿐하고 바삭한, 모래 위에서의 정사 같은.

전에 가졌던 부담감 같은 건 사라지고 없다. 희영이 자신감을 가진 게 분명했다. 어떤 근거로 자신감을 가진 걸까? 희영의 망설임 없는 도발이 자신을 그런 감정 속에 들게 한다는 걸 깨닫는다.

식탁 위에서 파스타 요리의 냄새가 솔솔 풍겨왔다. 희영이 그의 손가락을 핥으며 속삭였다.

선배님, 도저히 안 되겠어요. 참기 힘들어요.

그는 티셔츠를 벗어던진 희영의 알몸을 만지며 어두운 거실 바닥에 넘어져버렸다. 잠깐 웃음이 새어 나왔다. 그가 하하하, 웃자 희영이 그의 헐렁한 스웨터와 바지를 벗기며 따라 웃었다.

왜 웃는지 안 물어보나?

그게 뭐 중요해. 난 몇 년 동안이나 기다렸는데.

난 전혀 몰랐어. 희영이 나 좋아하는지.

말했잖아요.

그런 정도는 그저 말할 수 있는 거지.

그는 희영을 만진다.

더는 말할 수 없었어요. 자신도 없고.

지금은?

지금은 상관없어요. 선배님이 도망가든 어쨌든 내 옆에 있으니까.

그는 희영의 돌발행위가 즐겁기까지 하다. 이런 건 상상도 못했다고 생각한다. 희영의 도발이 그의 욕망을 건드린다.

희영은 스커트를 벗지 않고 그가 손을 넣어 만지는 걸 즐긴다. 눈을 감고 그의 위에 앉아 몸을 비틀고 있다.

어떻게 산 거야?

작년까지 애인있었잖아요?

이렇게 뜨거운 여자가……

참을 만했어요.

희영은 신음하기 시작한다.

아직 하고 싶지 않아요.

뭐?

그냥 이렇게 닿아 있고 싶어.

이런…… 안 돼. 스파게티 다 퍼지겠다.

아-.

희영이 고개를 끄덕이고는 뒤로 내려가 누웠다. 그는 새삼 희영의 몸을 내려다본다. 예쁜 몸이다. 서른 여섯해나 감추어 온. 희고 단단한 살이 허벅지에 좀 뭉쳐 있는 것만 빼면 완벽한 여체다. 그는 끌어당기는 희영의 입술에 깊은 키스를 했다.

희영의 신음소리가 길고 나지막하게 스물세 평의 아파트에 퍼져 나갔다. 그리고 스파게티는 퍼질 대로 퍼져 있었다. 퍼진 스파게티를 먹으면서 엔야와 케빈 건의 음악을 들었고, 잠시 후 그는 집으로 돌아왔다.

섹스 후의 희영의 얼굴은 꽃처럼 피어나 있었다. 모든 여자들의 공통점. 그는 그녀에 대한 부담감이 없어진 것에 놀랐다. 돌아와 대본을 좀 본 후 성화에게 전화를 건다.

여보세요.

나요.

네. 전하, 잘 계셨어요?

내일 오전 열한 시부터 한 시까지 합시다.

그래요? 그럼 연락해 둘게요. 어떻게, 모시러 갈까요?

그래야 될 거야. 후배는 수업이 있을 거 같으니까.

그럼 점심은……첫날에 스님이랑 같이 하자고 얘기가 나왔었는데 끝나고 점심 하기로 할까요?

그렇게 하지 뭐. 어차피 점심 먹어야 하니까.

그래요. 그럼. 삼십 분 전에 밑에서 기다리고 있을게요.

오케이.

연우 씨!

왜?

사랑해요.

아이그. 그는 얼른 전화를 끊었다. 무엇이 숨통을 꼭 죄는 듯한. 그는 고개를 살래살래 내젓는다.

女

그와 닿아 있는 동안 나는 최고의 바이오리듬을 탄다. 전화선 저쪽에서 흘러나오는 몇 마디의 말에도. 나는 포만감이 가시기를 기다리며 컴퓨터 앞에 앉아 있었다.

……처음 다도를 시작할 땐 정말 어려웠다.

사람들의 다도라는 것에 대한 인식은, 먼 곳에서 살랑대는 커다란 나무의 그림자 같은 것이었다. 사람들은 쳐다보기만 하고 나무 가까이 다가오려고 하지 않았다.

나는 다루를 개업하고 다락방을 만들면서 처음 세 명의 여자 회원과

만났다. 그들이 연수, 미란, 지금은 일본으로 떠난 정연이었다. 연수는
이미 다도를 알고 있었지만 나를 만나고부터는 신바람이 났다. 그녀들
은 매일 나와 차와 같이 있었고 다락방엔 차 냄새가 배이기 시작했다.

연수는 내가 먹을 음식들을 챙겨오기 시작했고, 우리는 오후 다섯
시면 저녁을 먹듯이 그것들을 나누어 먹었다. 그러면 나는 집에 돌아
가 저녁을 다시 챙겨 먹을 일이 없었다.

그러다가 아예 다락방에 냉장고를 하나 들여놓고 작은 탁자를 치우
고, 기다란 식탁을 들여놓았다. 싱크대는 처음 차회를 열 때 설치했었
으므로 다시 놓을 필요가 없었고 식기 등을 좀 마련했다.

나는 큰언니, 연수, 미란, 정연…… 그런 동생들.

다락방에 새로운 물건들이 하나씩 생기는 것도 그들 손에 의해서였
다.

일본으로 간 정연. 문득 그 애가 보고 싶다. 참하게 생긴 아이였다.
검은 머리를 뒤로 묶고 흰 블라우스에 검은 바지를 즐겨 입었다.

정연이 다락방 벽에 코사지 장식을 했었다. 그리고 차를 덖는 손이
예쁜 아낙의 사진도 구해왔고.

미란이었던가. 우리 사진을 걸어놓자고 해서 차회 첫 멤버들로서의
자긍심을 갖고, 이훈스튜디오에 특별히 부탁해 사진을 찍었다. 우린
다락방에서 다도를 하면서 한복을 차려입고, 그윽한 차향이 퍼지는 가
운데 특별히 이훈 씨를 불러 사진을 찍었다. 그리고 한쪽 벽에 커다랗
게 걸어놓았다.

그런 것들이 영향이 있었을까. 끊임없이 회원모집 광고를 낸 결과
몇 개월 후 회원이 불어나기 시작했고, 이제 자매들끼리의 시간은 가
끔 만들 수밖에 없었다. 그러나 여전히 수입원으로서의 비중은 말할
게 되지 못했다. 그것을 아랑곳한 건 아니었지만.

다락방엔 차츰 근사한 사진들이 늘어났다.

이듬해 봄, 우리는 보성으로 떠났다. 그때 같이 간 사람들은 아직도 미초회 회원으로 거의 남아 있다. 보성. 그곳에서의 회원들과의 첫날을 잊을 수가 없다. 우리는 막 돋아나기 시작한 새싹을 따기 시작했다. 너른 차밭에서 회원들은 환호성을 질렀다. 그때 이훈 씨가 동행을 했던 것이 기억난다.

그는 정말 작품을 만들었다. 지금도 그 사진은 다락방 벽에 걸려 있는데 아무도 들어가지 않은 초록의 차밭을 아주 근사하게 찍은 사진이었다. 그리고 열네 명의 회원들이 밭 속에 들어가서 환하게 웃고 있는 사진도 아직 그대로 걸려 있다.

……그 사진을 보면…….

우리는 마치 연초록의 물결을 타고 가볍게 날고 있다는 상상에 빠진다. 미소는 하나같이 깨끗했고, 날씨는 청명해서 무척 선명하고 깔끔한 사진이었다. 물론 이훈 씨의 탁월한 사진솜씨가 한몫했을 것이다.

눈을 감으면 그날의 그림이 눈에 들어온다. 우리는 빌린 25인승 승합차를 타고 새벽에 떠났다가 저녁 늦게 돌아왔다. 이튿날은 딴 차를 모두 금산사에 보내 찌고 말리고 덖어서 차를 만들었다.

그때 다섯 명이 실습을 했던가?

내 아이들은…… 나는 지금도 세 명의 첫 회원들을 내 아이들이라고 부른다. 정연, 연수, 미란. 그 애들은 이틀간 금산사에 머물면서 몇 명의 스님들과 아주 친해졌다. 그때는 문제가 발생할 기미가 없었다. 단지 젊은 승들과 처녀들의 묘한 분위기가 오히려 끊임없는 웃음을 유발했다고 당시 주지스님이 전해주었다.

봄날의 어느 날 오후 나는 열다섯 명의 회원들에게 처녀들이 공들여 만든 차를 한 봉지씩 나눠주었다.

그러니까 가을이었을까. 다락방에 에어컨을 들여놓은 후였으니까……그해 여름 회원수가 갑자기 늘었고, 금산사의 젊은 승 두 명이 참여하기 시작했다. 전에 차를 만들 때 처녀들과 같이 이틀을 보낸 승들이었다.

모임은 주 2회로 줄이고 두 모임으로 나뉘었다. 그때 그 스님들은 나의 아이들과 같은 날, 같은 시간을 원했다. 유달리 참했던 정연이 소목이라는 승과 자연스럽게 가까워진 것을 본 것은 언제였을까. 에어컨을 놓고 곧 가을이 왔으니까…… 가을이었을 것이다.

정연은 늘 다락방에 와 있었고 소목은 모임 날 외에도 가끔 다락방엘 들렀다. 그가 어떻게 그렇게 자주 나올 수 있었는지는 모르겠다. 나는 유송 때문에 그 승들에게 그리 호감을 가질 수는 없었다. 그래서 못 본 척했을까.

어느 날 정연이 나오지 않았다. 매일 내 옆에 붙어 있던 아이가 며칠 간 소식이 없었고, 두 번의 강좌에도 빠졌다. 승 두 명은 나왔으나 어느 순간 소목이 보이지 않는 것을 알았다. 연수가 연락을 했으나 정연은 행방불명이었다.

나는 다명이라는 승에게 소목에 대해 물어보고 싶었으나 차마 정연과 연결시킬 수 없었으므로 묻지 못했다. 내가 묻지 않아도 회원들이 묻는 소리가 들렸다.

다른 스님은 왜 안 나오세요?

그러나 다명은, 일이 있는 모양입니다, 라고 말하곤 입을 다물어버렸을 뿐이다.

이 주 동안 정연은 나타나지 않았다. 소목 또한 마찬가지였다. 그동안 정연이 모임에서 상당히 두각을 나타냈던 만큼 회원들 모두 궁금해하며 내게 물어왔는데, 나는 무어라 답할 수가 없었다. 할 수 없이 다명을 가만히 불러 불으니, 원래 소목은 객승으로 잠시 머물던 중이라 이미 금산사를 떠났다는 것이다.

어디로 갔는데요?

글쎄요. 저도 잘…… 남해 어디로 간다던데요.

나는 할 수 없이 주지에게 전화를 걸었다.

아, 그래요? 상주로 떠났을 겁니다.

정연이 소목과 함께 떠났는지에 대한 확실한 증거를 찾을 수 없어 나는 주지에게 더 이상은 묻지 못했다.

정연은 원래 시골 출신이라서 혼자 자취를 하던 아이였다. 그래서 달리 알아볼 데도 없었는데, 이 주 후 불현듯 다루에 나타났다. 정화를 퇴근시키고 셔터를 내리려던 찰나였다.

원장님.

아니……너?

나는 셔터를 내리고 다락방으로 정연을 데리고 들어갔다. 나는 지금 도 정연의 이야기를 듣고 놀라던 감정이 새롭다. 정연의 이야기를 정 리하자면.

이 주 전 소목과 함께 상주로 떠나 남해 곳곳을 돌아다녔고, 소목이 중 옷을 벗고 나올 동안 그녀는 시골집에 내려가 있다가, 다시 만나 일 본으로 떠나기로 약속까지 하고 헤어져 돌아왔다는 것이었다.

너 소목을 믿는 거니?

나는 지난 날의 유송을 생각하고 물었다.

그러나 정연은 단호하게 고개를 끄덕이는 것이다.

지금 어디 있는데?

그것 또한 궁금했다.

지금 스승에게 갔어요. 속리산 어딘가에 칩거하고 계신대요.

그래서?

그래서 전 시골로 내려가 있으려구요.

소목을 믿고? 결혼한다는 거니?

아직 결혼은……하지만 이미 우린……결혼한거나 마찬가지예요. 저를 만나고 어떻게 살아야 하는지 깨달았대요.

소목은 인생을 거꾸로 발견한 것일까. 깨달음을 얻기 위해서 중이 되었던 그가 환속의 의미를 인간답게 사는 것으로 바꿔버렸을 만큼 정연에게 미친 것인가.

나는 무어라 말할 수 없었다. 그렇다고 너 중을 믿지 마, 라고 할 것인가…… 그들은 오직 자신의 정신세계만을 위해서 여자를 버릴 수도 있어, 라고? 나는 가만히 눈을 감고 생각했다. 자꾸 유송이 눈에 아른거렸기 때문에.

그를 사랑해?

어리석은 질문이었을 것이다. 정연이 가만히 고개를 끄덕였다. 그렇게 짧은 시간에 어떻게 자신의 인생을 결정할 수 있을까……. 나는 혼잣말처럼 중얼거렸다.

원장님. 짧은 시간이 아니었어요. 우린 너무 오래 같이 지낸 것 같은 생각이 들어요. 그는 저를 안기만 했을 뿐 손대지 않았어요. 그냥 얘기하고 쓰다듬기만 하다가 그가 옷을 벗겠다고 선언을 한 날…… 그때서야…….

알아, 알아. 그랬을 거야. 근데 일본에 가서 뭐할 건데, 그 사람?

일본에 형님이 계신대요. 사업을 하시니까 와서 공부도 하고 일도 돕고 하라고 출가 전에 신신당부 하셨다는데 그만 중이 됐다고 지금도 아쉬워하신대요.

그래. 잘 되면 괜찮겠다만…….

그렇게 해서…… 정리를 하자면. 소목은 약속을 지켰다. 그는 옷을
벗은 다음 정연을 데리고 일본으로 떠났다. 이듬해엔 결혼한다는 소식
이 있었지만 우리 중 아무도 정연의 결혼식에 참석하지 못했다. 여행
삼아 가자는 말도 있었으나 나는 다른 회원들과 차회의 분위기를 흐트
리면 안 된다는 결론을 내렸고, 결혼식은 우리 몇 명의 처녀들 외에는
알지 못하고 지나갔다.

정연은 잘 살고 있을까. 벌써 오래전 이야기다.

나는 자판에서 손을 뗀다. 피로가 느껴진다. 새삼 옛날 생각이 나서
향수에 젖어드는 묘한 기분이 그 피로를 더 가중시켰지만, 잠깐 동안
연우 생각을 안 했다는 사실이 놀라웠다.

내가 그럴 수도 있구나.

나는 정말 놀랍다. 그리고 기특하기까지 했다.

男

아주머니들은 둔하다.

그러나 제법 순발력 있게 잘 따라주는, 비교적 젊은 부인들도 있다.
생각대로 성화는 반짝, 하고 나타나는 여래의 역할을 시켰다. 성화는
다른 아주머니들과 별 다를 게 없었지만, 뚱뚱하고 늘 뒤쳐지는 굼뜬
신도 역까지 그런대로 잘 따라주었다.

첫 날은 대사연습이 전혀 되지 않아서 각각의 역할과 역할의 특징을
짚어주는 데 시간을 다 썼다. 스님이 도깨비 역할을 맡는 데 동의했고,
그것은 아주 쉬웠다. 동작만 취하고 이상한 소리만 내면 되는 역할이

었으므로. 그는 성화와 연극에 참여할 신도들, 스님과 함께 점심을 먹고 다시 학교로 돌아왔다.

성화는 싱글벙글이었다.

뭐가 그렇게 좋아?

당신이랑 날마다 같이 있을 거니까.

혼나지 말고 대사연습이나 잘 해.

알았어요. 오늘 저녁에 오실 거예요?

못 가. 피곤해서 일찍 잘 거야. 내일 몇 시라고 했지? 내가.

오후 세 시요.

세 시 정각에 정문에서 대기해. 세 시 삼십 분까지 모이랬으니까.

네.

사실은 걱정이었다. 젊은 부인들도 있었지만 지긋한 중년 부인들과 중년 남자들이 대부분이었으므로. 스님이 오히려 가장 젊었다. 젊은 청년 두어 명이 내일 합세하기로 했으므로 그들 역은 남겨두었다.

나이 지긋한 사람들을 호통칠 일이 심란하기 그지없었다. 그러나 맡기로 한 것을 물릴 수는 없는 일이다. 스님이 그런 걸 계산하고 그에게 선물들을 한 것은 아닐 것이다. 젊은 연기자들도 다루기 힘든데……

그는 한숨을 푹 쉰다.

그는 이제 희영의 집에서 가끔 저녁을 먹게 되었다. 희영이 적극적으로 음식을 만들겠다고 주장했기 때문이다. 그녀는 일품요리만 만들었다. 시간도 충분치 않았지만 반찬을 많이 만들 만한 생각은 아예 없는 여자이기도 했다.

그는 성화가 만든 여러 가지 맛깔스런 음식이 생각나면 희영의 집 대신 성화의 이층방으로 갔지만, 나머지는 희영의 집에서 비빔밥이나 낙지에 소면을 넣은 낙지소면볶음, 혹은 칼국수 같은 것을 먹었다.

그는 이제 사먹는 밥 대신 희영의 일품요리가 더 맛있다고 생각하게 되었다. 딱 한 가지만 만들어서 그렇지 맛은 그럴 듯했으므로. 어쩌다 고기는 냄새가 밴다고 밖에서 먹었다.

희영의 열정은 마치 36년간 잠자던 활화산이 터져 오르는 것 같았다. 그는 여자의 변모에 당혹감과 동시에 경이로움, 희열을 맛보았다. 희영의 변모는 놀라웠다. 무신경하게 바라보던 돌이 갑자기 움직이는 꽃으로 변한 것 같은 그런 놀라움.

희영은 어느새 그의 몸 깊숙이 들어와 있었다. 여전히 털털한 여교수임에는 틀림없었으나 한 꺼풀 입은 옷을 벗어던진 희영은 이제 확실한 그의 여자의 모습이었다. 그는 안정감과 동시에 두려움을 느꼈다. 또 다른 성화를 얼핏 본 듯한 섬뜩함에.

그러나 그는 상관하지 않는다. 희영은 아무것도 원하지 않을 것이다. 탐닉 외에는. 맞다. 그는 탐닉이라는 말에 만족한다. 성화가 자신을 자기의 것으로 집착하는 것과는 전혀 다른 성질이다.

연극 연습은 그런대로 잘 되어갔다. 아주머니들의 성의가 대단했으므로 어설픔은 극복되었다. 아주머니들은 그의 지시에 절대 복종했다. 그것이 없었다면 연극은 불가능했을 것이다. 그는 두 손을 내젓고 도망 나왔으리라.

신도들이 스님을 왕처럼 모시는 걸 보고 그는 깜짝 놀랐다. 옷을 벗어던지고 스님이나 되어 볼까, 하는 생각이 들 정도로 스님은 그들에게 있어 절대 군주였다.

저 사람들 스님을 왕처럼 모시는군.

어느 날 그는 점심을 먹으면서 성화를 보고 말했다.

그럼요. 왕이에요. 저만 빼고 모두 왕처럼 모시죠. 저의 왕은 당신이
니까……

성화는 얼굴을 붉히면서 속삭였다. 그는 한숨을 쉬었다.

아이구, 또…… 당신이란 말 쓰지 말라니까.

알았어요.

연극은 무사히 공연되었다.

그는 열흘 후, 일요일 오후의 무대를 지켜본 뒤 포교원을 살짝 빠져
나왔다. 성화가 뒤따라 나왔다.

왜요? 다 끝나고 잔치가 있는데.

됐어. 약속이 있어.

그래요? 그럼 저녁에 오실래요? 음식들 좀 챙겨다 놓을게요.

알았어. 가게 되면 전화할게.

포교원 아래까지 희영이 와 있었다.

그는 성화를 떠나 총총히 아래로 내려가 희영의 차에 올랐다. 차에
올라타고 위를 그저 올려다보다가 그는 깜짝 놀랐다. 거기 현관까지
성화가 소리 없이 따라 나와 희영의 차에 오르는 그를 바라보고 있었
다. 그는 얼굴이 빨개졌다. 그리고 순간적으로 화가 났다.

왜 그러세요, 선배님?

차 시동을 걸면서 희영이 물었다. 힐끗 옆눈으로 바라보니 포교원
현관의 성화는 그림자처럼 꼼짝도 없이 그대로 서 있었다.

어서 출발해. 그 여자야.

그래요? 그럼 좀 자세히 볼 걸.

보면 뭘 해. 가기나 해.

희영이 차를 몰면서 살짝 뒤돌아보았다.

아직 서 있네요.

그래? 괜찮아. 후배 여교수 차 타고 다니는 거 아니까.

더 다른 걸 알면?

가만히 안 있지.

지금 근무하러 가는 것도 아닌데 이상하게 생각하는 건 아닐까요? 계속 서 있던데.

원래 그래. 지독하게 나한테 잘 하니까. 나 안 보일 때까지 서 있을 거야.

그래요…….

희영이 씁쓸한 표정을 지었다.

왜?

이미 선배님을 임자로 생각하는 여자 분이 떡 버티고 있으니까.

그거 알았던 거잖아?

하지만 막상 부딪히니까 좀 이상해요. 감정이.

신경 쓸 거 없어. 그 여자가 걱정할 일이지. 희영인 걱정할 일 없다 구.

그렇긴 해요.

그날 밤 희영은 음울한 열정을 쏟아냈다. 그는 갈등을 느끼지 않을 수 없었다. 여자들은 참 알 수가 없다. 약속한 것이 없는 만큼 애초의 그 홀가분함이 지속되어야만 한다. 그러나 희영은 오늘 우울해 보였다. 욕망에 그것들이 스며들어 그를 자극했다.

그는 간단히 시켜먹은 저녁이 끝나자마자 희영의 집을 나왔다.

오늘은 그냥 혼자 갈게. 택시 탈거야.

그러실래요?

웬일인지 희영도 붙잡지 않는다.

그는 홀가분했다. 희영이 그동안 그를 붙잡고 있다는 생각을 했는지도 모른다. 그가 희영을 붙잡았는지 알 수 없었지만 성화에게 가봐야 한다는 생각이 들었다. 그는 택시를 타고 이층방을 향해 달렸다.

女

보고 싶어서 본 것은 아니다. 나는 그저 그의 뒷모습을 바라보기 위해서 천천히 그가 알지 못하게 시선을 고정시킨 채 계단을 내려왔다. 그의 후배라는 동료 여교수를 제대로 본 것은 처음이었다. 유리창을 사이에 두고 바라본 작은 차에서 그녀는 그를 기다리며 차문이 열리는 걸 몸을 앞으로 숙이고 바라보았고, 힐끔 내가 서 있는 유리문 안쪽을 바라보았다.

나는 시력이 좋았다. 예쁜 얼굴은 아니었지만 초저녁 이 시간까지 기다렸다가 그를 태우고 간다는 것은 아무래도……. 나는 무척 당황했다. 그들이 사적으로 매우 가깝다는 인상을 받았던 것이다. 그 또한 차에 오르면서 내 쪽을 힐끔 바라보았지만 못 본 척했다.

가슴이 철렁 내려앉았다. 아침, 저녁으로 출퇴근을 같이 한다는 건 하나도 이상할 게 없는데 일요일의 저녁까지 그의 스케줄에 맞춰 나와 있다니. 그제서야 오늘이 일요일이란 것이 생각났고, 내 가슴은 두근거리기 시작했다.

연수가 로비로 나와 깜짝 놀라 나를 부축할 때까지 나는 가슴을 움켜쥐고 주저앉아 있었다.

아니 원장님 왜 그러세요?

나는 손을 내저었다. 그리고 마음을 가라앉히려고 애썼다. 그가 숨겨놓은 어떤 부분들의 한 귀퉁이를 막 보았다는 확신을 뒤집으려 애쓰며 연수의 손을 잡고 포교원 이층으로 올라갔다. 설마, 설마 하며.

나는 행사 마지막까지 있을 수가 없었다. 갑자기 몸이 무겁고 가슴이 미어지듯 아파왔기 때문이다. 나는 연수에게 전갈을 남기고 급히 집으로 돌아와, 비상시에 의사가 먹으라고 처방한 약을 먹고 자리에 누웠다.

약 때문이었는지 나는 깊이 잠이 들었다. 꿈 속에선 듯 전화가 울린 것을 느끼고 수화기를 집었는데 그였다.

여보세요?

왜 다 죽어가?

그의 목소리가 내 아픔을 깨웠다.

당신이에요?

그래. 끝나고 들어와서 벌써 자는 거야?

아니요. 그냥 먼저 들어와서…… 좀 아파서 약을 먹고 잤어요.

아파? 어디가?

모르겠어요. 가슴에 멍이 든 것 같아요.

나는 기어들어가는 목소리로 말했다.

지금 거기 가는 길인데 그럼 가지 말까?

아, 아니에요. 일어나 차 만들게요.

알았어. 다 왔으니까.

나는 급히 일어나 옷을 갈아입고 차를 만들었다.

웬일일까. 그 여자와 같이 가는 것을 본 것이 몇 시간 전이었나? 나를 그가 본 것일까. 내가 마음에 걸려서? 그런 섬세함을 베푸는 남자는 아니다. 나는 오히려 그를 의심한다. 그 여자와 필시 보통 사이가 아닐 거라는, 그래서 내 의심을 없애버리려고 온다는 생각이 내 가슴을 할퀸다.

그는 금세 계단을 올라왔다. 문을 열자 늦가을 냄새가 확 몰려들어
왔다. 가까이 오자 중국음식 냄새가 났다. 그는 그 여자와 중국음식을
먹었구나. 어디서 먹었을까?

나는 그의 재킷을 받아 옷걸이에 걸고 찻잔을 그의 앞으로 민다. 차
는 알맞게 따뜻했다.

좋군.

연우 씨.

어, 왜?

나는 중국음식을 먹었는지 묻고 싶었다. 어디서, 누구랑, 먹었는지.
그 여자랑 먹었다는 자명한 사실 앞에서도 그냥 묻고 싶었다.

아니, 아니에요.

나는 그냥 묻어버린다. 그 대신 그렇게 묻는다.

그 후배 교수랑 저녁 드셨어요?

응? 응.

그는 얼버무린다. 나는 말해 버린다.

중국음식 냄새나네?

그래? 맞아. 중국음식 시켜 먹었어.

시켜 먹어요? 음식점에 안 가고? 당신 집에서?

아니. 후배 집에서. 뭐 보여줄 게 있다고 해서 갔거든.

나는 고개를 끄덕인다. 후배 집에서…….

차를 천천히 마신다. 나는 시크릿 가든을 틀어놓고 연우가 차를 다
마실 때까지 기다렸다가 등 뒤로 다가가 안마를 시작한다.

아이구 시원해.

그리고 수순처럼 나는 연우의 몸 위로 올랐고, 내 가슴의 통증은 어

느새 사라져 버렸다. 나는 잠에 빠지는 것처럼 오르가슴에 빠져들었다.

연우는 지쳐 보였다.

당신 오늘 피곤해 보여요.

피곤해. 그래서 안마 받고 가려고 온 거야.

주무시고 가세요.

아니야. 갈 거야.

그러나 연우는 스르르 잠에 빠져들었다.

나는 그 옆에 누워 연우 모르게 팔을 허리에 두르고 눈을 감는다. 연우는 나를 껴안지 않는다. 그는 후배라는 여자를 껴안을까. 나는 이대로 그가 깨어나지 않기를 바란다. 아침까지 그의 허리를 안고 잘 수 있기를.

온몸이, 머리가, 가슴이, 내 몸에 솟아 있는 솜털 하나하나까지 모두 한 곳으로만 달려간다. 그에게로.

가을은 은행잎을 다 떨궈 버렸다. 나는 가로등 빛에 멈춰 있는 은행나무 가지들을 본다. 한 개의 나뭇잎도 달려 있지 않은 나무. 불을 켜지 않고 아래층에서 올라온 그대로 나는 침대 가에 앉아 영상처럼 정지해 있는 창문의 그림자를 본다. 오늘 밤은 바람도 없다.

지난번 포교원 행사가 끝난 후 어쩔 수 없이 나는 신도들 몇 명을 대상으로 다도강좌를 개설했다. 그것은 몇 달간 계속 될 것이다. 나는 약간 짜증스러웠다. 글도 써야 하고…… 아니다. 사실은 그 포교원 행사가 있던 날의 영상이 지금까지 나를 괴롭히고 있다. 그가 그날 밤 늦게 온 것까지 의구심이 느껴진다.

그 밤 그가 온 건 뜻밖이었다. 그 여자의 차를 타고 힐끗 나를 유령

보듯 하며 떠날 때 내려앉던 가슴이 늦은 밤 이층으로 올라온 그에 대한 의구심과 연결되었다. 나는 한 번도 그가 내게 왜 오는 것일까 라고 생각해본 적이 없다. 그가 항상 내 곁에 있기를 바랐으므로. 항상 나는 목이 마른 짐승 같다. 그를 기다린다.

오늘 오세요? 오시면 안 돼요? 오늘 저녁 같이 먹고 싶은데…… 오실 수 있으세요? 라고 물으며 그를 기다린다.

헌데 그날 밤은 그에게 밤에 오실래요? 라고 묻지 않았다. 이미 낮에 봤기 때문이기도 하고 그가 후배 여교수와 같이 가는 걸 몰래 지켜보지 않았던가? 그가 오리라곤 생각하지 않았다. 단지 그가 그 후배 여교수와 밤을 보낼지도 모른다는 상상에 고통스러웠을 뿐이다.

헌데 그가 왔다. 그가 제멋대로이긴 하지만 내게 오는 것만큼은 아니었다. 일주일에 한 번이나 두 주에 한 번 정도 꼭 오기는 했지만 거의 내가 먼저 전화를 건 뒤의 일이다. 그는 여분의 시간에만 내게 온다. 헌데 그날 밤 느닷없이 내게 찾아왔고…….

그의 여자 후배가 자꾸 생각난다. 자세히 볼 수는 없었지만 얼굴을 삐죽 앞으로 내밀고 나를 보던 눈이 생각난다. 얼굴만큼은 자세히 본 셈이었다. 머리는 보통이었고 그다지 멋스러운 인상은 아니었다. 그러나 그렇게 친근해 보일 수가 없는 두 사람.

나는 나도 모르게 택시를 탄다. 그리고 밤 열 시 십 분에 연우의 집 앞에 서 있었다. 나는 그러는 나 자신을 나무란다. 연우는 집에 찾아오는 걸 싫어한다. 특히 내가 오는 걸. 가슴 밑바닥에 찬 얼음조각들이 가득 차 있는 것만 같다.

연우 방 불은 꺼져 있었다. 나는 그의 집 전화를 이미 걸어보았다. 그는 전화를 받지 않았다. 집에 없으므로. 나는 놀이터 그네에 앉아 그를 기다린다. 그는 이 놀이터 옆을 지나 저 아파트 현관 입구로 들어설

것이다.

男

　일 년을 두 토막으로 나누면 육 개월인데 그 사이에 겨울과 여름의 휴가가 있다. 겨울은 휴가가 더 길었다. 사실상 일 년이라 하지만 여름 휴가 끝나고 삼 개월이면 강의가 끝난다. 그러니 칠 개월 정도? 아이들을 가르치는 셈이다.

　종강이었다.

　지숙이 겨울에 연극을 하고 싶다고 해서 알아봤났지만 지숙은 예정을 바꿨고, 가게 오픈을 이미 해서 올 수 있는 상황이 아니었다. 딸애만 십이월 중순에 온다고 연락이 왔다.

　지숙은 지난번 일로 더 이상 성가시게 굴지 않았다. 지숙에게도 남자가 생긴 것일까. 그러나 낌새를 보니 그런 것 같진 않다. 오히려 일월쯤에 나왔다 가라고 은근히 바라는 눈치였다.

　아무튼 그는 한숨 놓는다. 지난번 전화 사건으로 찌뿌듯하게 눌러 앉아 있던 꺼림칙함을 이제 버려도 되리라. 딸애가 오는 건 문제 없다. 공연 계획도 없고 겨울휴가는 길었다. 특강 몇 군데만 날짜가 잡혀 있을 뿐 나머지는 자유롭게 보낼 수 있었다.

　희영이 종강을 하던 날 선배님, 우리 여행 갈까요. 하고 물었다.

　여행? 어디로?

　어디 가고 싶으세요?

　일본이나 갈까?

　아이, 먼데 말고. 제주도 어때요?

제주도? 글쎄.

못 갈 일도 없다.

성적 정리 끝나고 며칠 쉰 다음에 가는 게 어떨까? 애들 공연도 있고.

그가 제의했다.

맞아. 그게 좋겠다. 공연이 남아 있군요.

종강 후 일주일 정도는 계속 학교에 나가야 했다. 여러 가지 처리할 문제들이 있었다. 희영은 서류들을 싸들고 연우의 방으로 찾아들었다. 그는 가끔씩 녹차를 홀짝이면서 성적처리를 했고, 그후로는 졸업 공연 작품의 반응이 좋아서 시내 공연을 하기로 한 아이들의 공연연습을 지켜보는데 일주일을 보냈다. 희영이 기꺼이 성적처리를 도와주었고 차도 만들고 사과를 깎았다.

희영은 그에게 갑작스레 밀착되어 버렸다.

공연 내용의 많은 부분들이 다시 연출되었지만 대부분 연습이 된 연기였으므로 약간씩 그의 방식대로 추가되거나 교정되었을 뿐 힘든 일은 없었다. 연습실이 조금 추워서 학생들은 연습을 빨리 끝내고 싶어했다. 점수 같은 것과 관계 없으니 부담이 없을 터였지만 아이들은 열심히 연습했다. 헌데도 연습은 일주일을 넘겼다.

잠깐 시골에 내려갔다 온다던 희영이 공연연습 때문에 떠나지 못했다. 방학이 시작되었으므로 학교버스가 없어졌고 그는 차가 필요했기 때문에. 그냥 가라고 했지만 희영은 나중에 가겠다고 집에 가는 걸 기꺼이 포기했다. 희영은 공연연습도 빠짐없이 지켜보았다. 그녀 또한 공연예술과였기 때문에 학생들의 의문을 살 일 같은 건 없었다.

그중의 어떤 날이었다. 성적처리도 다 끝나고 오후 연습실에만 가면 되는 날의 어느 시간에. 희영이 느닷없이 말했다.

선배님, 나 오늘 선배님 집에서 자고 갈래요.

거의 희영의 집에서 저녁을 먹거나 학기 중에 하듯이 밖에서 먹던 저녁을 그날 밤 일식집에서 초밥을 먹고 그의 집으로 가던 중이었다.

그래? 왜?

아이, 그냥. 분위기 좀 바꿔 보게.

조심해야 해. 조금 있으면 우리 아이도 오고 우리집 출입은 안 하는 게 좋아.

따님께서 오시면 물론 안 가죠.

불쑥 그 여자가 올 수도 있어. 어떨 땐 예측불허라니까.

그는 성화가 이렇게 이 주가 다 되도록 안 가고 있을 때면 느닷없이 와서 기다리고 서 있을 거란 생각이 드는 때가 있었다.

그는 약간 불안했다. 종강하고 성적처리 하느라 바쁘다고 두 주 정도 가지 않았으니 불쑥 찾아올 수도 있다. 불쑥 오는 것이 그가 제일 싫어한다는 걸 알고 있기는 하지만 욕망이 커지면 불쑥 오고도 남을 여자다.

열 시가 거의 다 되는 시각이었다. 희영이 자꾸 졸랐으므로 그는 희영의 차에서 내려 먼저 아파트로 들어섰고 희영은 뒤따라 들어왔다. 놀이터를 지나는데 문득 누군가 자신을 보고 있다는 느낌이 들었다. 날씨는 쌀쌀했고 놀이터는 비어 있었다. 그러나 문득 미끄럼틀 뒤로 살짝 숨는 그림자를 그는 놓치지 않았다.

그때 희영이 선배님, 저 담배 한 대 피우고 들어갈게요. 먼저 들어가세요, 라고 말했고 그는 왠지 찔끔 했다. 누군가 자신을 보고 있다는 느낌이 매우 강했다. 그러나 희영에게 그냥 돌아가라고 말하기에는 너무 늦었다. 희영은 놀이터 그네에 막 앉고 있었고, 그 그림자는 사라지고 없었다.

현관문을 가만히 닫아놓고 옷을 갈아입는 사이 희영이 들어왔다.

나 씻는다.

샤워를 하는데 희영이 소리도 없이 불쑥 들어왔다.

아이구, 깜짝이야.

그는 막 나가려던 참이었다고 말하려고 했다. 샤워꼭지를 넘겨주자 희영이 장난스럽게 그의 몸에 물을 뿌리기 시작했다.

누구 오면 어쩌려고 그래.

지금 올 사람 있어요?

모르지. 우리 아버지가 갑자기 오실 수도 있잖아?

열한 시가 다 됐는데요?

벌써 그렇게 됐어? 나 나간다.

그는 희영의 물세례를 피해 재빨리 욕실을 나왔다. 이제 희영은 그에게 여자가 되어버렸다. 잘 하는 짓인지 알 수 없어. 그는 혼자 중얼거린다. 그러나 다가오는 건 희영이고 그는 물리쳐 버려야만 할 당위성 같은 건 물론 생각나지 않는다. 오히려 여자란 늘 필요한 존잰데……. 단지 문제는 그가 희영일 사랑하는 건 아니라는 것이다. 아니 한 번도 사랑이라는 것을 생각해본 적이 없다는 것을 요즘 와서 깨닫는 것. 미야와의 만남이 아, 이게 사랑인가 라는 아련한 어떤 느낌을 가져다주었기는 했지만, 단지 그것도 느낌일 뿐 확신이 없었다. 금세 지나가버린 자욱에 불과한.

미야가 자욱을 남긴 건 분명하다. 그가 조금이라도 사랑을 느꼈다면 그것은 미야일 것이다. 그는 갑자기 희영이 걱정스러웠다. 성화처럼 자신에게 집착하게 될 수도 있지 않겠는가.

그러나 그는 옷을 입으면서 고개를 젓는다. 그런 깊은 생각할 필요가 없다는 판단이다. 그는 여자가 필요하고, 원하지 않았지만 희영은 그를 원한다. 그가 원한 건 아니다.

머릿속이 복잡해지는 걸 느낄 새도 없이 희영이 침대로 기어들어왔다.

에라 모르겠다. 그는 그런 기분이었다. 묻지도 않고 알려고도 하지 않고 무조건 좋아하는 건 어떤 건가…… 희영이 지금 그렇지 않은가.

女

나는 오랫동안 놀이터에 앉아 있었다. 온몸이 차가워졌다. 이제 날씨가 추웠다. 그러나 아까 그 여자가 앉아 있던 그네에 앉아서 나는 꼼짝도 할 수 없다. 하마터면 그의 눈에 띌 뻔했다. 다행히 놀이터는 어둑어둑했고, 나는 미끄럼틀 뒤로 얼른 숨었다. 그 여자는 그네에 앉아서 담배 한 대를 피우다가 그를 따라 올라갔다.

나는 멀리서도 그를 알아볼 수 있다. 그의 모습이 어떻게 흔들리며 걸어오는가를 눈을 감아도 알 수 있다. 그가 후배라는 그 여자와 소근거리며 걸어오는 것을 딱 보는 순간 내 가슴은 멎어버리는 것 같았다. 몇 번짼가…… 나는 며칠 전에도 여기 와서 그를 기다리고 있었다. 그가 돌아오는 모습을 보고 싶었다. 그가 혼자 돌아오는 모습을.

그러나. 그 옆에는 여자 후배가 딱 붙어 있었다. 그는 그 여자의 차만 타는 게 아니다. 이미 포교원 행사 때 덜컥 내려앉아버린 가슴이 그때 예언을 했던가. 그때부터 나는 불안해서 견딜 수가 없었다. 겨울방학이 시작됐다는 걸 알고 있다. 나는 그에게 전화를 걸었고 그가 이 주 동안이나 오지 않았다는 걸 상기시켰다.

성적처리 때문에 바빠. 연극 연습도 봐줘야 하고.

내 가슴은 점점 얼어붙었다. 나는 정화의 차를 타고 그의 학교 앞에서 그가 그 여자의 차를 타고 나오는 걸 확인하고 싶었다. 나는 그 여자의 차번호를 은연중에 외우고 있었다. 2973. 금색의 경차.

그러나 학교 정문 근처에 차를 세우고 몇 시간이고 앉아 있다가 나는 허탕을 치고 돌아오곤 했다. 그들이 언제 학교에서 나오는지 알 수 없었다. 그건 물을 수도 없고 그는 그런 걸 말하는 걸 아주 싫어한다.

나는 홀로 저녁을 먹을 때면 한 입도 제대로 넘기지 못했다. 연수가 만들어놓고 간 다식이나 떡 같은 것만 하나씩 집어먹어도 배가 고프지 않았다.

다리가 후들후들 떨린다. 모른 척 그의 집 문을 두드려버릴까. 갑자기 담배가 피우고 싶었다. 나는 놀이터를 빠져나와 아파트 상가로 가서 담배 한 갑을 샀다. 담배는 한 번도 피워본 적이 없었다. 그도 담배를 피우지 않는다. 그는 담배 피우는 여자를 좋아하지 않는다고 생각했는데……. 그 여자는 담배를 피우지 않는가?

나는 그 여자가 앉았던 자리에 앉아 떨면서 담뱃갑을 뜯는다. 그리고 라이터를 켜고 불을 붙인다. 담배는 장난감처럼 가늘다. 요렇게 가늘어졌구나. 아버지가 피우던 옛 담배가 생각났다. 아버지는 담배를 많이 피우던 분이었다. 어머니는 그걸 매우 싫어하셨는데 결국 나중에는 무심해지셨다. 나는 아버지가 마당을 걸어 다니시며 담배 한 모금 빨고 하늘 한번 쳐다보고 하는 것을 바라보곤 했다.

나는 아무도 없는 춥고 어두운 놀이터에서 날숨을 쉬며 캑캑거린다. 그리고는 담배를 휙 내던져버렸다. 담배는 모래 위에 떨어져서 저 혼자 빨갛게 타오르고 있다. 나는 어림짐작으로 연우의 집 복도를 올려다보고 놀이터를 돌아 나온다.

그 여자는 나오지 않는다. 쳐들어갈까. 다리는 여전히 떨리고 있다.

아파트 입구를 걸어 나오다가 나는 담벼락에 기대어 하염없이 절망했다. 눈물이 자르르 흐른다. 그가 아팠을 때 옆에 누워 자던 때가 생각난다. 그때가 가장 행복했던가.

그 여자는 나오지 않는다. 그의 옆에 누워서 허리를 감고…… 미칠 듯한 심정이 되어 더는 견딜 수 없다. 나는 도로변으로 뛰쳐나와 아무렇게나 손을 휘젓는다. 택시가 우르르 와서 멈추었다.

밤을 어찌 보냈는지 알 수 없다. 이층으로 오르는 열여섯 개의 계단이 그렇게 길 수가 없었다. 나는 마치 한라산을 오르듯이 그 좁은 열여섯 개의 계단을 간신히 기어 올라갔다.

시계를 본다. 자정이 다 되어가는 시각이었다. 나는 멈칫거리다가 그의 전화번호를 누르고 만다. 그는 여섯 번의 벨이 울린 다음에야 전화기 저쪽에서 나왔다.

여보세요.

웬일인지 매우 부드러웠다. 순간적으로 마음이 놓였다. 그가 퉁명스러우면 나도 모르게 전화기를 놔버렸을지도 모른다.

저예요.

이 밤중에 웬일이야. 남 자는데.

죄송해요. 보고 싶어서. 주무셨어요?

그래. 뭔 일 있어?

아니요. 목소리 듣고 싶어서…….

너 도대체…….지금이 몇 신데. 그래, 목소리 들었으니 됐지?

……

그래도 화는 내지 않는다. 그의 목소리는 차분했다.

아, 참 일요일에 우리 아이들이 졸업작품 시내 공연 하는데 보려면 봐. 시민문화관에서 하니까.

다시 한번 놀란다. 눈물이 날 만큼 의외의 제안이다.

몇 신데요?

네 시, 일곱 시.

당신은 안 오세요?

아, 난 일곱 시 공연만 잠깐 들여다보고 올 거야.

지금도 학교 나가세요?

애들 공연연습을 토요일까지 한다니까.

나는 혼날 각오를 하고 계속 묻는다.

그러면 학교는 몇 시쯤 나가세요?

아, 오후 한 시부터 서너 시간 해.

아직은 화낼 때가 아닌 것일까. 잘 대답해주고 있다.

네. 그러면 일요일 저녁 저랑 식사하세요.

그럴까? 만난 지 오래 됐나?

나는 기뻤다. 그가 만남에 대한 언급을 한 것이.

그래요. 삼 주가 다 됐어요.

그런가? 하지만 좀 늦을 텐데, 여덟 시가 지나야 할 거야.

제가 저녁 준비해놓고 기다릴게요.

그래, 그럼. 그리고 늦은 시간에 전화하지 마.

네. 알았어요. 안녕히 주무세요. 사랑해요.

그는 대답도 없이 사라졌다. 그러나 끝까지 퉁명스럽거나 하지는 않았다. 옆에 여자가 아직 있는 걸까. 여자가 깰까봐 가만가만 얘기한 건지도 모른다. 아니면 본 지가 오래 돼서.

일요일 그를 만난다는 기대와, 지금 그가 다른 여자와 있음을 용서할 수 없다는 대치된 감정 때문에 나는 잠을 이루지 못했다.

나는 연우의 학교로 전화를 건다.

저, 우희영 교수님 연락처를 좀 알 수 있을까요? 주소두요. 네. 고맙습니다.

그 여자의 이름은 유희영이었다. 그건 연우에게서 얻어들은 이름이었다. 나는 매우 쉽게 그 여자의 주소를 알아낸다. 평소 내 외모와 걸맞지 않은 앳된 음성 때문이었을까. 왜 묻느냐는 질문도 없이 조교는 쉽게 대답해 주었다.

사흘 후 그를 만난다. 사흘 안에 나는 그 여자를 찾아 낼 생각이었다.

오전 열한 시. 나는 정화의 차를 타고 그 여자의 아파트를 찾아 나섰다. 작은 임대형 아파트. 나는 쉽게 금색의 경차를 발견하고 입구 쪽에 차를 주차하고 기다렸다. 그 여자는 열두 시가 다 되어도 나오지 않았다.

아파트 주차장은 거의 비어 있었다. 다행히 겨울 햇빛이 쏟아지고 있었으므로 나는 선글라스를 썼다. 설사 그 여자가 본다 해도 알아보진 못하리라. 아니, 나처럼 한번 보고도 알아버릴 수도 있다. 아침도 거른 배에 나는 정화가 넣어 준 보온병의 차만 자꾸 따라 마신다. 입에서 쌉싸름한 차 냄새가 났다.

니 입에서 냄새가 나.

어느 날 키스 한 번만 해주세요, 라고 연우에게 사정하다시피 해서 겨우 키스를 한 적이 있었는데 갑자기 입을 떼고는 그렇게 퉁명스럽게 뱉어냈다.

냄새요? 무슨…….

나는 얼굴을 붉혔다. 온몸이 붉어진 느낌이었다.

몰라. 아무튼 좋지 않아. 전에 위가 좋지 않았다고 했었나?

나는 기억이 나지 않았다. 그래서 아무 말 하지 않고 고개를 숙이고 있었다.

입에서 오래된 무슨 냄새가 나. 당신의 밥이 차라서 차 냄샌지도 모르지. 그보다 훨씬 안 좋아.

알았어요…….

나는 다시는 키스해 달라고 조르지 못했다. 나는 녹차 냄새 밴 내 맨 입술을 만지작거리며 햇살 찬란한 바깥을 내다보았다. 이제 십이월의 시작이었다. 눈 같은 건 내릴 성싶지 않다. 겨울이라는 생각이 들지 않는 찬란한 햇빛.

나는 깜박 졸다가 깜짝 놀라서 눈을 떴다. 마침내 연둣빛 반코트에 짙은 녹색 바지를 입고 짧은 부츠를 신은 그 여자가 나오는 것을 보았기 때문이다. 하마터면 놓칠 뻔했다.

그 여자는 거침없이 자신의 차로 가서 곧장 주차장을 떠났다. 나는 천천히 그 여자 뒤로 차를 몰았다. 연우의 집을 알고 있으니 내가 앞장서건 그 여자가 앞장서건 상관없었지만 나는 아주 천천히 그 여자의 뒤를 따른다. 한적한 주택가 골목들을 지나 이십여 분 뒤에는 연우의 아파트에 도착했다. 나는 멀찍이서 노란 경차가 연우를 기다리고 있는 것을 지켜보았다. 노란 경차는 오 분 정도 아파트 입구에 서 있었다. 그동안 여자는 담배 한 대를 피웠다.

나는 길고 검은 바바리코트를 걸친 남자가 걸어오는 것을 보았다. 가방을 어깨에 메고 모자를 쓴. 꽁지머리의 남자. 연우.

그들은 곧장 아파트를 떠났다. 나는 그들을 따라갔다. 그들은 내가 알고 있는 길들을 달려 그대로 학교로 들어가 버렸다. 나는 한동안 허탈해서 학교 근처에 차를 대고 눈을 감고 앉아 있었다.

일시에 피로가 몰려왔다. 배고픔까지. 사실 지금 내가 여기서 뭘 하는가, 라는 생각이 나를 괴롭혔다. 오후 네 시쯤 나는 다시 와 볼 생각이었다. 그땐 연수의 차를 빌려 타고 올 것이다. 지치고 허기져서 시내로 돌아와 나는 연수와 점심을 먹었다. 다행히 오늘 저녁은 차회가 없었다. 금요일 차회는 연수에게 부탁할 생각이었다.

원장님, 쉬셔야겠어요.

어젯밤 잠을 못 자 그래.

왜요? 뭔 일 있어요?

아냐. 오늘 오후에 차 좀 쓰게 해 줄래?

그러세요. 다락방에서 책 좀 읽다가 갈 테니까 골목에 차 놔두시고.

알았어.

나는 연수에게 말하고 싶은 충동을 참는다. 노란 경차의 차창으로 빠져나오던 담배 연기. 나는 나도 모르게 손을 내저었다. 갑자기 담배 생각이 났다. 나는 홀로 이층으로 올라와 내던져 둔 담뱃갑을 찾아 담배 한 대를 콜록거리며 다 피운다. 그리고는 화장실 변기에 대고 토했다.

견딜 수 없는 아픔을 덜기 위해 나는 뜨거운 물로 샤워를 하고 옷을 단정하게 입은 다음, 안 열던 창문을 열고 담배 연기를 내보내고 다시 창문을 닫았다. 그리고 세 시로 알람을 해놓은 다음 낮잠에 빠져들어 갔다.

오후 네 시.

연수의 차를 타고 가려던 계획이 수포로 돌아가 버렸다. 갑자기 손님들이 찾아와서 나는 즉석 강의를 해야 했고, 연수가 차마실회 아이들을 불러 손님들에게 차를 대접했다.

나는 손님들과 저녁까지 먹어야 했고 그 다음엔 차마실회 아이들과 한참 동안 애기를 나눈 다음 열 시경에야 헤어졌다. 나는 아이들을 보낸 후에야 택시를 잡아타고 연우의 집으로 달렸다. 연우의 아파트 근처에서 나는 망설이다가 전화를 넣는다.

저예요.

응. 밤중에 또 웬일이야?

목소리 듣고 싶어서요. 저 당신 집에 가면 안 될까요?

손님이 와 있어.

손님이 계세요? 어떤…….

말하면 아나? 꼬치꼬치 묻지 마.

미안해요. 그 손님 간 다음에 가면 안 돼요?

늦게 갈 거야. 모레 만날 텐데 뭘 그래.

당신 보고 싶어서…….

나, 참. 끊어. 모레나 봐.

알았어요. 사랑해요.

내 목소리가 기어들어갔다. 연우는 전화를 끊어버렸다. 나는 처참한 기분으로 연우의 아파트 안으로 들어섰다. 그리고 2973이라는 숫자를 달고 있는 금색의 경차를 보았다. 가슴이 쿠웅- 내려앉았다.

그것은 연우의 집 통로 바로 앞에 당연하다는 듯 세워져 있다. 나는 엘리베이터를 타고 연우의 집 문 앞까지 간다. 그리고 그 문 앞에 소리 없이 한참 동안 서 있었다. 아무 소리도 나지 않았다. 옆집에서 나는지 텔레비전 소리가 울려나올 뿐.

그러나 내 귀엔 그 여자의 신음소리가 가득 차 있었다. 그래. 연우는 오래전부터 그 여자와 깊은 관계를 가져왔음이 틀림없다. 후배 여교수의 차를 탄다고 한 때가 언제인가. 아주 오래전이었다. 그럼 그때부터? 아니다. 그때부터는 아니었다. 어쩌면 최근에 부쩍 가까워졌는지도 모른다. 혹은 작년 가을…… 일본 여자 때문에 내가 일을 저질렀을 때.

나는 연우의 집 차디 찬 금속 문에 기대어 눈물을 줄줄 흘린다. 벨을 눌러버리고 싶은 충동. 문을 두드리고 싶은 충동. 다시 전화를 걸고 싶은 충동. 어떤 남자가 복도를 뚜벅뚜벅 걸어왔다. 나는 깜짝 놀라서 몸을 반듯이 세운 후 고개를 숙이고 연우 집 문 앞을 벗어났다.

나는 잠을 이룰 수가 없다.

온몸이 질투심 때문에 빳빳했다. 혀는 부르튼 느낌이었고, 영혼은 어디론가 빠져나가고 껍데기만 있는 느낌이었다. 바람소리가 쉥쉥 났다. 울어서 부은 눈을 뜨고 나는 밤을 새운다.

어떻게 해야 하나.

어떻게 해야 하나.

화두처럼 머리를 맴도는 그 생각으로 가득 찬 채.

나는 정화의 차를 타고 연우의 아파트 앞에 서 있다. 금색의 경차는 스르륵 아파트 입구에 멈추었다가 뚜벅뚜벅 걸어 나오는 검은 코트의 연우를 태우고 달아난다.

사흘 동안 나는 그 모습을 지켜보다가 집으로 돌아왔고 밤이면 노란색 경차를 찾아다녔다. 연우의 집 앞에 없으면 그 여자의 집 앞에 세워져 있는 앙증맞은 금색의 경차.

나는 택시를 타고 돌아다녔고 차를 발견하면 집으로 돌아왔다. 그리고 연우의 집으로 전화를 걸면, 연우는 화를 내거나 가라앉아서 목소리가 잘 들리지 않거나 그랬다. 제대로 대화를 한 적은 없었다. 그냥 나는 그가 화를 내거나 말거나 걸어야만 했다.

연우는 아무튼 그 여자와 착 달라붙어 있는 게 분명했다. 나는 밤마다 이상한 여행을 한다고 생각했고, 멍했으며 반쯤은 정신이 나가 있었다. 이젠 울거나 하지 않았다.

나는 연우를 만나는 날을 기다렸다. 삼 년 같은 사흘 동안.

男

요즘 들어 성화의 전화가 부쩍 잦았다. 이상하게도 희영이와 같이 있을 때 전화가 왔다. 희영은 눈치 빠르게 성화라는 걸 알고 새끼손가락을 들어보이곤 했다.

토요일 오후 마지막 리허설이 공연 장소에서 있었다. 희영은 그것까지 그와 같이 서서 지켜보았고 박수를 쳐주었다. 그리곤 아이들 대표와 저녁을 같이 먹고 그의 집으로 돌아왔다.

저 내일 집에 가려구요.

어, 그래? 언제 와? 공연은 안 보고?

일곱 시 공연 보도록 할게요. 늦을 수도 있어요. 새벽에 갔다 올 거지만.

그래? 그 여자도 올 텐데. 아무튼 딴 사람들하고 올 테니까 상관없지. 앞자리에 앉아 있을 거니까 늦어도 앞으로 와.

그럴게요.

그렇게 빨리 올 수 있는 건가?

새벽에 갔다가 오후에 출발하면 돼요.

공연 안 봐도 돼.

애들하고 약속했어요. 교수님도 꼭 앞자리에서 보셔야 된다고 해서.

우리 여행 가기로 했던가?

그럼요.

그럼 월요일에 그냥 떠나자.

어디로?

남해나 휭 갈까? 동해는 고개 넘어가려면 위험하니까.

아직 눈 소식은 없다. 그러나 영동지방엔 이미 첫눈이 내렸고, 동해로 가는 고개들은 위험했다.

그래요. 옷만 좀 준비하면 되겠군요.

희영은 이제 자연스럽게 그의 집 안으로 들어왔다. 차를 마시곤 자신의 집에서처럼 이를 닦고 막 옷을 갈아입는 그에게 다가온다. 그가 담배 냄새를 싫어한다는 걸 알기 때문에.

희영은 거의 날마다 그를 도발시킨다. 마치 오랫동안 찾아온 욕망을 폭발시키듯 그녀는 열정적이었고 그는 그게 싫지 않았다. 어느새 희영과의 섹스에 길들어져 버린 것일까. 희영의 집에서 저녁을 먹거나 밖에서 먹거나 수순은 똑같았다. 희영의 집 아니면 그의 집. 그러나 앞으로는 희영의 집으로 가야 할 것이다. 곧 딸이 올 것이므로. 사흘쯤 여행하고 오면 그 다음 딸이 올 것이다.

희영이 어깨를 와락 문다. 무는 게 그녀의 버릇이었다. 그는 문득 성화의 살찐 어깨를 떠올린다. 성화는 그를 물고 싶어 했지만 차마 물지 못했다. 그저 꽉 쥐었다가 쓰다듬기만 한다. 물어도 될까요? 하고 물어 볼 여자였다. 여태까지 모든 걸 그래왔으므로.

내일 그녀를 만나야 하리라. 여행 사실을 숨겨야 한다. 알면 누구랑 가느냐, 어디로 가느냐, 어떻게 가느냐 꼬치꼬치 물을 것이므로. 그는 성화가 어머니처럼 느껴진다는 게 싫었다.

뭐 생각해요?

마지막 안간힘을 하는 표정이 이상했을까. 희영이 눈치를 채고 묻는다. 그는 고개를 흔들고 마지막을 향해서 파고든다. 희영이 와락 소리를 질렀다.

쉬이.

공연이 시작되었지만 희영은 도착하지 않는다. 세 시간 넘게 걸리니 제 시간에 맞추기가 쉽지 않을 것이다. 상관하지 않고 그는 아이들의 공연을 지켜본다. 대본도 학생이 썼고 의상도 의상학과 학생들이 만들었다. 몇몇 교수들이 공연을 같이 보고 있다. 모두 초대된 사람들이고 친구들과 친지들이 대부분인 것처럼 보였다. 연극은 한 시간짜리 창작 코미디극이었다.

희영은 일곱 시 공연이 다 끝날 무렵 허리를 굽히고 앞좌석으로 나왔다.

어, 이제 온 거야?

아뇨. 뒤에서 좀 봤어요.

공연이 끝났다. 그는 학생들과 함께 무대에 나가 인사를 하고 내려왔다. 희영이 기다리고 있었다.

나 그 여자한테 가기로 했어. 희영이 먼저 돌아가.

그래요? 알았어요. 그럼 늦겠네?

몰라. 오랜만에 만나서 말이야.

희영의 얼굴이 살짝 굳어지는 걸 그는 보았다.

나 기다리지 마. 택시 타고 집으로 갈 거니까.

알았어요. 내일 몇 시?

아, 맞아. 내일 오후쯤 떠나자. 세 시에 올래?

그래요. 전화하고 갈게요.

그는 희영의 손을 꼭 잡아주고 헤어진다. 동료교수들과 인사하고 공연장을 막 빠져나와 걷는데 건너편 골목 입구에 성화가 서성이고 있는게 보였다. 혼자였다.

아이구……그는 혀를 끌끌 차며 초록불이 켜진 횡단보도를 건너간다. 그는 성화의 어깨를 툭 쳤다.

여기서 뭐해. 집에 안 들어가고.

당신 기다렸어요.

성화는 왠지 마른 느낌을 주었다. 살이 빠진 것 같진 않은데 무언가 골똘히 생각하고 있는 인상 때문인지 좀 야위었다는 생각이 들었다.

뭔 일 있었나? 그동안에 좀 야윈 것 같기도 하고. 살 빠졌어?

성화의 집으로 걸어가면서 그가 고개를 갸우뚱하고 묻자 성화가 싱긋이 웃었다. 싱긋이 웃는데 그 웃음 끝이 또 야위었다는 인상이었다.

그래 보여요? 당신이 안 오시니까 외로워서 그래요.

성화는 쓸쓸한 표정을 짓는다. 더 이상 별다른 말이 없다는 것도 신경을 잡아끈다. 이 여자가…… 하다가 그는 마음을 접었다. 기다림에 지친 여자다. 이해해야지.

금세 다락방 골목에 접어든다. 은행나무 두 그루는 오래된 늙은 고목으로 옷을 벗은 채 서 있다. 가로등 빛이 차갑게 빛났다.

뭐해. 문 안 열고.

회색빛 은행나무를 쳐다보고 서 있는 성화를 쿡 찔렀다. 성화가 깜짝 놀라더니 무거운 갈색 나무문을 밀었다. 그는 아무래도 성화가 이상하다는 생각이 들었다. 몇 주 안 본 사이에 둥글둥글하던 인상이 뾰족하게 바뀌었다는 그런 생각. 이 여자가 왜 이러나 싶다. 그냥 돌아가 버릴까, 하다가 그는 생각을 접고 다락방의 식탁 의자에 앉았다. 성화가 히터를 켜고 손으로 식탁을 쓰윽 한번 훑는다.

성화는 빠르게 상을 차렸다. 공연 보기 전에 다 준비해 놓은 듯 해물

전에 해파리냉채, 도미찜을 데워 내놓고 된장국을 데웠다. 성화는 말이 없다. 그는 화가 나는 걸 참고 밥을 먹는다. '어쨌든 나를 위해 만들었으니까.'

도미찜 맛있군.

그래요?

성화의 눈이 반짝 빛났다.

다 맛있어. 언제 이렇게 만들었나?

오늘 하루종일 노는 날이라서 아까 준비해놓고 나갔어요.

혼자 봤어?

아뇨. 연수하고. 연수랑 바로 헤어진 길이었어요.

그 애는 시집 안 가나?

성질이 있어 놔서.

어디 아픈가?

성화가 눈을 크게 뜨고 바라보며 웃는다.

그래 보여요? 조금 아파요. 구체적으로 아픈 덴 없대요. 늙었나 봐요.

근데 왜 풀이 죽었어?

당신 못 만나서 그래요. 당신 만나는 여자 있어요? 요즘 한 번도 안 오시고…….

그는 찔끔 한다.

없어. 종강하고 애들 연습 땜에 바쁘다고 했잖아.

방학 땐 어디 안 가죠?

몰라. 아직 별일은 없어. 연수원 특강 몇 번 하고. 시립극단에서 특강 있을 거야. 지난겨울처럼. 그럼 한 열흘 바쁠 거야. 또.

저랑 인도여행 가요.

뜬금없이 인도는 왜?

그전부터 가고 싶었어요. 당신이랑.

못 가. 다른 사람 알아봐. 왜 당신 제자들 있잖아.

성화는 다시 풀이 죽는다. 그러나 눈에서 묘한 광채가 났다. 아무래도 뭔가 달라졌다는 생각이 들게 하는 눈빛이었다. 그는 찜찜했지만 곧 잊었다. 푸짐한 식사와 신경 쓸 것 없는 여자와 편안하게 시간을 죽이는 그런 오래된 습관적인 의식이 어느새 머릿속에 자리하고 있었다.

차 마시고 안마해 드릴게요.

그래. 차는 이층에서 마시지.

먼저 올라가 양치하고 계세요.

그러지.

그는 트림을 하면서 이층 계단을 오른다. 성화가 얼른 계단의 불을 켰다. 그는 어두운 이층방에 들어가 불을 켜려다가 창문에 어른거리는 나뭇가지들을 보았다. 마치 스테인드글라스 기법으로 만들어놓은 근사한 성당 창문처럼 보였다. 골목의 가로등빛에 창문 그림자를 드리운 은행나무 가지는 꼼짝도 하지 않는다.

춥기만 하지 바람은 불지 않는 밤이었다. 그는 그 창문에서 언뜻 성화의 고독을 느꼈다. 혼자 자는 건 그도 마찬가진데 이 여자는 외로울 것이다, 라는 생각이 드는 건 왜일까. 아, 그것이 기다림 때문이라고 깨달은 건 불을 켜고 웃저고리를 벗어 침대에 벗어던지면서였다. 나만 기다리는 여자. 멍청하게 나만 기다리는.

그녀는 이 방에서 나를 기다린다. 알싸한 차 냄새가 배어 있는 정갈한 방. 보살 같은 그녀의 이미지에 맞게 둥글고 푸근한 방이다. 그는 편안함을 느끼면서도 묘하게 그 여자의 소유일 뿐이라는 씁쓸함에 젖는다. 그가 원하지 않는 것, 인 것이다.

그는 대강 양치를 하고 발을 씻은 다음 침대에 벌렁 누워버린다. 성화가 올라왔다. 그는 반쯤 잠이 든 상태였다. 옷을 치우는 기척이 나고 달그락거리는 소리로 봐서 차를 만드는 중이었다. 그는 차고 뭐고 다 귀찮은 상태가 되어 있었다. 그걸 눈치 챈 성화는 깨우지 않고 그의 골덴바지를 벗기고 스웨터를 조용히 벗겨 내린다. 그는 졸음 속에서도 반사적으로 몸을 뒤집어 엎드렸다.

성화는 침대 위로 올라와 가만가만 그의 등을 만지기 시작한다. 그가 눈을 떴을 때 성화는 그의 위에 올라와 있었다. 눈을 감고 눈물을 흘리며. 그는 항상 보는 모습이면서도 충격을 받았다. 사람의 욕정이라는 게 저 모습일 것이다, 라는 생각을 문득 한 것이다. 오랫동안 기다려 온 게 그, 라는 실체가 아니라 그의 몸을 빌려 풀어낼 욕정이라는……

그는 끔찍했다. 성화의 사랑이.

눈을 감고 성화가 오르가슴에 오르기를 기다린다. 그녀는 혼자 다 할 수 있다. 그는 조용히 눈을 뜨고 성화가 눕는 걸 본 후에 다시 눈을 감고 성화 위에 오른다.

이것이 네가 바라는 것이지? 나 기다리는 것 다 이것 때문이야. 그렇지?

그는 잔인하다. 빨리 대답하라고 촉구한다. 성화는 울면서 고개를 끄덕인다.

당신 최고예요. 당신을 사랑해요.

성화는 애원한다.

그는 성화의 얼굴을 보지 않는다. 퉁퉁한 허리와 젖가슴도 보지 않는다. 그는 단지 허리만 움직일 뿐이었다. 항상 그래왔기 때문에 성화는 아랑곳하지 않는다. 이 남자는 항상 그렇다고 생각하고 있다. 그는

성화를 수도 없이, 아주 쉽게 오르가슴에 이르게 할 수 있다. 희영과의
관계가 격렬하다면 성화와는 그저 몸짓만 해주면 되는 쉬운 것이다.
마치 기계처럼. 그렇다. 그는 성화에게 오면 기계가 되는 것이다.

女

그가 돌아서는 순간에 벌써 나는 그가 그립다. 온몸에 바람이 스쳐
가는 듯…… 나는 몸을 떤다. 무심하게 방을 나서는 그의 뒷모습이 날
리는 무어라 말할 수 없는 냉랭함. 그것으로부터도 나는 벗어날 수 없
다. 아주 오랫동안 그것으로부터 익숙해지고 단련되었어도.

그가 떠나버린 뒤의 휑뎅그레한 방을 서성이며 나는 날밤을 새고 새
벽에야 겨우 잠이 들었다. 아침에 일어나 보니 연우의 머플러가 옷걸
이에 걸려 있다. 나는 머플러를 접어 종이봉투에 넣어놓고 다락방에
내려가 계란프라이와 우유, 그리고 찹쌀떡 한 개를 먹고 정화가 오기
를 기다린다.

정화는 아홉 시 정각에 셔터를 열고 들어왔다.

고모, 얼굴이 부었어요.

나는 얼굴을 쓰다듬어 보았다.

잠 못 주무셨어요?

그래. 잠 못 잤어. 표 나나 보구나.

응. 부석부석해. 차 마시고 올라가서 좀 주무세요. 오후 차회 하려
면.

그래야겠다.

정화가 만든 차를 두 잔 마시고 나는 이층으로 올라왔다. 열 시쯤에

나 전화를 해야겠다고 생각하고 있는데 전화가 왔다.

나요. 내가 머플러 거기 놓고 왔나? 오늘 어디 가야 하는데 머플러가 없어져서 말이야.

여기 있어요. 가방에 넣어놨어요.

좀 갖다 줄래? 오전 스케줄 없으면.

별일은 없어요.

그럼 좀 갖다 줘. 세 시에 나가야 하거든.

어디 가시는데요?

응, 교수들하고 며칠 어딜 가기로 해서 말이야.

그래요? 여행 가시는 거예요?

나는 끈질기게 묻는다.

그래. 사흘쯤.

어디로 가세요?

확실히 몰라. 그만 물어봐. 올 거야 말 거야?

열 시쯤 갖고 갈게요.

그래.

나는 전화기를 쓰다듬는다.

열 시에 나는 연우의 아파트에 가 있었다.

들어와.

연우는 반바지에 헐렁한 티셔츠 차림이었다.

바로 갈 거지? 나 여행준비 못 했거든.

바로 돌아가라는 말이었다. 나는 소파에 앉았다가 벌떡 일어났다.

갈게요.

차 한잔 하고 가든지.

아니에요. 마시고 왔어요.

그럼 갈래?

그러죠. 뭐.

연우가 봉투를 바라보고 물끄러미 나를 바라보았다. 낯선 눈이었다. 한 번도 낯설다고 생각해본 적 없던 얼굴이 매우 낯설었다. 점심이라도 같이 할 생각이었던 나는 허청거리며 돌아왔다.

나는 점심때를 훌쩍 넘기며 오후 두 시까지 잠을 잤다. 두 시에 벌떡 일어나 입은 옷 그대로 정화의 차를 타고 연우의 아파트로 달렸다. 오후 두 시를 넘어가는 겨울 해는 마치 늦은 오후처럼 아스라했다. 며칠 동안 눈이 내릴 것 같진 않았다.

두 시 오십 분에 나는 연우의 집으로 들어가는 아파트 현관 입구를 노려보며 선글라스를 끼고 앉아 있었다. 딱 세 시였다. 연우의 집으로 올라가는 통로 바로 앞에 노란 경차가 소리 없이 들어와 멎었다. 여자는 담배를 피우면서 한쪽 귀에 전화기를 대고 있었다. 통화는 짧게 끝났고 여자는 담배를 피웠다. 담배 연기가 뿌옇게 차창 밖으로 흘러나와 흩어졌다. 여자가 담배 한 대를 다 피우도록 연우는 내려오지 않는다. 여자는 자꾸 시계를 들여다봤고, 차 밖으로 나와 담배를 휙 화단에 던져버렸다.

거친 여자인가. 두툼한 회색 스웨터에 회색 바지, 그리고 빨간 머플러를 하고 있다. 여자 역시 선글라스를 끼고 있어서 얼굴을 잘 볼 수는 없었지만 바로 그 여자였다.

느긋하게 걸어나오는 남자. 검은 코트에 배낭을 어깨에 메고 싱긋이 웃고 나오는 남자. 나에게 보이지 않았던 부드러운 미소, 퉁명스러움이 배제된 따뜻한 표정. 순간적으로 내 가슴이 싸늘하게 식어버렸다.

그들은 무어라 말을 나눈 뒤 재빨리 차에 올라탔다. 나는 노란 경차를 천천히 뒤따라 달렸다. 여자는 서두르는 기색 없이 느릿하게 차를 몰았다. 시내를 관통해 가면서 어디 멈추는 기색이 없었다. 동료교수들과 같이 여행 간다는 건 거짓임에 틀림없었다.

차는 C톨게이트를 향해 달리고 있다. 그리고 마침내 우회전을 해서 톨게이트를 향해 달아나버리는 노란 경차를 나는 멈춰 서서 일별했다.

나는 다락방을 향해 빠르게 달렸다. 네 시에 차 강좌가 있었다. 서둘렀음에도 네 시가 약간 지난 시간에 다락방에 도착했다. 포교원 신도들 몇 명이 나를 기다리고 있었다.

내 머릿속은 온통 연우의 여자와, 내가 처음 본 부드러운 미소, 따뜻한 표정들이 나를 비웃으며 달려드는 듯한 착각과 연우의 실체에 대한 의구심으로 가득 차 있었다. 한 시간이 얼마나 더디게 지나갔는지 신도들이 미울 정도였다.

진땀이 났다. 신도들을 보내고 나는 이층방에 올라와 이불을 뒤집어 쓰고, 식은땀을 흘리며 잠을 잤다.

그리움과 미움이 교차한다. 전에는 없던 감정. 뜨거운 분노가 언제부터 생겨난 것인지 나는 모른다. 나는 몸을 떤다. 밤새도록 잠을 이루지 못했다.

이틀을 어떻게 보냈는지 알 수 없다. 사흘째 되는 날 차회를 끝내고 나는 연우에게 전화를 걸었다. 다음날 밤 열리는 '차와 시조의 밤'이라는 공연에 오라는 구실이 있었다. 차마실회 애들이 참여를 했고 나는 후원자 역할을 했으므로 차를 제공한다. 미초회와 또 다른 차회 회원들이 후원기금을 마련해 주어서 수월하게 치를 수 있는 행사였다. 내가 주최자는 아니었으므로 다른 할 일은 없었다.

연우는 그 행사에 딱 한 번 온 적이 있었다. 우연히 만났던 첫 해. 그러나 그 다음부터는 오지 않았다.

여보세요?

저예요.

응. 뭔 일이야?

퉁명스러움.

오늘 돌아오시는 거예요?

아니야. 하루 더 있을 거야. 왜?

아니, 오늘 오신다고 해서. 궁금해서요.

뭐가 궁금해.

저 내일 차와 시조의 밤 열리는데 오시라고 전화했어요.

내일?

네. 내일 낮에 도착하시면 좀 쉬었다가 나오세요. 여섯 시부터예요. 당신도 잘 아는 인간문화재 서음 선생이 제자들 몇 명하고 나오실 거예요.

내일 밤 늦게나 도착할 거야. 못 갈 것 같은데?

지금 어디신데요?

여기? 거제도야. 못 가니까. 그렇게 알아.

그럼 돌아오시면 들르실래요? 다식 좀 챙겨놓을게요.

그러든가. 나중에 얘기해.

연우는 심드렁하게 전화를 끊었다. 힘이 쭉 빠졌다. 그는 그 여자하고 여행 중이다. 나는 묻고 싶었다. 누구랑 같이 있는 거예요? 그 여자하고 같이 잔 지 얼마나 됐어요? 나는, 나는요?

나는 죽여버리고 싶어, 라고 중얼거리고는 깜짝 놀라 눈을 번쩍 뜬다. 언젠가 연우가 너 만약에 네 아버지하고 내가 동시에 물에 빠진다면 누굴 먼저 구할 거냐고 물었다. 나는 곧바로 당신, 이라고 대답했다.

정말? 아버질 버리고 나를 구할 거야?

정말이에요. 당신이 내 전부예요. 나는 늙으면 당신과 함께 한집에서 사는 게 꿈이에요. 당신이 아프면 간호하고, 부축하고, 같이 걷고, 같이 밥을 먹고 늙어가고 싶어요. 내게 다른 꿈은 없어요.

못 말리는 여자야. 내가 그렇게도 좋아?

네.

다락방에선 다식준비가 한창이었다. 쌉싸름하고 고소하고 달착지근한 오색의 과자 냄새가 부드럽게 퍼진다. 나는 식사시간 외에는 이층에 틀어박혀버렸다. 내 머리는 미쳐버릴 정도의 질투심으로 불이 났고, 돌아버릴 지경이었다.

그가, 다른 여자와 같이 있는 것을 본 것은 이번이 처음이었다. 그가 나 몰래 다른 여자들을 만나리라는 건 알고 있었지만 이번만큼 확실한 건 없었다. 전에는 내 시야 밖에서 이루어지는 일이라서 어쩔 수 없었지만, 실체를 본 지금으로선 이성으로 제압되지 않는 원초적 투기심이 나를 사정없이 휘몰았다.

나는 깊은 수렁 속으로 빠지듯이 수면제를 먹고 잠에 빠져든다.

이튿날 연수가 일찌감치 이층방으로 올라와서 눈 멀건히 뜨고 있는 나를 내려다 봤다.

원장님, 왜 그러세요? 오늘 행사일인데…….

내가 어때 뵈니?

정신이 없으신 것 같아요.

오늘 나 못 갈 것 같다.

어떡해요. 그럼. 병원에 가보시게요.

아픈 덴 없어. 그냥 정신이 아득해.

그럼 어떡하나. 식사하시고 밖에 나가서 저랑 산책해요. 바람 좀 쐬면 괜찮아질지도 모르니까.

그럴까? 그래 보자.

나는 벌떡 일어난다. 연수의 손을 잡고 아래층으로 내려가 아침을 먹고 나서 느릿느릿 샤워를 한 다음, 외투를 걸치고 연수와 공원으로 갔다. 다락방엔 이미 다식이 만들어져 대나무 그릇에 담겨 있다. 찻잔과 차 봉지들도 준비되어 있다. 물은 행사장에 준비되어 있을 것이다.

쌀쌀한 아침 공기가 외투 속으로 파고들었지만 하나도 춥지 않았다. 나는 비장한 심정이었다.

원장님.

연수가 걸으면서 묻는다.

왜?

나는 앞을 보고 무뚝뚝하게 대답했다.

무슨 일 있어요?

나는 입을 다물어 버렸다.

말할 수 없는 것도 있는 거야.

잠시 후 나는 속삭이듯 말했다.

제가 알면 안 돼요?

모르겠다. 나도 잘 몰라. 왜 그러는지. 더 묻지 마.

연수가 입을 다물고 내 팔짱을 꼭 낀다. 공원엔 사람이 없다. 십이월의 햇살이 유리조각 같은 섬광을 빛으며 내렸다. 호수는 담갈색이었다. 호수에 기역자로 구부러져 있는 검은 연대들은 추워보였고 서리가 녹은 나무벤치들은 젖어 있었다.

눈이 왜 안 내리나.

연수가 하늘을 보며 중얼거린다. 호수를 보자 빠져죽고 싶은 충동이 강하게 일었다. 나는 입술을 깨문다.

나는 인간문화재 서음 선생의 느린 시조가락을 멍하니 듣고 있다. 지렁이가 머릿속을 기어가고 있는 느낌이었다. 소공연장은 꼭 차 있었다. 나는 맨 앞자리에 미초회 회원 몇과 나란히 앉아 느린 노래를 들으면서 시조를 왜 부르는지 모르겠다는 생각을 한다.

한때 연우와 같이 시조를 배운 적도 있었는데. 미초회 회원들 몇과 같이 서음 선생을 모시고 시조를 배우던 때, 연우에게 내가 권했고 연우는 일주일에 두 번씩 다락방에 나와 서너 달쯤 익혀서 제법 하는 때가 있었다. 그러나 공연준비로 바빠진 그해 여름부터 끊고 나서는 다시 시작하지 않았다.

이층방에서 가장 많은 시간을 보낸 적이 그때가 아니었을까. 아무튼 다락방에 오면 별일 없는 한, 나와 저녁을 먹고 방에 올라가 사랑을 나눴으니까. 그땐 연우에게 딴 여자가 없었는지 있었는지 모른다. 나는 만족했고 행복했다.

나는 연우의 공연이 있을 때마다 내 스스로 그의 후원자 노릇을 했다. 연우는 늘 가난했다. 그는 나에게로 와서, 공연준비를 해야 되는데 기금이 모자란다는 등의 이야기를 하곤 했고, 나는 말없이 그에게 봉투를 건네곤 했다. 나는 그에게 무언가를 끊임없이 주고 싶었다. 그러면서 행복감을 느꼈다. 그가 내게 퉁명스럽게 대하고 짜증을 낼 때조차도 나는 그가 내 남자이기 때문이라고 생각했다.

나는 그의 첩이라고 생각할 때가 가장 행복했다. 그가 나를 그렇게 생각해주기를 바랐다. 그러나……. 그는 나를 끊임없이 비웃는다. 너는 내 첩이 될 수 없어. 내 여자는 더욱. 내가 달려들면 들수록 그는 나를 비웃어댄다.

지금 그는 나를 시궁창에 처박고 있다. 그러나 나는 그를 놓아줄 수 없다. 없다…… 차라리 그를……죽이고 싶다…….

공연이 끝나고 관객들에게 차를 대접하느라고 문화센터 로비가 꽉 찼다. 차의 이미지 때문인지 사람들은 꽉 찼으나 대체로 차분했다. 미초회 띠를 가슴에 두른 회원들은 테이블에 죽 서서 관객들이 차를 마실 수 있게 도왔다. 처녀들은 한쪽에서 다식을 챙겨주었고 나는 여기저기 인사하고 받느라 분주했다.

저녁 아홉 시가 지나서야 나는 다락방으로 돌아왔고 처녀들과 간단하게 중국음식을 시켜 늦은 저녁식사를 하고 이층방으로 올라왔다. 피로가 온몸을 마비시킬 듯 쑤셔댔다.

나는 샤워를 하자마자 침대에 쓰러져 버렸다. 불도 켜지 않은 방에서. 늦은 밤 은행나무 가지가 어두운 눈을 하고 아련하게 창문가에 서서 나를 들여다본다. 나는 은행나무 가지의 쓸쓸함이 내 몸을 관통한다고 생각했다. 그리고 죽을 듯이 서러웠다.

그를 죽이는 꿈을 꾼다.

연우는 싱글벙글 웃으며 내 방에 올라왔다. 알몸이었다. 헌데 그 뒤에 여자가 따라들어왔다. 그 여자 또한 알몸이었다. 나는 하얀 띠로 칭칭 몸을 감고 있었는데 몹시 무겁고 힘이 들어 땀을 흘렸다. 연우가 나를 손가락질하면서 킬킬거렸다. 여자가 내 몸의 띠를 벗기기 시작했다. 나는 어쩔 줄 모르고 양파처럼 벗겨지는 흰 띠를 바라보고, 연우와 그 여자를 바라보았다. 흰 띠는 벗겨도 벗겨도 내 몸에 계속 남아 있었다. 여자가 그 띠로 자신과 연우의 몸을 돌돌 말았다. 나는 계속해서

돌돌 말려가는 그들을 따라 빙글빙글 돌다가 쓰러져버렸다. 문득 여자
는 보이지 않았는데 가만히 눈을 떠보니 연우와 딱 붙어서 둥글게 말
려 있었다. 그들은 열심히 서로를 물어뜯고 있었다. 그러나 피는 안 나
고 신음소리만 퍼져 나왔다. 정신을 차려보니 나는 알몸이었고 그들이
내 흰 띠를 친친 감고 섹스를 하고 있었다. 흰 띠는 선명하게 열다섯
겹이었다. 나는 가위를, 아주 커다란 가위를 집어 들고 열다섯 겹의 하
얀 띠를 천천히 잘랐다. 그리고 연우와 그 여자의 사지를 자르기 시작
했다. 하얀 띠들이 방 안을 날아다녔다. 그러나 순식간에 연우와 여자
의 사지는 붙어서 다시 섹스를 하고 있었고 나는 자꾸만 그들의 사지
를 잘랐다.

식은땀이 좌악 난다.
소리를 많이 질렀음에 틀림없다. 목이 칙칙했다. 끔찍한 꿈이었다.
나는 찬물을 벌컥벌컥 들이키고 어둔 방 안을 오래도록 서성거린다.
그렇게 나는 밤을 새웠다. 그렇게 여러 날을 나는 잠을 이루지 못했다.
잠깐 잠이 들면 그를 죽이는 꿈을 꿀까 봐 벌떡 일어나곤 했다.
그는 열흘이 지나도록 오지 않는다. 나는 커다란 가위를 찾아 자꾸
방 안을 기웃거리는 꿈을 꾼다.

男

딸이 왔다.
겨울방학에 와서 연극에 참여하고 싶다던 지숙은 가게 오픈을 해서
오지 못했고 딸애만 왔지만, 혼자 지내던 것에 익숙한 그로서는 딸의

존재도 약간은 부담스러웠다.

그러나 곧 딸애는 친구 만나러 나가느라 그보다 더 집에 있는 일이 드물었다. 그래서 곧 예전처럼 딸이 있건 없건 상관이 없게 되었다. 단지 희영이 집으로 오지 못하는 거 외에는.

사흘간의 여행은 희영이 졸라서 하루를 더 늦춘 후에 돌아왔다. 성화의 전화를 받은 건 돌아오기 전날이었다. 여행지에서 성화의 전화를 받는 건 기분 좋은 일이 아니었다. 그는 덜컥 화가 나는 걸 참고 전화를 끊었다. 자신의 일거수일투족을 보고 있다는 생각에 소름이 끼쳤다. 요즘에 와서는 더욱.

여행에서 돌아온 다음 날 여지없이 전화가 왔다.

다식 챙겨났어요. 이번 건 정말 잘 만들어졌는데……저, 따님 왔어요?

그래, 내일 올 거야.

그럼 잘 됐네요. 이거 갖다가 따님이랑 같이 드시면 좋아할 거예요. 언제 오시겠어요?

성화는 여전히 흔연스러웠다. 그의 여전한 퉁명스러움에도 불구하고.

그로부터 나흘이 지나 있었다. 희영과도 여행 후는 아직 만나지 않았다. 희영은 잠깐 집에 갔고, 그는 두문불출하고 쉬고 싶었다. 쉬는 동안 그는 딸애의 옷을 사러 돌아다녔고, 영화 한 편, 연극 한 편, 그리고 딸애가 끄는 대로 여기저기를 돌아다녔다.

그렇게 일주일이 지나는 사이 희영이 돌아와 그녀의 집에 가서 오랫동안 섹스를 했고 그 다음부턴 사흘간 특강이 있었다. 특강을 하는 곳이 교외에 있었으므로 희영의 차가 필요해서 또 사흘간 붙어지냈다. 그 다음부턴 시립극단의 특강이 기다리고 있었다. 희영은 공연문화에 대한 워크샵에 참석하느라 며칠간 설악산에 갈 예정이었다.

그때서야 그는 성화에게 갈 때가 되었구나, 라고 생각했다. 열흘이 더 지나 있었다. 그는 약간 미안한 맘이 들었다. 시간이 흐른 후에야 간신히 생기는 이 감정은 연민일까. 아니면 성화 말대로 필연의 산물인가. 끊길 듯 이어지는 긴 강 같은. 지긋지긋한 감정이 슬며시 사라져 버린다는 것도 이상한 것이다.

그는 깜짝 놀란다.

성화는 헬쑥했다. 그리고 또한 그림자처럼 말이 없었다. 그는 새삼스럽게 찻잔을 가만히 그의 앞으로 밀어놓는 성화의 얼굴을 바라보았다. 성화는 간혹 정신이 없는 듯한 표정을 지었다.

그는 말없이 옷을 벗는다. 스스로 옷을 벗기는 처음이었다.

안마해라.

성화는 공손하게 고개를 끄덕였다.

찻잔들을 치우고 침대에 엎드린 그의 허리를 깔고 앉아서 성화는 천천히 안마를 시작했다.

너 살 빠졌나 보다.

그의 허리를 깔고 앉은 성화의 몸이 가볍게 느껴지는 건 웬일인가.

그래요? 똑같을 걸요. 밥을 못 먹기는 해요.

성화는 여전히 흔연스럽다. 그는 아무래도 이상하다는 생각을 버릴 수가 없다. 이 여자가 왜 이러나 싶었다. 그는 입을 다물어 버렸다. 짜증이 나기 시작했던 것이다. 그러나 곧 부드러운 손놀림에 편안함이 찾아들었고 그는 졸음에 빠져들었다.

여전히 수순은 똑같았다. 성화는 시크릿 가든을 틀고 곧 그의 몸을 돌려놓았고, 그는 성화의 몸 속에 들어가 있었다. 성화는 말이 없었다.

신음소리마저도 죽이는 듯싶었다. 그는 눈을 크게 뜨고 성화를 바라보았다. 성화는 눈을 감고 있었다. 말없이 몸을 움직이고 있었으나 마치 주문을 외고 있는 것 같은 묘한 표정이었다. 그는 성화가 당신은 내 거예요. 당신은 내 거예요, 라고 말하고 있다는 착각에 빠졌다. 그는 곧 눈을 감아버렸다. 문득 보니 성화는 울고 있었다.

왜 울고 그래. 뭔 일 있었던 거야?

성화는 고개를 내저었다.

나 가야겠다. 오랜만에 왔는데 질질 짜고 그러냐.

그는 성화를 왈칵 밀어내버린다. 찌꺼기처럼 고였던 연민의 정이 동시에 사라져버리는 순간이었다. 그는 성감조차 완전히 달아나버린 몸에 재빠르게 옷을 걸치고 가방을 맨다. 또다시 지겹다는 생각이 스며드는 것에 짜증이 났다.

여보, 가지 마세요.

그는 깜짝 놀라 성화를 돌아보았다. 예사롭지 않은 떨리는 음성.

여보라니, 너 오늘 왜 그래?

오랜만에 불러보고 싶었어요. 울지 않을게요. 가지 마세요.

니가 자꾸 떠밀고 있으면서 가지 말라니. 생각을 해봐. 우는 여자 좋아하는 남자 없다는 거 모르냐. 나 피곤해. 피로 좀 풀고 가려고 했더니 더 피곤하게 하는군.

여보…….

성화가 덜컥 그의 가슴에 무너져 내렸다. 이 여자가……. 그는 성화를 밀어내려다 가만히 있었다. 뭔가 왈칵 밀어내지 못하게 하는 게 있다. 섬뜩한.

여보…….

그래. 부르고 싶으면 불러. 하지만 나 그 소리 싫어하는 거 알지? 지금만이야. 지금만 불러라.

그는 가만히 서 있었다. 성화는 고개를 끄덕거리며 가슴으로 파고든다. 그는 비틀거리다가 균형을 잡고 다시 비틀거렸다.

그는 고개를 내젓는다.

원래 사람 귀찮게 하는 여자가 아니었다. 다소곳하고, 절대 복종하고, 싹싹한. 그런데 오늘 그 여자는 좀 달랐다. 그는 그 여자가 오늘 왜 그런지에 대해 생각하기보다 빨리 그 여자를 잊고 싶어서 고개를 살래살래 젓고, 택시를 타는 대신 빠른 걸음으로 시내를 좀 걸어다녔다.

하필 희영이도 없는 날이었다. 그는 할 수 없이 제자가 운영하는 참치횟집으로 찾아들어가서 잘 못하는 술을 마셨다. 자정이 다 되어 집에 돌아오니 딸애는 집에 없었다. 자동응답기의 버튼을 눌러보니 아빠, 오늘 친구 집에서 자고 들어갈게요, 라는 딸애의 메시지가 남겨져 있었다.

男 그리고 女

전하. 제 소원 한 번만 들어주세요. 다시는 그런 부탁 안 할게요.
뭔데 그렇게 절박하냐?
내일 저하고 하룻밤 같이 지내주세요.
왜? 어디서?
이층방에서요.
싫어. 딸 며칠 있으면 가는데 그 후라면 몰라도.
딱 한 번만요. 담부턴 사정 안 할게요.

이 여자가······ 도대체 왜 그러는데?

저 곧 여행을 떠나는데 그 전에 꼭 같이 한밤을 보내고 싶어요.

어디 가?

인도요. 오래 있다 올 거 같아서요.

그래? 죽으러 가는 것도 아닌데 뭘 그래.

제가 당신한테 좋은 술도 준비했어요.

뭔데?

장생불로초주요.

뭐? 말만 듣던 건데 그런 게 실제 있어?

그럼요. 제가 지리산 깊은 골에까지 가서 구해 온 건데요.

그래? 그건 당기는군.

그럼 내일 몇 시에 오실래요?

저녁이나 같이 먹지 뭐.

그래요. 제가 준비해 놓을게요. 저녁 먹으면서 그 술 드시면 좋을 거예요.

그러지. 일곱 시쯤 갈게.

화장을 시작한다.

평소 잘 하지 않는 화장이라 시간이 걸렸지만 오히려 나는 그 느린 손놀림을 즐긴다. 정화는 오후 다섯 시에 퇴근시키고 가게 문을 닫았다. 갈비찜과 양상치 샐러드, 그리고 신선한 굴을 준비해놓고 나는 하얀 비단 웃저고리와 비단치마를 입는다. 그런 다음 연우에게 입힐 금색 웃저고리와 바지를 준비해놓고, 장생불로초라 이름 붙인 길쭉한 민속주 병을 꺼내 놓았다. 마개를 따고 혀에 한 방울 굴려보니 술을 달큰하고 독했다. 그러나 달큰함이 독한 맛을 충분히 녹여버렸다.

나는 머리를 흰 리본 띠로 묶은 다음 술병을 따고 준비한 걸 조심스럽게 집어넣는다. 하얀 분말이 순식간에 녹아버린다.

나는 기다린다. 일곱 시가 되기를. 가슴이 사정없이 뛰기 시작한다. 떨리는 손을 움켜쥐고 입을 앙 다물고 눈을 감은 채 나는 기다린다.

골목을 지나가는 두런거리는 사람들 소리에 깜짝 놀라 눈을 떠 보니 온통 실내가 어두워져 버렸다. 불도 켜지 않은 다락방에서 나는 한 시간여를 꼼짝도 않고 앉아 있었다. 가스난로의 불만 벌겋게 달아올라 있는.

시계가 뎅강뎅강 일곱 번 울린다.

나는 그제서야 일어나 식탁 주변의 조명등만 켠다. 곧 연우의 발짝 소리가 들리고 무거운 다락방 문이 머뭇거림 없이 삐그덕 열린다. 나는 벌떡 일어선다.

나는 금색의 비단옷을 들고 연우를 맞았다.

뭐하는 거야?

문을 밀고 들어서던 연우가 깜짝 놀란다.

오늘을 신성한 밤으로 남기고 싶어요. 당신은 전하, 나는 시녀. 마루로 올라서서 이 옷으로 갈아입으소서.

이 여자가 정말 이상하네.

연우가 재미있다는 듯 싱글벙글 웃는다. 그러나 싫은 표정은 아니었고 퉁명스럽지도 않았다. 연우가 곧 외투를 벗었고 나는 그가 비단옷을 입도록 도왔다.

마치 밀교의 교주 같군 그래. 자, 그 다음은 뭐야?

식사를 대령하겠나이다.

나는 갈비찜을 데워 내왔다. 특별히 준비한 금방짜 유기그릇에 밥을 푸고 대접에 된장국을 담아낸다. 연우가 눈을 동그랗게 뜨고 나를 바라다본다.

인도 가면 죽을 거 같아? 오늘 너무 유난스러운 것 같군. 마치 죽을 사람처럼. 옷까지 차려입고. 나는 또 뭐야, 이거 금색 비단옷이라…….

당신을 왕으로 모시고 싶어요. 오늘. 요즘 통 당신하고 보낼 시간을 갖지 못해서 슬펐어요.

화장도 진하게 하고……. 그래, 인도는 언제 가나?

모레요.

누구랑 가는 거야?

미초회 회원 몇하고 연수하고.

잘 했어. 잘 갔다 와. 나만 기다리지 말고.

…….

어. 이건가? 거한 술 한잔 마셔볼까?

네. 불로장생주 드시와요.

나는 술을 따른다.

천천히. 두 잔만 드시고 방에 올라가서 또 두 잔 드세요. 그 다음에 안마해 드릴게요. 그럼 몸이 천천히 이완돼서 아주 황홀한 기분이 든대요.

정말이야? 마약 같은 성질이 있는 건가?

그 정도는 아니고 기분 좋게 흥분되고 잠도 잘 수 있고…….

그걸 노렸군. 흥분! 응?

연우는 밥을 잘 먹는다. 술을 두 잔 쭉 들이키고는 젓가락을 놓는다.

당신은 왜 그리 못 먹어?

너무 기뻐서……. 안 먹어도 배불러요.

그래? 술이 괜찮은데? 양주 같아. 나른하군.

방에 올라가 계세요. 대강 치우고 갈게요.

연우가 고개를 끄덕이고 계단을 올라간 후 나는 그릇을 재빨리 치우고 술과 술잔을 들고 이층으로 올라간다. 연우는 침대에 비스듬히 기대앉아 티브이를 보고 있다.

졸립군 그래. 빨리 와서 안마해. 잠들기 전에.

술 더 드셔야죠. 그래야 효과가 있대요.

그래?

나는 연우에게 술을 두 잔 따른다. 연우는 평소에는 잘 안 마시는 술을 잘 마시고 있다. 장생불로주라…… 하면서.

나는 연우를 엎드리게 하고 안마를 시작한다. 금색의 비단옷이 사그락거리는 소리. 나는 옷을 입은 채였다. 오늘은 연우의 옷을 벗기지 않을 것이다. 연우는 끙끙거리더니 삼십 분쯤 지나서 잠이 들어버렸다.

나는 불을 끈다. 밖의 가로등빛이 히끄무레하게 방을 비추었다. 나는 연우의 몸을 바르게 돌려놓고 금색의 비단옷을 반듯하게 가다듬는다. 머리부터 발끝까지 반듯하게. 연우는 콧소리도 없이 깊이 잠이 들었다.

연우의 바지를 풀고 잠시 그의 물건을 들여다본다. 그것은 푹 잦아들어 아주 볼품이 없다. 나는 그것을 주무르기 시작한다. 그것은 주인의 의지에 상관없이 금세 부풀어 올라 찌를 듯이 선다. 나는 속옷을 내리고 내 몸 안에 그것을 집어넣고 움직인다. 어둑한 방 안에 내 그림자가 춤을 추고 신음소리가 그것을 따라 흔들린다. 십 분간 나는 홀로 춤을 추며 신음한다. 연우의 그것은 내 몸에서 나오자마자 다시 잦아들어버렸다.

연우의 몸에서 내려와 속옷을 입고, 나는 다시 연우의 옷을 바르게 편 다음 배 위에 올라앉아 잠든 얼굴을 오랫동안 내려다본다. 나의 천국과 지옥이었던. 오랫동안 나를 다스려왔던…… 나의 슬픔, 나의 기뽐 그리고 고통의 근원.

순간 뜨거운 망설임이 빠르게 나를 관통한다. 나는 욕망과 애착과 그 모든 것을 떼어내기 위해 한참 동안 몸을 떨었다. 떨리는 손을 연우의 목울대 위에 놓는다. 연우의 목울대는 병아리의 따뜻한 작은 가슴처럼 숨을 따라 뜨겁게 오르내리고 있다. 목울대에서 전해오는 체온의 생명력이 끔찍하게 나를 무너뜨린다.

나는 눈을 꾹 눌러 감고 입술을 와락 깨문다. 터진 입술 사이로 피한 방울이 연우의 금색 옷깃에 소리없이 스며들었다. 헛구역질이 터져나왔다.

이제…… 시간이 없다…….

나는 연우의 목을 두 손으로 감싼 뒤 금색 비단옷자락에 얼굴을 묻고, 내 온몸에 파도치고 있는 고통을 다 없애버릴 듯 힘껏 눌렀다.

女

연우는 미동도 하지 않는다. 나는 연우의 옷을 다시 바르게 펴고 따뜻한 얼굴을 천천히 쓰다듬는다. 한 번도 그렇게 쓰다듬어보지 못했던 얼굴. 뜨거운 눈물 한 방울이 툭 떨어진다.

나는 술병에 또 한 봉지의 분말을 쏟아 부어 천천히 흔든다. 이제 손은 떨리지 않는다. 나는 술병의 남아 있는 술을 느릿느릿 목 안으로 들이 부었다. 그리고 연우의 옆에 옷을 반듯하게 하고 눕는다.

여름비 지나간 후

1쇄 발행일 | 2012년 10월 25일

지은이 | 한지선
펴낸이 | 정화숙
펴낸곳 | 개미

출판등록 | 제313 - 2001 - 61호 1992. 2. 18
주소 | (121 - 050) 서울시 마포구 마포동 236 - 1 덕성빌딩 2층
전화 | (02)704 - 2546, 704 - 2235
팩스 | (02)714 - 2365
E-mail | lily12140@hanmail.net

ⓒ 한지선, 2012
ISBN 978 - 89 - 94459 - 23 - 3 03810

값 12,000원

※ 이 책은 전라북도 문화예술진흥기금을 지원받아 출간되었습니다.